بقلم يوآخيم تسيغلر

الجزائر

غورليتس، شليسيا،لاوزيتز العليا شليسيا

Arabische Übersetzung Algier; Görlitz, Schlesien, Schlesische Oberlausitz
von Joachim Ziegler, Dezember 2013

مقدمة :

النص التالي هو ملكي الادبي وهو الترجمة العربية للنشرة الثالثة للنسخة الالمانية لعام 2013 السبب الداعي الى النشرة الثانية هو بعض التصحيحات والاضافات.اي تصوير لغرض تجاري او ان كان جزئيا او كليا وكذلك الاستنساخ كلملا او جزئيا وباي شكل من الاشكال غير مسموح به الا في حالة الموافقة الخطية المسبقة من طرف الكاتب.
الاحداث والاشخاص في االنص اللاحق هي من صنعي واي تشابه مع الواقع غير مقصود وان حدث فهو عفويا ومن محض الصدفة.

يواخيم تسيجلر , 09 كانون اول (ديسمبر) 2013

هذا الكتاب وارد في لائحة المخطوطات للمكتبة الالمكانية. المعلومات التفصيلية في هذا الصدد تجدها على موقع الانترنيت : http://dn.d-nb.de

©2013 يوآخيم تسيغلر
Joachim Ziegler 2013 ©

إصدار وتوزيع دار النشر: بوكس اون ديماند، ش.م.م.، نوردرشتد
Herstellung und Verlag: Books on Demand GmbH, Norderstedt
ISBN: 9783732294473

من نحن
معلومات مرجعية خاصة بالمكتبة الوطنية الألمانية
تسجل المكتبة الألمانية هذا الكتاب في قائمة مراجع المكتبة الوطنية الألمانية. معلومات مرجعية مفصلة تجدونها على العنوان الالكتروني التالي
http://dnb.d-nb.de

Impressum: Bibliographische Information der Deutschen Nationalbibliothek
Die Deutsche Bibliothek verzeichnet diese Publikation in der Deutschen Nationalbibliographie; detaillierte bibliographische Daten sind abrufbar über

http://dnb.d-nb.de

ينتظر الناس في غورليتس، نساءً ورجالاً، كما هو الحـال في جميع أنحاء ألمانيا، مباريات كأس العـالم لكـرة القـدم على أحر من الجمر ويتطلعون لمشـاهدة ما سـيبدع به العالم على البساط الأخضر المقدس،   بينما فاقت في الوقت نفسه الهموم اليومية طاقـة تحمـل هـؤلاء النـاس. وفي خضم عرس كرة القدم هذا وتشجيع الفريق الوطني ودعمه، يتلاشى السخط علـى الحكومـة كمـا هـو الحـال في جميع الدول الرأسمالية ولكن ما يبقى هو الجريمة.

قائمة الأسماء

هولغر: ٤٣ عاماً، جسم رياضي يبدو وكأنه في الشهر السابع، شعر قصير، نصف أصلع
أورسل: ٥٢ عاماً، خبيرة ملابس، أم لابنين بالغين، شعر طويل أسود، دائماً مفرود
واكيم: ٤٢ عاماً، مطلق شعر أشقر غامق قصير، نصف أصلع
بيرنهارد: ٤٢ عاماً، مطلق، شعر اشقر غامق قصير، أب لابن عمره عشر سنوات
ماتسه: ٤٧ عاماً، طويل، شديد النحالة، عابث، يديه مثل الملزمة، أب لفتاة في العاشرة من العمر وابنين في سن الرابعة والثالثة عشرة، شعر أشقر قصير جداً.
يته: ٤٧، قدّ ممشوق، شعر متوسط الشقار قصير جداً، أم لابنة واحدة التي أنجبت طفلاً للتو.
هانل فورستر: ٣٩، ممتلئة القوام، قوية في الكلام والفعل، تبدو وكأنها اسبانية، ام لفتاة في العشرين من العمر وابن (١٦ عاماً) وابنة (١٣) عاماً، شعر طويل أسود، تربطه على الدوام تقريباً
راينر: ٤٧، قصير، شديد النحالة، هزيل، شعر قصير متوسط الشقار
ساب: ٤٤ عاماً، البواب، شعر أجعث منكوش مجعد متوسط الشقاري
أولي: ٤٣ عاماً، أستاذ مسرحي، أب لابنين، شعر كثيف مجعد طويل إلى الكتفين، معظم الأوقات منكوش
ماريو: ٤٣ عاماً، رجل وسيم، عازف غيتار، يعزف أيضاً البفريتزو ويجيد الغناء، شعر خفيف قصير أشقر غامق، ابنتان(٢١ و٣ سنوات)
هاينز بيتر: ٣١ عاماً، ناقد مسرحي، شعر قصير أشقر غامق
هاينريش: ٤٨ عاماً له نزعة خاصة للعدالة والنظافة، شعر قصير خفيف أشقر غامق
دانوتا: ٣٩ عاماً، مطلقة، شعر قصير أسود
هانل مولز: ٢٠ عاماً، انتهى لتوه من تكوينه المهني، وسيم مثل عارضي الأزياء، شعر قصير جداً أسود اللون.
ميلاني: ٢٠ عاماً، انتهت لتوها من تكوينها المهني، شقراء، شعر قصير جداً
مارجريت: ٢٧، أم لثلاثة أبناء، تربط شعرها، شعر أشقر غامق
ماريا: ١٩ عاماً، ألمانية من أصل كوبي، انتهت لتوها من تكوينها المهني، ام لابن واحد، شعر مجعد كثيف طويل أسود اللون
فريتز: ٢٧ عاماً، مدير ثقافي، مهندم، شعر قصير
آنا ماريا: ١٩ عاماً، انتهت لتوها في تكوينها المهني، رشيقة جداً، شعر أملس طويل أشقر غامق
أولغا: ٨٠ عاماً، الجدة، شعرها مغطى، لا نعرف كم طوله
جيبي: ٤٣، هزيل ، يدين مثل الملزمة، خصل اصطناعية في شعره الذي يبلغ طوله أكثر من مترا، مربوط
روزفيتا شميدت: ٢٢ عاماً، طويلة، شعر مربوط أغلب الأحفريتز، شعر طويل وناعم، أشقر (هذا يخبر كل شيء)

المكان: مدينة غورلتس، فندق مونوبول

في ساحة بوست بلاتس يصيح جيبي بأعلى صوته وكأنه بائع متجول: "سمممممك سمممممممك تورينغي أصلي! نقانق مشوية!" و المثير أنه كان بجانبه زعيم متشردي غورلتس. والذي يتحاشاه الغرباء عن هذه المدينة في استنكار وفي لامبالاة بادية، حيث يهرعون بسرعة إلى الجهة الأخرى من الشارع، رغم صعوبة ذلك في هذه الساحة المستديرة. عند نافورة ميشال تم وضع طاولة خاصة بكأس العالم لكرة القدم، مشروع يرعاه مكتب العمل.

أورسل تأتي

أورسل: "سلام جيبي! على ما يبدو أن قسم تسويق المدينة بدأ يكشف لنا عن إبداعاته!"
جيبي: "هلا أورسل! كيف حالك؟"
أورسل: "يندهش البعض من تميمة كأس العالم الخاصة بنا. يقولون تبدو وكأنها قطعة نقانق مسلوقة، وهم مندهشون من كونها غير صالحة حتى للأكل."
يجيب جيبي في إطراء:"هل أنجزت كذلك مهمتك على أكمل وجه ووزعت التمائم على المارة؟"
أورسل: "ينظرون إلى المرء كما لو أنه معتوه."
يرد جيبي مدافعاً وفي لهجته مسحة من السخرية: "آه يا أورسل، لقد تبرموا لأنها لا تؤكل، وداسوا عليها بأقدامهم أمام عيني، إنهم لا يقدّرون العمل التطوعي."
وتتابع أورسل في تهكّم: "هذا هو التقدم الذي وعدنا به هلموت كول."

يأتي واكيم

واكيم: "سلامات"
جيبي: "تحياتي واكيم.. لم أتصور قط في حياتي أن أوزع على المارة نقانق مكتوب عليها "لا تعطي المخدرات فرصة"
ينظر إليه واكيم منفعلاً: "هل تظن أني فكرت بذلك قط؟"
و يتطلع واكيم بتحمس إلى العلم باللونين الأصفر والأبيض الذي يرفرف فوق مبنى المحكمة قائلاً : " سيليزيا العليا، هذه المناظر الطبيعية، و ساحة البوست بلاتس هذه! آه ثم آه، لا بد من رسم كل هذا في لوحة فنية، إنه المذهب الطبيعي!"
جيبي: "الطبيعية بالنسبة لي تعني كل المنتجات الطبيعية، المواد الغذائية، هذه هي نظرية الطبيعية،و تعني: الالتهام. نظرية الأشياء الأساسية للحفاظ على استمرار بني البشر. هذا يذكرني أني لم أتناول أي شيء هذا اليوم."

أورسل: "عجبي؟؟؟ نوزع النقانق البلاستيكية على الناس ونجبرهم على الاقتناع بالفكرة."
جيبي: "نعم صحيح، هذا فن وشطارة." ويتابع عاتباً، "لأجل ذلك نذهب إلى المدرسة." وبعد نظرة تفكير يقول، "أما أنا فلا."
واكيم: "أقول دائماً عندما يسألني المارة، الفن لايحتاج إلى شرح."
جيبي: "كل هذا ما هو إلا ترويج للاتحاد الأوروبي"
واكيم: "لأننا الآن عضو في حلف الناتو"
جيبي: "ليس كل ما يأتي من الغرب لا يسر القلب. فقد كانت الطرود البريدية التي كانت تأتينا من أقاربنا في ألمانيا الغربية أمراً رائعا بحق."

يأتي راينر

راينر: "حسناً! سلامات أولاً! لا لا لا، هذا ليس صحيحاً بالمرة! الأمر مختلف تماماً."
جيبي: "إن توزيع تمائم كأس العالم لأفضل من جمع نقانق الكلاب من على ضفاف نهر الإلبه."
راينر: "سترينا الأيام إن كان ذلك أفضل."
واكيم: "لكن بالفعل لم تكونوا تشتكون من الطرود البريدية التي كانت تصلكم من ألمانيا الغربية، لقد كنتم شبقون بألمانيا الغربية، أليس كذلك؟ على الأقل كان الألمان الغربيون يظهرون جانبهم العاطفي عن طريق مساعدتهم لأقربائهم في ألمانيا الشرقية بمثل تلك الطرود البريدية."
أورسل: "كلا! شخصياً لم أكن أبداً ملهوفة على ألمانيا الغربية. فقد كنت أعيش في مجتمع منظم تسوده قواعد وقوانين محكمة وكانت لدي وظيفة ثابتة وعائلة وزوج وأولاد. كل هذا تبعثر في سنة ١٩٨٩"
واكيم: "ولكن يا أورسل، ألم تفرحوا بالطرود البريدية القادمة من الغرب؟ فقد كان على الألمان الشرقيين الاستغناء عن أشياء كثيرة."
ويجيب جيبي متهكما: "بل لم يكن لدينا شيئاً"
ويردف واكيم في ارتباك: "بالنسبة للسكان الشرقيين الفقراء، كانت تلك الطرود البريدية صنيعا حسناً يقدمه لهم الألمان الغربيون"
أورسل: "هل تقصد رابطة الإسعاف الصحي؟ لم يُحسِن الغربيون إلينا بهذه الطرود البريدية، فقد كانوا يخصمونها من الضرائب. لم يخسرو أي شيئ بإرسالهم لها، بل على العكس - إذا ما دققنا – فهم ربحوا من كل طرد أرسلوه."
يصرخ واكيم في حنق: "مااااااذا؟"
راينر: "أي طرود بريدية هذه! لقد كانوا يرسلوا لنا الحلويات التي كنا نصنعها بأيدينا في مصنع "في إي بي للحلويات" في غورليتس، ظنوا أنهم يرسلون لنا شيئاً ثميناً، فتحنا العلب وكانت خيبة الأمل."
واكيم: "ماااااذا!!! إنه لأمر مدهش للغاية!" ويقهقه عالياً بينما يضرب بشدة على فخذيه من شدة الضحك الذي أصابه عندما صار ارتيابه يقينا" ويتابع، " هذا شيئ لا يصدق!"
أورسل: "مصانع في إي بي VEB للملابس في غورليتس.. ملابس الأطفال وجميع ملابس الأولاد في كاتالوغ "نكرمان"، كنا نحن ننتجها و نصدرها لنكرمان في ألمانيا الغربية."
واكيم: "مااااااذا؟" ويضحك ضحكة المتفاجئ الغاضب ويتابع، "هذا غير معقول!" ويضرب على فخذيه في صخب.

جيبي: "في الحقيقة كنتُ أفرح دائماً بالطرود البريدية من الغرب، لم يكن كل ما يأتي من الغرب سيئ إلى هذا الحد."
ويردف واكيم لائماً: "عزيزي جيبي، مهما كنت ساخراً، فأنت تخدم بقولك هذا فقط ثقافة الصواب السياسي السائدة في ألمانيا الغربية، وهذا يعني تحديداً أن ألمانيا الشرقية ليس فقط دولة بلا حضارة من دول العالم الثالث، بل هي دولة مارقة. حالها مثل حال العراق، يُطالَب العراقيون بأن يتمنوا لو تنشق الأرض وتبلعهم من شدة الخجل، لكن يُسمح لهم في الوقت ذاته بالقول إنه لم يكن كل شئ سيئ في ظل حكم صدام حسين. لا فرق إذن بين هذا وذاك."
جيبي: "يا إلهي، تكلم الفيلسوف."
جيبي: "هل تباهي المُحافظ ثانية بفريق كرة القدم في محطة آر تي فيRTV ؟"
يقاطع جيبي فخوراً "بالاك من مدينة فاينهوبل/غورليتس....."
أورسل: "وجيرميس، أهله يقطنون في كونيغس هوفن، سكن مع تراس"
جيبي: "أجل صحيح!"
راينر: "إنّ فريق كرة القدم الأصفر والأبيض في غورليتس جيد لدرجة أن أفضل اللاعبين ينتقلون إلى أندية أكبر حيث يمكنهم كسب قدر أكبر من المال. حتى أن محطة RTV المحلية تمتنع عن بث أخبار عن هذا الفريق، بسبب الاعلانات وحقوق البث."
واكيم غاضباً: "ماذا؟!!!! محطة تلفاز سيليزيا تقاطع بث تقارير عن فريق كرة القدم المحلي!!!!!!!! هل أصابهم مس من الجنون؟!!! هل اشتراهم الحزب المسيحي الديمقراطي، أم ماذا؟ الجميع يعرف أن هذا الحزب يخشى سيليزيا مثلما يخشى الشيطان من الماء المقدس".
راينر: "لا يسمح لهم بذلك بسبب الإعلانات التجارية، كما يقولون."
جيبي بضحكة متصنعة: "يريدون تقديم محطة آر تي في إلى السائحين الأغنياء في الفنادق على أنها محطة تلفزة إقليمية مزدهرة. بالإضافة إلى الإعلانات عن الطفرة الاقتصادية."
يضحك راينز مجعداً جبينه: "آكاذيب مزدهرة. اسمع يا جيبي، أنت بالتأكيد لم تقم قط في فنادق غورليتس الفخمة. لا يوجد في الفنادق الفخمة في غورليتس محطات تلفزة اقليمية، لا توجد محطة آر تي في، لديهم فقط محطات تلفزة فضائية."
جيبي: "ماذا؟؟؟!!!"

واكيم: "يبثون تقارير عن فريق كرة القدم الصوربي، بوديسا باوتسن، ويتملصون من بث تقارير عن فريق مدينتهم؟ هذا يُسمى تمييز عنصري! مسكينة ألمانيا! سرقة فنون وسرقة براءات اختراع صناعية وحرب امبريالية لمحو قوة اقتصادية، لقد عدنا لأيام ١٩٤٥"

ويأتي هانل وروزفيتا وهانل وماتسه وهولغر – الرجل الوحيد عاري الصدر
ماتسه وأورسل يحيون بعضهم بفرح:
ماتسه: "أنظروا، كريستل من المؤسسة البريدية متواجدة هنا أيضاً! سلامات أورسل!"
أورسل: "سلام ماتسه"
يسلمون على بعضهم باليد بحرارة

الآن يرى واكيم وأورسل بعضهم البعض
الاثنين بفرح وبعضاً من حب الاستطلاع: "هلا أنت"
هانل" "تحياتي لكم!"
هانل ترى روزفيتا: "آه، ها هي صغيرتي شميتلي"
روزفيتا: "يا إلهي، فورستر!"
هانل: "يا له من أمر مقرف، دائماً علينا ان نستيقظ باكراً"
هانل: "آه مولر هنا أيضاً! ماذا يا هانل! لقد رأيتك بالأمس مع صديقك في شارع برلين تشترون الثياب، أليس صحيحاً؟"
هانل: "آه تقصدين هذا! عليه العمل اليوم. إنه مشغول جداً بمتجر الحاسوب، ليس لديه وقت ابداً، لذلك يريني الثياب الذي يريد شرائها."
روزفيتا: "ما قيمة الرجال دون النساء؟"

السيدات الثلاثة تضحكن

ويصرخ جيبي فرحاً: "ها هي هانل قادمة... وروزفيتا أيضاً جاءت تتمختر!"
هانل: "نعم صحيح!"
سيدات تأتي إلى ساحة بوست بلاتس بتمهل.
دانوتا ويته ومارجريت وآنا
هانل: "سلامات! أين المُشرف الاجتماعي أصلاً؟ جئنا على الموعد، فأين هو؟ ليس هو بقُدوة؟!"
راينر: "أنظروا إلى مبنى السجن: علم الشرطة الشعبية."
يتحول نظر الجميع غير مصدقين إلى العلم الذي يرفرف بفخر فوق مبنى المحكمة الابتدائية.
يصلح جيبي رافعاً اصبعه مثل ناظر المدرسة: "هذا علم مقاطعة ساكسونيا. نحن ننتمي الآن إلى ولاية ساكسونيا." يضحك الجميع.
راينر: "تدعي حكومة ألمانيا الاتحادية رسمياً أن غورليتس التي تنتمي إلى ولاية شليسيا والنصف الشمالي من لاوزيتز العليا والذي ينتمي أيضاً إلى شليسيا كانا ينتمفريتز إلى ولاية ساكسونيا في عام ١٩٤٥، وهذا كذب وافتراء. كما يدّعون أيضاً أن مدينة رايشناو، التي هي الآن مدينة بوغاتينا البولندية، لم تكن تنتمي إلى ولاية ساكسونيا لغاية عام ١٩٤٥، وهذا أيضاً كذب وافتراء."
روزفيتا: "يا إلهي يا راينر كيف يحوّرون الحقائق. لا يمكنهم فعل ذلك."
راينر مبتسماً: "هل هذا رأيك؟"
ماتسه: "لقد كانت شليسيا غنية. أمي من شليسيا. لو تسمعون ما ترويه، السياسيون يكذبون كثيراً."
هانل: "أنا لا أصدق ما يقوله السياسيون في التلفزيون، وكل ما يُعرض في التلفزيون لا أصدقه. كانت الصبية في ألمانيا الشرقية تحصل على تعليم وتربية جيدة، ولكنهم اليوم يتلقون تربية تجعل منهم عدوانيين ضد الفتيات والنساء. لا أصدق السياسيين مهما ضحكت لايين أمام الكاميرا"
واكيم: "ماما كلمة لاتينية دخلت في اللغة الألمانية وأصلها Mamma وتعني بالألمانية حلمات الصدر لدى المرأة. يستخدمون هذه الكلمة لحددوا قيمة الفتاة أو المرأة في قيمة حلمة صدرها، إنها تربية تفرقة جنسية، والدليل أننا لا نستخدم كلمة "قضيب" لمناداة الأب."

يبتسم هولغر ابتسامة عريضة للرجال: "هل رأيتم الأم التي للتو أمام فندق

مونوبول؟ ملفتة للنظر، أليس كذلك؟"
رآها جميع الرجال. يبتسمون وينظرون نظرة حالمة. النساء تنظر مستاءة.
روزفيتا: "اسمع يا هولغر، لقد رأيناها نحن أيضاً. ما الذي يميزها عنا؟"
ماتسه: "دعونا نقول هذه الحقيقة: دائرة لاوبان، إحدى مدن اتحاد المدن الستة الشهير، خسرناها لمصلحة بولندا. وفرزت ألمانيا الشرقية في عام ١٩٥٠ ما تبقى من شليسيا لاوزيتز العليا ناحية كوتبوس إلى الشمال ودريسدين إلى الجنوب."
راينر: "ولم يكن الحال أفضل في عام ١٩٩٠، حين ضمت ألمانيا الغربية المدينتين إلى ساكسونيا."
ماتسه: "صحيححححح!"
روزفيتا: "صحيحححححح!"
يضحك الجميع.
راينر مبتسماً ابتسامة مرة موجهاً نظره إلى منصة الترويج لكأس العالم في كرة القدم. علم مثلث باللونين الأصفر والأزرق لمشروع القضاء على البطالة. إنها إهانة لكرة القدم الألمانية."
هانل: "أصفر أزرق، هذا كله فقط خدع نظرية."
جيبي: "لقد اكتمل عددنا الآن! نستطيع البدء! دعونا أولاً نذهب لنحتسي قهوة طيبة، لن يسرق أحد هذه الطاولة!"
وتقول هانل بلهجة أمر مستبدة: "هاينريش، هل القهوة جاهزة؟"
ينظر إليها هاينريش بشك مقطباً حاجبيه: "عندما تتكلمين بهذه اللهجة لن تحصلين على قهوة أبداً."
وتجيب هانل بتودد: "آخ هاينريشيي!"
يضحك الجميع ويدخلون المبنى، فندق مونوبول. صار اليوم أطلالاً ولكنه يكفي لمشروع مكتب العمل. آلة القهوة على منضدة البار في الصالة تصنع القهوة، وهاينريش يراقبها من خلف المنضدة. في الحديقة الخلفية تسترق قطة النظر، يعطيها هاينريش صحناً من الحليب. ثماني قطط أخرى تجلس على حائط الحديقة تنتظر حليب هاينريش.
يأتي طوماس – رجل شديد الوسامة، يتصرف وكأنه لا يهتم لشيئ، يعمل كمدير ثقافي في إيطاليا حيث درس - والجدة أولغا حاملة السنارة وعدة الحياكة تحت إبطها وبيرنهارد الذي يأكل المعكرونة بملعقة بلاستيك من صحن بلاستيكي كبير.
هاينريش يعمل على آلة صنع القهوة. وتأتي الناس متتابعة. يصب هاينريش فناجين القهوة ممتلئة: "أستغرب أنكم استغرقتم في النوم! والمدير؟ أين هو؟ متأخر. تباً."
بيرنهارد وبيده صحن بلاستيكي كبير: "لقد اشتريت صحناً من المعكرونة لدى محل الفيجي، لذيذ جداً. هل ترغب ببعض المعكرونة؟"
هولغر مزاجه معكّر: "لا شكراً. يا إلهي ماذا تفعل ولاية ساكسونيا ببلدنا. نحمد الله أن الفيجيين أقلية في بلدنا مثل الفيتناميين. الجو حار في الخارج."
هانل: "يا إلهي! كم أنك تشعر بالحر!"
روزفيتا: "اقترب عيد الأمل، عيد الفصح."
هانل ضاحكة: "حسب شكل هولغر، فهو متأمل بشيئ ما!"
يضحك الجميع.
روزفيتا: "هل سنكون مجدداً فرسان الفصح؟"
جيبي فخوراً: "هذه عادة صوربية"
واكيم: "لدي إعتراض بسيط. يصور الإعلام وكأن سكان اوستريتز و لاوزيتز العليا بأكملها فقط

من الصوربيين، علماً بأنه فقط نسبة ٦.٢٥% منهم من الصوربيين. أصبح ركوب الخيل في عيد الفصح أيضاً عادة ألمانية، وإنكار هذا يُعتبر تمييز عنصري."

ماتسه: "ركوب الخيل في عيد الفصح هو أصلاً، وأشدد على كلمة اصلاً، عادة صوربية تعود إلى العصور الوسطى عندما كان الصوربيون كفاراً. فقد كانوا يباركون حقولهم في الربيع."

واكيم غاضباً: "وكيف كان الجرمانيون الكفرة يباركون حقولهم؟ عن هذا الموضوع لا يتكلم أي معتوه"

هاينريش: "لا تتشاجروا، الشجار لن يوصلكم إلى نتيجة."

يدور ماتسه بنظره في الغرفة: "لا أصدق أن هذا فندق مونوبول الذي كانت تُقام فيه احتفالات المؤسسات والامتحانات النهائية وكل أنواع الاحتفالات. فندق ومطعم، مؤسسة كاملة. واليوم؟"

ينظر حوله ويتابع: "إنها خرابة، كل شيء مهترئ!"

هولغر: "مثل غرفة الإدارة في الحديقة العامة، مهملة للغاية. فقط يوجد حجر تذكاري ليوري غاغرين، العالم الفضائي الروسي، هذا انتعاش هلموت كول"

راينر: "لم يعد يحس بذلك"

يضحك الجميع بمرار

يتكلم ماتسه بكل موضوعية: "مركز تسوق لا يمكن أن يمثل الانتعاش الاقتصادي، لقد كان لدينا مركزاً للتسوق قبل الوحدة، بُني قبل مائة عام، تصميم شبابي رائع، مثل القصور. على الأقل لم بهدوء. دعونا نقول بصراحة: ثمة الكثير مما ينبغي أن تفتخر به غورليتس وألمانيا الشرقية. دعونا نبدأ مثلاً:

تصنيع الآلات، محركات، عربات ذات الطابقين المصنعة من مصنع VEB لصناعة المقطورات في غورلتس. عمل على الأقل ثلاثة آلاف عامل في صناعة المقطورات."

يته: "مصنع لأدوات الإنارة في تسيتاو شتراشه"

أورسل: "مصانع ألبسة، مصانع نسيج، أقمشة كاملة وصناعة الخيوط الممشطة، كان لدينا خمسة مصانع في غورليتس."

هولغر: "تقنية التدفئة والتبريد. كنا نصدر إلى مصر والسودان وسيلان."

جيبي: "أجهزة إطفاء الحرائق، ثلاثمائة وخمسون موظفاً"

ويسارع بيرنهارد قائلاً: "مسحوق الغسيل "شبيه" مسحوق غسيل المانيا الشرقية، هذا بالطبع ليس مصنوعاً في غورليتس، بل في غنتين، مدينة مساحيق الغسيل."

هانل: "بالظبط، غنتين!"

راينر: "أجهزة تشغيل كهربائية ومصنع آلات التكثيف في أوفر شتراسه، لأجهزة التلفزة والراديو والمحركات."

بيرنهارد: "بنتاكون، مصنع العدسات النظرية في غورليتس، تابع لبنتاكون دريسدن."

ماتسه بحماس: "نحن مدينة صناعية بحتة"

صوت موسيقى ناعمة، مثل تلك الموسيقى في محلات بيع الألبسة، يتصاعد من جهاز التسجيل الذي تبرع به مكتب عمل مدينة غورليتس لمسرح فندق مونوبول.

راينر: "أكبر وقاحة هي تغيير اسم نافورة مينا إلى نافورة طومي ميشال. الألماني ميشال، الألماني

الغبي ميشال. يا إلهي كيف نتركهم يصنعون بنا ما يشاؤون."

هولغر: "كلنا أغبياء. سبعة عشر مليوناً من الأغبياء. وكأننا من العالم الثالث."

أورسل: "مصانع ألبسة. مهنة الخياطة لم تعد تصلح. أدرس مهنة السكرتارية مع اللغات الأجنبية، الانكليزية والفرنسية. أذكر كيف أنني عندما كنت طالبة في مدرسة أورو المهنية ألقيت محاضرة على زملائي. كنت في بادئ الأمر مرتابة جداً ولكن تلاشى هذا الارتياب رويداً رويداً. ما أن انتهيت من دراستي المهنية حتى أرسلني مكتب العمل لمركز السيدات للعمل في مهنة الخياطة. عدت إلى مهنتي القديمة التي نسيتها اصلاً لأدرس مهنة أخرى."

هانل: "أستطيع أن أحكي حكايا عن دورات تغيير المهن."

روزفيتا: "لقد عرضوا علي دورة لتغيير مهنتي، تصوروا! تغيير مهنة وأنا ما زلت في العشرين من عمري. أريد أصلاً تعلم مهنة."

يميع صوت الموسيقى الصادر من جهاز التسجيل. تصمت الموسيقى.

جيبي: "لقد توقفت الموسيقى" ويتوجه إلى جهاز التسجيل ليقوم بعمله كتقني حفلات.

هولغر: "تباً لهذه التقنية، دعني أرى." يحاول هولغر عبثاً تصليح جهاز التسجيل.

جيبي: "لم يجد شيئاً سوى زراً أحمر."

أولغا: "ابقوا مرحين!"

بيرنهارد: "السياسيون مقرفون ونحن نخدمهم. سكان جبل طارق هم ملاّك القسم الأعلى من شارع برلين. سياسة الاقتصاد الاجتماعي لألمانيا الاتحادية."

أورسل: "وداعاً لا بالوما!"

روزفيتا: "هل هذا سيعزز اقتصاد غورليتس عندما يتم التشاور مع أهل جبل طارق ليكونوا ملاّكاً لمدينتنا؟"

طوماس: "كانوا يحتلون البيوت سابقاً في ألمانيا الاتحادية"

صوت محرك

هانل: "هل تسمعون ذلك أيضاً؟ هل يجزّون العشب في ميدان التحرير؟"

أورسل: "نحل جز العشب."

هانل: "غير معقول أن يصدر منه مثل تلك الضجة."

بيرنهارد واقفاً على الباب المؤدي إلى الحديقة الخلفية: "هذا لا يُصدق. إنهم يجزون العشب مجدداً في الحديقة المجاورة."

جيبي: "هذا مرض. لقد جزوا العشب في الأمس. معهم حق، لقد كبُرَ مليمتراً واحداً."

روزفيتا: "ما لا أطيقه لدى أولي هو اللف والدوران الذي لا ينتهي. بدلاً من أن يكون محدداً معنا، يتناقش معنا. ونتوصل إلى نتيجة بعد نقاش دام يوماً بطوله، يعود ويتناقش معنا في اليوم التالي، ونعيد الكرّة."

هولغر: "وكأننا في طاحونة، ندور مثل السنجاب"

هاينريش: "أتخيل نفسي وأنا في صف أولي وكأنني في مدرسة. والتقييم، كم أكرهه! وإذا قلنا كما يريد يعطينا نجمة في دفتر الملاحظات الخاص بالأم"

يضحك هولغر بمرار: "يعطينا نجمة في دفتر الملاحظات الخاص بالأم وكأننا في الصف الأول."
روزفيتا: "أصلاً أنا أؤيده دائماً لدى جولة التقييم، لا أريد الشجار مع مهووس مسرح."
هاينريش: "إنه غير مختص بالمسرح، فقد درس مادة التربية، التربية في مجال تعليم الكبار."
تخلط أولغا أوراق اللعب: "في هذه الأيام ارتفع سعر ليتر الحليب إلى مارك! كنا في السابق نحصل على الحليب بالقنينة"
هانل: "جدتي! تقصدين يورو! سعر ليتر الحليب أرتفع ليصل إلى ما يقارب اليورو!"
بيرنهارد: "لن تتعلموا اليوم."
أولغا: "كل شيئ أصبح أفضل هذه الأيام. تصوير الماموغراف مؤلم جداً. مرة واحدة ولن أكررها."
هاينريش: "بامكاننا الذهاب إلى مقهى إذا لم يأت أولي."
بيرنهارد: "لم يعد يوجد هنا تافيرني، ومقهى الولد الكوبى أقفلوه أيضاً؟"
ماتسي: "سابقاً كان بامكاننا الذهاب إلى دار الحفلات – الديسكو – آه لو أن الألمانيتان لم تندمجا. في دار الحفلات كان الجميع يتجمع حول البار ونتفرّج على عروض فنية جميلة، الكل كان يلتقي هناك."
هاينريش: "دار الحفلات يعني ديسكو، أقفل في ١٩٨٤، والآن محل الملابس زي أند آر."
ماتسه: "زي أند آر، الجيش الأحمر. هناك شارع في بيسنيتز يُطلق عليه اسم شارع الجيش الأحمر."
بيرنهارد: "حديقة البورغهوف كانت غاية في الروعة. اليوم خرابة. بالقرب منها يوجد مطعم صيني، أتعجب من بقائه مقفلاً. هذه معجزة التقنية. أو نُزل السواح قبل توحيد الألمانيتين الذي كان وحديقة البورغهوف فخر مدينة غورليتس. فكان هناك صالة رقص ومطعم. كانا علامة غورليتس المميزة. وكلاهما خرابة منذ عام ١٩٨٩ لا مفر من هدهما. والحديقة الفيكتورية، ملهى الرقص لغاية ٢٠٠٥ في شارع غروند شتراسه، للأسف لم يعد موجوداً."
ماتسه: "غيروا اسم الشارع إلى شارع الكورنيش."
بيرنهارد: "هه؟ مع العلم أن الكورنيش بعيد عن هذا الشارع."
هولغر: "جعجعة السياسيين في البلدية، مثلهم مثل السياسيين في مجلس المقاطعة، اللاندتاغ، والبرلمان الألماني، الرايشتاغ."
راينر رافعاً إصبعه السبابة: "لم يعد اسمه الرايشتاغ، اسمه اليوم البوندستاغ."
كريتسا: "أخذوا منا RBB مع كل أفلام ألمانيا الشرقية، محطتنا المحلية MDR لا تفعل ذلك إلا نادراً. وكل هذا بفضل محطات تلفزة الكابل اللعينة."
طوماس: "سوف تضحك، لا يوجد في فنادق غورليتس محطة تلفاز غورليتس شليسيا. ربما لا يريد حزب ZDU أن يعلم السواح بوجود غورليتس. معقول. يقدمون لنا أكاذيب في محطات التلفزة ويرونا قطاع الزراعة المزدهر في غورليتس ومنطقة لاوزيتز العليا في شليسيا السفلى. حبذا لو يغيرون من ذلك! ولكن الأمر يسير نحو الأسوأ. إلى هذا الحين ما زالت محطة RTV محطة تلفاز تابعة لغورليتس. ولكن سترون ما سيحصل عندما يعيدون تنظيم المناطق من جديد وتختفي مناطق شليسيا السفلى ولاوزيتس العليا...."
بيرنهارد غاضباً: "ماذا! لا يجرؤون على فعل ذلك."

طوماس ضاحكاً: "وتكون محطة تلفزة لاوزيتز العليا في مدينة باوتزن هي المحطة الأساسية ومحطة تلفزة غورليس تصبح تابعة لها منصاعة لأوامرها."
ماتسه: "لا لا لا طوماس، سأعارضك هنا. لا يمكنهم فعل ذلك، إنها نذالة."
طوماس: "عزيزي ماتسه: أنظر كيف أن السياسيين يضربون مقاييس معروفة عرض الحائط وكأنها لم تكن موجودة في الأصل. وأولادنا لن تذكر شيئاً منها. مثل القبائل فقط للفرد السابع، كما جاء في الانجيل، هكذا يمحون حضارة. سوف يمنعون علم شليسيا الأصفر والأبيض وسوف يصبح نبذ الشعب الشليسي رسمياً. تأكدوا من ذلك. يرحبون بالعلم طالما أنه يخدم مصلحة ZDU الانتخابية ولا يشكل منبراً إعلامياً جاداً. عندما يتغير الوضع ويعرض الشعب الشليسي عن انتخاب ZDU ويمتنع عن الانصياع لأوامرهم، حينها يُمنع العلم رسمياً."

واكيم: "حيلة جيدة لمجلس المدينة من حزب ZDU. يتركون عن قصد كل شيء مُهمل حوالي خمسة عشر أو عشرين عاماً. وفي الأثناء يموت المسنون وتموت الحقيقة معهم. حينها يقولون أنظروا بأية حالة مذرية ألمانيا الشرقية وكم هي فقيرة. وما لا أفهمه كيف أن الناس ما زالت تنتخب هذا الحزب ليمثلها في مجلس المدينة. من غير المعقول أن يكون جميع الموجودين في ساحة مارين بلاتس من المتقاعدين الغربيين والذين يصفقون بصحبة السائحين الغربيين في احتفالات حزب ZDU. إنهم يلغون حضارة. أنا بصفتي من شليسيا أعرف كيف يقوم الغربيون بذلك وكيف يحتالون ويتظاهرون أنهم من مؤيدي إعادة الإعمار."

ماتسه: "الجيش الأحمر! هههههه. وشريك مع السوفيات كانت مخابرات أمن الدولة، قيادة السوفيات كانت في شارع ثيلمان شتراسه، اليوم مولتكي شتراسه، وبجانبه مخابرات أمن الدولة."
راينر: "مخابرات أمن الدولة! لدى مجرد سماعي لهذه الكلمة"
هولغر: "لدينا في الشمال: تغير اسم شارع لينينغراد إلى اسم شارع لاوسيتزر وشارع ثورة اكتوبر إلى شارع شليسيا."
أورسل: "شارع الصداقة يمتد من شارع كال باوم إلى الجمارك، شمالاً الحديقة العامة وعلى اليمين العمارات القديمة. اليوم هناك جامعة الهندسة."
بيرنهارد: "شارع بولسلاو بيروت، أصبح اسمه اليوم شارك الدكتور كال باوم بين شارع كيغلر هايم وبلوك هاوس."
ماتسه: "ساحة كارل ماركس والتمثال التذكاري لضحايا الفاشية، أصبح اسمها اليوم ساحة فيلهيلم"
راينر: "شارع ثيلمان سموه اليوم شارع جيمس فون مولتكه."
بيرنهارد: "شارع بيروت على مفرق شارع امريش، مقابل كيغلر هايم."
هانل: "ساحة لينين هي اليوم السوق العلوي"
جيبي: "مركز إدارة الستازي مهمل مثل كل شارع برلين العلوي"
ماتسه: "المشفى الطبي الثاني الكبير على مفرق شارع بيروت"

هانل: "من البريد نزولاً إلى الكورنيش كان هناك شارع ألكسندر بوشكين، اسمه اليوم شوتسن

شتراسه، من البريد إلى شارع الدكتور كارل باوم."
جيبي: "ومجلس المنطقة، أصبح اليوم مبنى المحكمة الابتدائية والسجن."
بيرنهارد: "النصب التذكاري شيلر على ناصية شارع بلوكهاوس / شارع بيروت."
هانل: "شارع فيشتي هو المسبح الشعبي الداخلي، ما زال اليوم يحمل الاسم نفسه."
ماتسه: "غيرّوا اسم ميدان التحرير إلى ميدان البريد."
هاينريش: "مسبح هيلين، لم يعد موجوداً، تباً"
روزفيتا: "اسمع، لقد كان في لودفيغسدورف مسبحاً داخلياً، حيث اليوم الساحة الرياضية."
أورسل: "هذا كله مقرر مسبقاً"
واكيم: "هذا من طبيعة الطائفة الإنجيلية."
أورسل: "أنا لست من الطائفة الإنجيلية."
طوماس: "يُعتبر الثراء والثروة لدى الطبقة الأرستقراطية الأميركية الإنجيلية دليلاً على رضى الرب عنهم."
ماتسه: "كونوا صادقين. لا ينتمي أحد منا إلى الكنيسة، كلنا ملحدون."
بيرنهارد: "قبل الوحدة الألمانية لم يكن أحد ينتمي إلى الكنيسة، نعم سابقاً ..."
راينر: "لا لا أحد لأن الدولة كانت تضايق كل من ينتمي إلى الكنيسة."
بيرنهارد: "ولكنه كان من الطبيعي ألا تلعب الكنيسة أي دور ونحن نعيش براحة. كان كل شيء أفضل سابقاً."
ماتسه: "اتحاد الصداقة الألمانية السوفياتية، كم كنت أكره هذا الاتحاد."
راينر: "لقد تركوا لنا مقابر الحرب السوفياتية. قولي لي بالله عليك يا هانل، عندكم أرانب وأنا أحتاج إلى واحد منها."
هانل: "نعم صحيح! لدينا طبعاً أرانب، ولكنها تحتاج لبعض الوقت. لدينا سخول وماعز وخراف، ما رأيك؟ لا يملك البعض منا إلا أن يُصدق هذا "
هولغر: "حقاً! سخل لعيد الفصح! رائع!"
هانل: "يلتقي كورال الخبازين والجزارين باستمرار، وثمة أيضاً دهّان مشهور متواجد معهم دائماً. هل تعلمون، سيكون لدى مُزارعو الفاكهة الكثير من العمل هذا العام. هل رأيتم مزارع الفاكهة في بيزنيتس، كانت الفواكه صغيرة" تشكل أصابعها على شكل دائرة قطرها سنتيمتراً واحداً، وتتابع، "وكم هي الآن فريتزعة"
هاينريش: "هذا نتيجة الانحباس الحراري."
روزفيتا: "نعم هانل في لودفيغس دورف أيضاً."
هانل وقد نفذ صبرها: "يا إلهي، متى تحين وجبة العصر؟ أريد العودة إلى البيت أخيراً!"
هاينريش يقول حالماً: "أوه، شرائح الخبز مع قطع من النقانق الدسمة"
راينر متلذذاً: "نقانق مصنوعة في البيت ودهن الخنزير..."
روزفيتا بكل أحاسيسها: "نقانق حمراء ونقانق الكبد، مع الخبز الطري المطلي بالسمن وطاجن اللحم المُنوّع! لحم بطن الخنزير ونقانق الدم ونقانق الكبد."
جيبي: "ومعهم هريس البطاطا!"
روزفيتا بشغف: "اووووووه!"
يقاطعها هولغر ويقول بشغف: "آه روزفيتا، سأحبك لأجل ذلك!"

روزفيتا تقول باختصار وبحزم: "لا هولغر، أتركني وشأني!"
أورسل وواكيم يتهامسان:
أورسل: "يا سارق!"
واكيم: " بل أنت السارقة!
أورسل: "قُطيطي الصغير!"
واكيم: "هريرتي الصغيرة!"
أورسل: "أنت تروق لي"
يلتهم هولغر بشغف شريحة الخبز مع النقانق.
أورسل: "أنت لا تشبع يا هولغر"
هولغر: "نعم هذا صحيح"
هانل: "أنت يا هولغر! لا تبتلع كثيراً، تبدو وكأنك حامل في الشهر السابع."
مارجريت وأورسل وواكيم وجيبي وراينر وبيرنهارد وهاينريش وماتسه في صوت واحد:
"هاهاها، هذا صحيح!"
هولغر: "أريد أن أغسل وجهي."
كريستفريتزة: "أستطيع الآن العمل مع زوجي في مؤسسة دفن الموتى."
واكيم: "مؤسسة دفن الموتى؟ هذا جيد. أمي كاثوليكية من شليسيا. توفيت، رموها مثل القمامة، رؤيتها قبل الدفن، أي ترك النعش مفتوحاً، كان ممنوعاً. خمسة رجال أشداء حرسوا النعش، هذا الدفن الكاثوليكي. لا شكراً"
مارجريت: "هذا غير معقول"
واكيم: "بل معقول"
أورسل: "مسك يد الميت ووداعه جيداً. عندما توفي والدي قبل أربع سنوات أتى كل من في بلدتنا. الكل ودّعه. الكل يعرف بعضه، سلسلة الهضبات الشرقية."
واكيم: "بالتأكيد أنتم تنتمون للطائفة الكاثوليكية، أليس كذلك؟"
أورسل: "لااااااا، كلنا من الطائفة الإنجيلية، هذه لباقة وأخلاق، طبيعي جداً!"
واكيم: "غير معقول، من الطائفة الإنجيلية! كانت عائلتنا دائماً تُثرثر عن الطائفة الإنجيلية لأنهم ينظرون إلى كل شيء بشكل سطحي وغير صحيح. لقد كنت دائماً كاثوليكياً مهما حصل. أما الآن فتستغفلني الكنيسة الكاثوليكية مما جعلني أنسحب من الكنيسة احتجاجاً عليهم. علماً أن الذنب هو ذنب مؤسسات دفن الموتى. عندما أسمع بتلك الشركات الأوغاد مثل نوي ايزنبورغ/فرانكفورت على الماين/ في ضواحي المدينة. يقولون إن اسم المؤسسة مثل اسم شخصية برنامج أطفال أميركي في الخمسينيات مع الكلب القادر على فعل كل شيء، لا أريد أن أروّج لهم."
هولغر: "كم هو جميل، كاسم لمؤسسة دفن الموتى."
واكيم: "علماً أن الخوري ماسوث كان الأفضل عند دفن أمي. وضع الحق عليّ لأني انسحبت من الكنيسة يُعتبر تلفيقاً للحقائق. علماً أني لم أرد إلا توديع أمي، كما يُملي عليّ الواجب."

مارجريت: "لك الحق في رؤية أمك قبل الدفن ويُسمح بفتح النعش ان أنت طلبت ذلك."
واكيم: "ربما في كنيستكم الانجيلية ولكن ليس لدى الكاثوليكيين. ولا تتخيلوا السرعة التي نسوا بها أخوتي أمهم. أمي تحب وطنها شليسيا وتكره زوجها السابق كما الطاعون. هو من فوغتلاند. وهذا

الشخص دعوه إخواني الأعزاء للمشاركة في تأبينها. لقد فشلت، كان عليّ أن أفجر هذا التأبين بمشكلة وأفتح النعش وأرى إن كان أحداً يستطيع أن ينظر إلى وجه أمي. منذ موتها لم آكل شيئاً. كنت أريد فتح النعش ولكني كنت ضعيفاً. أنا اخجل من نفسي اليوم. الشيئ الوحيد الجيد في التأبين الكاثوليكي كان الخوري. لقد قال الحقيقة والجميع نظروا مصدومين."

هل ستأتون إلى مظاهرة الإثنين؟ كنت في السابق أنتمي إلى جماعة البونك. لدينا الآن طفلان، ١٢ و١٤ عاماً. أنا وزوجي نجتمع دائماً مع المحافظ باولي على مائدة الطعام."
هاينريش: "هو سيد البيت، له سلطة نافدة: هل يُشارك باولي أيضاً في مظاهرات الاثنين؟ لقد شاركت مرات عدة في هذه المظاهرات. ولكني أتسأل مع نفسي الآن، ما هذا القرف؟ فالشعب يُجبر على الصمت في كل الأحوال، لماذا سأشارك إذن ؟ الأفضل لي أن أمكث في بيتي."
هولغر : "هاينريش، هل أنت هنا منذ الساعة السابعة والنصف صباحاً لتقدم القهوة؟"
هاينريش: "لا لا! من الساعة السابعة. كان عليّ إزالة فوضى الأمس. من كان هنا بالأمس؟ مجموعة من الشباب؟ هؤلاء وحدهم لا يمكن أن يتركوا هنا مثل تلك الفوضى العارمة. من غيرهم يا ترى؟"
أولغا: "أكيد إنها الجنية الشريرة."
ماتسه يحمل الجريدة: "مقال كبير: بامكاننا بناء ملاعب كرة قدم ولكن ليس بإمكاننا إيجاد مدرب للمنتخب الوطني." ويضحك.
راينر: "كلينسمان، من المشاهير الأغنياء، ليس عليه إثبات أي شيء آخر. اسمه لامع. هو ليس مدرباً. لجوء كرة القدم الألمانية إليه دليل على تدني المستوى. ربما ستكون الملاعب أحسن ما هو موجود في مباريات كأس العالم لكرة القدم. أريني!"
ماتسه يعطيه الجريدة.
أورسل تقرأ في الجريدة الأسبوعية:
أورسل: "هؤلاء البلهاء!" تتكلم عن الرجال الذين يعرضون نفسهم في إعلانات الزواج، "جميعهم متبجحون يبحثون عن ربة منزل تنظف الأوساخ التي يخلفونها!"
روزفيتا: "يبالغون، ويتظاهرون أنهم هم الأفضل!"
هولغر: "يُبالغون؟! المبالغة قد تكون أمر محموداً. إنهم يبحثون عن خادمة. تصوري نفسك يا روزفيتا في مريول المطبخ. أوه، ما أحلاك وأنت تنظفين وترتبين منزلي."
تنظر إليه روزفيتا بصمت واشمئزاز.
بدلاً عن ذلك تسبّه جميع السيدات بصوت عال: "هولغر! أنت خنزير! مقرف! أنت رجل نمطي!"
تُقحم نفسها دانوتا متنكرة بثياب خادمة تحمل الدلو وخرقة التنظيف: "يا هذا تريد خادمة بولندية! تنظيف كل المنزل وتغسل الغسيل وتكوي الكوي، كل هذا أفعله بخمسة مارك!"
هولغر: "ماذا؟ فقط خمسة مارك؟" يبتسم ويحمر وجهه من الخجل.
ولكن آنا وهولغر يتبادلان النظرات.
آنا: "من الممكن تنظيف البيت بقميص نوم مثير. ولكن هذا يكلف آكثر."
هولغر: "آخ يا آنا!!! كم سأشعر بالإثارة!"
أورسل: "المرأة في ألمانيا الشرقية:
كسب المال و عمل متواصل

تمكث الأم بعد الولادة لمدة تتراوح بين ستة أشهر وسنة واحدة في البيت وتحصل على ٩٠% من أجرها. ويجب على الأم الذهاب إلى حلقة الأمهات مرة شهرياً ابتداء من يوم ولادة طفلها، حيث يتم التأكد إن كانت تعتني بالطفل بما فيه الكفاية."

هولغر: " في ألمانيا الغربية كان هناك فقط ربات بيوت."

واكيم: "كلمة "ربات بيوت" تنم عن عنصرية. العنصرية ضد النساء هي جنحة الأبطال، كلمة "ربة بيت" تليق أن تكون شعاراً لحزب، أما العنصرية ضد الأجانب فمرفوضة."

هاينريش: "هذا يتماشى جيداً مع الصينيين. كان الصينيون يربطون أقدام الإناث من حين ولادتهن كي تصبح القدم مقوسة."

بيرنهارد: "ماذا؟ الصينيون؟"

هاينريش: "نعم، فقط حين جاء ماو أوقف هذه المهزلة."

فرانك يضحك بمرار: "الكعب العالي يخفف من عقدة النقص لدى بعض النساء"

هاينريش: "الصين القديمة، مثل ألمانيا الاتحادية اليوم. لدينا الكثير من العيون الصينية في ألمانيا والعدد في تزايد."

هولغر: "لا أحب الألمان الغربيين الذين ينتقلون إلى ألمانيا الشرقية ليستوطنوا فيها. ما هذه الثقافة المدهشةالتي أحضروها لنا معهم؟ يا إلهي! لقد رأينا بأم أعيننا كيف اشتروا معامل لوينا الكيميائية بيورو واحد فقط. حبيبنا هلموت كول"

راينر: "هو لم يعد يحس بشيئ"

يضحك الجميع بمرار

هولغر: "لقد أنقذ توحيد الألمانيتين ألمانيا الغربية من أزمة اقتصادية. الوحدة، الشعب الواحد، هذا ما كانوا يدّعونه ولكنهم في الحقيقة كانوا يريدون توسيع أسواقهم. يتفاخرون بأموالهم وبأنهم قادرون على فعل كل شيئ و بأنهم إنتشلونا من الحضيض، يا للقرف، الألمان الغربيون مقرفون."

هاينريش: "لو أن الألماني الغربي قضى إجازته في سليزيا السفلى دائرة لاوزيتس العليا قبل عام ١٩٨٩، لكان عرف ما معنى كلمة "جيش". كان السوفيت متمركزون في لودناو والمطار العسكري التابع للجيش الدفاع الوطني في روتنبورغ، وفي لودنا ريتشن كانت هناك ثكنة عسكرية غابوية."

جيبي: "بصراحة أنا كنت أتمشى في الغابة تحت جنح الظلام وكنت أمر بالمنطقة العسكرية السوفيتية، لم تكن هناك أية سياجات و لا حتى بشر، ولم تكن هناك أية مراقبة، فقط خنازير برية. بل يمكن جمع الفطريات هناك!"

يضحك هاينريش ويقول: "نعم صحيح! لا يستطيع المرء مقاومة جمع الفطريات."

جيبي: "نعم صحيح! لم تكن هناك أية سياجات على الشارع المؤدي إلى الثكنة. كان الكل يذهب إلى الغابة ويجمع الفطريات في قلب المنطقة العسكرية السوفيتية، سلال مليئة. كل الناس فعلت ذلك."

تهز آنا قطعة نقانق كأس العالم البلاستيكية وتحسس عليها مستغربة.

آنا: "تشبه قطعة النقانق هذه الهزاز الذي أملكه بعد الاستعمال." يضحك الجالسون جميعاً وتريهم آنا تميمة كأس العالم وتقول:

"هذا القرف مصنوع من البلاستيك!"
هانل: "طبعاً"
ويقول هولغر مصدوماً: "من البلاستيك؟ يا للاشمئزاز! هل يضعونه في مؤخرتهم؟!"ينظر إليه الجميع متذمرون عاتبون على ما قاله وترد عليه بعض النساء: "يا لك من خنزير!" ويصيح هولغر مجدداً: "مصنوع من البلاستيك؟! ما حاجة المارة به إذاً؟ هل يحتاجون إلى هزاز؟ لو أنه كان نقانق مسلوقة، أليس هذا أفضل؟ ولكن هزاز؟ عجبي!" وتابع بلباقة موجهاً كلامه لآنا، بعد أن أدرك خطأه:
"آنا، إني مستعد لأن آكل نقانقك المسلوقة بكل سرور."
وتتعالى أصوات احتجاج معظم النساء الجالسات ولكن آنا تجيب هولغر بدلع.
"كم أنك لطيف يا هولغر"
هولغر يتوهج ابتهاجاً.
ترتفع نظرات يته ودانوتا من على بطاقات لعب البوكر وتقولان:
"دعونا نضع تقييماً لهذا اليوم، لكي يذهب كل واحد منا إلى بيته. هلاّ بدأت ماتسه؟ ما رأيك بكل ما جرى؟"
يجيب ماتسه بابتسامة متصنعة: "أنا؟! حسناً، إذا أردتم رأيي فإن نقانق كأس العالم لا تجدي نفعاً!"
هانل: "ولكن هلاّ قال لي أحدكم أين صاحبنا المشرف الاجتماعي؟ هل رأيتموه؟"
هانل: "سأذهب إلى البيت"
يُطلع ماتسه الصحيفة على الحاضرين: "لقد ألقوا القبض مجدداً على بعض الارهابيين، خلية اسلاموية في كولونيا."
راينر: "عدنا لنسمع عن العرب مجدداً، ألم نسمع بما فيه الكفاية؟!"
يجيب طوماس بكل جفاف: "إنها قصة لا تُصدق، تفتيش بيت خالي، بعض الرجال الأقوياء متنكرون بزي القوات الخاصة وشخص آخر يصور الحادثة. وماذا عن المسيحين المتطرفين؟ لا نسمع عنهم شيئاً في الإعلام."
هولغر: " لا أحد ينهش لحمه بنفسه!"
ماتسه: "كولونيا، أليست تلك المدينة التي يسكن بها ذلك الشيخ قبلان؟"
راينر: "مفتي كولونيا الأعلى، قبلان على وزن قفطان. أنا لا أصدق ما كتبته الصحيفة ولكني في نفس الوقت لا أطيق العرب ولا أطيق الأتراك."
ويتابع غير آبه: "فألمانيا تعج اليوم بالأتراك والمسلمين، هذا أمر لا يخفى على أحد ولا يُقارن مع فترة ما قبل الوحدة الألمانية."
واكيم: "وادي الذئاب، فيلم تدور أحداثه حول حرب العراق ولا يُظهر أميركا بصورة جيدة."
ماتسه: "ينعتون كل من ينتقد أميركا بالعداء للسامية"
واكيم: "ياسر عرفات ساميّ أيضاً، كل العرب ساميّون، لأن كل أبناء ابراهيم من الساميين. هذا يعني: الفينيقيون والسوريون والبابليون والملحدون في كنعان والعبريون وشعوب أخرى. إسرائيل ما هي إلا جيش أميركي على هيئة دولة. العداء للسامية فقط حجة لتحويل الأنظار عن الإبادة

الجماعية التي مارستها أميركا في الفيتنام وجعلوه سبباً للحرب الاسرائيلية الفلسطينية وحجة لفرض سيطرة الغرب على الشرق الأوسط برمته. تقوم منظمات مسلحة يهودية متطرفة بأعمال عنف ضد المدنيين. المساعدات الغذائية الأممية دخلت مناطق الحكم الذاتي اليهودي مجدداً رغم انتهاء وقف اطلاق النار. كم هي معروفة لدينا هذه التعابير. كل انسان ذهب إلى المدرسة في ألمانيا الشرقية زار معسكر تركيز. فهذا كان جزءاً من المنهاج الدراسي في ألمانيا الشرقية، ولكن مثل هذا الشيء لم يكن ليحصل في ألمانيا الشرقية. أنتم تعرفون كيف أن أي انتقاد صادر عن الشرق الأوسط أو ألمانيا الشرقية موجه ضد إسرائيل يُعتبر عداء للسامية ويُصنّف في خانة النازيين الجدد. مثل هذا يجب أن يتحدث عنه الإعلام الغربي. أولريكه ماينهوف، ..."

ينظر الجميع متسائلين.

واكيم: "ألا تعرفونها؟"

ماتسه: "أولريكه ماينهوف؟ ليس لدي أدنى فكرة عنها. أظن أنها كانت عضوة في منظمة الجيش الأحمر، إرهابيي ألمانيا الغربية."

واكيم: "منظمة الجيش الأحمر. أولريكه ماينهوف، أخذوا منها أولادها الإثنين."

أورسل: "ماذا؟! لم أكن أعلم بهذا الأمر، يالها من حَقَارة! ما أعرفه هو أن البعض منهمكان يعيش بيننا في ألمانيا الشرقية كمواطنين عاديين."

ماتسه: "بدوري لم أكن أعلم أنهم أخذوا منها إبنيها . أعتقد أني لو كنت مكانها لأصبحت حيواناً مفترساً. وتقولون إن البعض منهم كان يعيش في ألمانيا الشرقية، لم يلحظ ذلك أحد، أعتقد أن كل هذا حصل بعد الوحدة."

واكيم: "ماذا؟ لا تعرفون ألوية الجيش الأحمر؟! لابد أنكم تمزحون! أولريكه ماينهوف! أولريكه ماينهوف التي يؤمن كل الألمان الغربيين بأنها "وحش كاسر". ولكن لا بد أنكم تعرفون حركة "من السيوف إلى المناجل"

أورسل: "هذا أجهله تماماً. هذا من ألمانيا الغربية، أليس كذلك؟"

ماتسه: "السيوف إلى ماذا؟ إلى المناجم؟" ويبتسم بمرارة

واكيم: "كراهية! كراهية! كراهية! هذا لا يُعقل أبداً! غسيل دماغ. أرأيتم، ها أنتم تصدقون كل ما يُقال في الإعلام."

ترد روزفيتا بكل برود: "نحن نأخذ ما يُقدم لنا"

واكيم: "وتتجاهلون ما لا يُذكر في الإعلام!"

هولغر هائجاً متصنعاً الابتسامة: "أوه، أنا أحب مشاهدة التلفاز وخصوصاً حينما تظهر فيه النساء."

روزفيتا: "إسمع واكيم، أعتقد أنك تنظر إلى الأمور بعناد نوعاً ما. ليس بيد أحد منا تغيير العالم. هل تعتقد أنك الوحيد هنا الغاضب من هذا النظام المنافق؟

أورسل ملطفة الجو: "والآن واكيم، كن ولو لمرة واحدة حسن السلوك! قربت الساعة على الثانية بعد الظهر، سينتهي وقت العمل على كل حال."

واكيم: "لدينا أفضل ثقافة حرية جسد و أحسن تعامل طبيعي بين الناس، كوبا الحرة، يظهر التلفزيون الألماني الغربي كاسترو دائماً باللون الرمادي ويصوره كأكبر مجرم. عرفت ألمانيا

الشرقية الغربيين لغاية ١٩٨٩ فقط باللون الرمادي. لدينا أحسن لاعبي الآيس هوكي. صدم الفريق السوفياتي الناس بلباسه الرياضي الأحمر، كان يُعتقد أن أوروبا الشرقية رمادية ليس إلا. لقد غيّر التلفزيون الألماني الغربي تفكيري تماماً. بل غيّر شخصي! أنا الذي كنت أطير فرحاً بهجمات ألوية الجيش الأحمر. لم ألحظ شيئاً. لم أفطن إلا في الوقت الحاضر. صدقت كل شيئ، صدّقت أن النظام الغربي هو أصلاً الأفضل، وبذلك وقعت في شراك الثقافة الغربية. كنت أحتقركم، كنت أنظر إلى ألمانيا الشرقية والاتحاد السوفيتي بعين الشفقة ليس إلا."

واكيم وأورسل وحيدان بعد مجموعة الترويج لكأس العالم:

أورسل: "إسمع، دعنا نذهب إلى المقهى، هناك نستطيع أن نتكلم سوياً بشكل أفضل."

واكيم: "لا، أنا لا أستحق كل هذا اللطف منك"

أورسل: "أنت لم ترتكب أية معصية!"

يجيب واكيم ساخراً: "حرية الرأي: أكبر كذبة دعائية." ومن ثم يهرول إلى الحمام.

أورسل: " لا تجعل المرحاض ضعيفاً، خائباً مثلك!"

أولي وهاينز بيتر لا يأتيان، الجميع يتوزعون، يجلسون بتكاسل على طاولة القهوة، يتمشون قرب الفندق وفي ميدان التحرير أو يتناولون بعض الشطائر من المخبز.

ثمه ودّ بين أورسل وواكيم، اشتعلت شرارة الحب بينهما

يتحدث أورسل وواكيم بهمس في الحديقة الخلفية، العصافير تزقزق:

أورسل: "اسمع! العصافير تتهاوش" وتضحك لاستعمالها هذا التعبير

واكيم: "تتهاوش؟" ويضحك، "ما معنى تتهاوش؟"

أورسل: "تعني تغرد"

واكيم يستمع: "تتهاوش، نعم العصافير تتهاوش، ما أجمل هذه الكلمة!"

يتعجب أورسل وواكيم ويبتسما.

أورسل: "بامكاني الكتابة بكتاب أطفال صغير ماذا تتحدث الحيوانات. تسبح في نهر موغليتز، والسمك يختبئ تحت الحجارة."

يدخل الاثنان مجدداً إلى غرفة التدريب والكل يغني: نعم سنسافر إلى الجنوب، سنسافر خلف الشمس.

بينما تتمشى هانل على الرصيف وتراقب طاولة دعاية كأس العالم من على مسافة قريبة، تكتشف مجيئ المشرف الاجتماعي وتصرخ: "ها هو المشرف الاجتماعي في طريقه إلينا!" يخرج الآخرون من داخل الفندق ومن ممره الخارجي إلى الرصيف. من خلف ناصية الطريق يأتي درويش أشعس الشعر، يختلف كثيراً عن الآخرين، نظراته توحي بالعجالة والعصبية:

يقول المعلم أولي معتذراً: "سلامات يا جماعة! آسف جداً."

هانل: "هدئ من روعك! أنت تلهث!"

المعلم أولي: " قَرَضَ نمس شريط الكهرباء، ولكني استطعت وصله بنفسي، إلا أني اصطدمت بسيارتي بخنزير بري وأنا في الطريق إليكم. شيء مقرف!"

جيبي: "الآن الأستاذ معنا، بإمكاننا البدء، ولكن البعض قد رجع إلى البيت."

هانل: "لم يعد بمقدورهم التحمل أكثر، يا للأسف!"

بعد مرور دقائق عدة:

ينظر البعض إلى الساعة، اقتربت على الثانية بعد الظهر، وطاقة الأستاذ أولي ليست كالعادة: "حسناً، دعونا نقف جميعاً..."، رمز الطاعة للجميع. ويتابع أولي".. ودعونا نقفز في مكاننا."

ترد هانل بصرامة: "لن أفعل ذلك"

يقول هولغر مجذوبا:"نقفز!!! نعم كلنا، وأنت أيضاً يا هانل!"

تمتنع بعض السيدات عن المشاركة

جيبي: "مركز للأطفال صعبي الإنقياد والمضطربين اجتماعيا."

مونتريال، أمام مبنى البلدية:

شرطيان مهندمان، تقريباً في خريف العمر، يقتربان من بعضهما على أحصنتهما ويلتقيان.

يقولان في آن واحد: "شرائح بطاطا"

كلمة السر

يسلمان بعضهما شرائح شيبس و شرائح إلكترونية وأفلام مصغرة.

يقول أحدهم ولهجته لا تخلو من حنين للوطن: "قضينا على باشاند"

يقول الآخر: "فرنسا، ما أجملها من بلد"

يرد الأول: "لقد كانت أوقاتاً رائعة، على الأقل كنا نلف العالم."

الثاني: "اسمع يا رجل، نحن نتعاون معاً منذ زمن، يمكننا أن نتكلم الآن بصراحة." ويتابع ناظراً إلى الشريحة الالكترونية ومشيراً إليها: "هل تعرف ما بداخلها؟"

الأول: " و لا أدنى فكرة"

"إذن سيستسلمون ويدفعون العمولة كاملة."

الجزائر العاصمة

إسلام، عرب، الفرنسية في كل مكان

عميلان سريان من مونتريال. هم نفس الشرطيان أمام البلدية

الأول: "هذا مهول!"

يبيعهم بائع الحاجيات التذكارية أغراضاً قديمة، أشياء بلاستيكية ملونة مصنوعة في ألمانيا من بينها تميمة كأس العالم على هيئة ثعبان حكمة كبير الحجم.

يتكلم الأول بلهجة فيها افتخار و قناعة من كونه قد حصل أخيراً على شيئ

ثمين من الحضارة العربية وعلى تذكار جزائري أصيل يأخذه معه لعائلته خصوصاً لأولاده، ومسرورا بأنه قد استطاع منح العربي غير المتحضر بعضاً من الحضارة والسلام، بينما يرد عليه الآخر: "نحن هنا لسنا في العصور الوسطى!"

الفاتيكان

يقبع البابا بينديكت أمام مكتبه وحوله أكواماً من الأوراق.
يدخل عليه زميله، بشعره المنكوش، متحمساً للعمل، يقول في جدية: "قداستك، هذه آخر مجموعة من القدس، أقصد أورشليم، آسف" ويضع مجموعة من الأوراق فوق الأخريات على سطح المكتب.
البابا: "هل هذه آخر الأخبار؟" وينظر إلى أكوام الأوراق متأملا يقول: "القدس أو أورشليم، لا فرق. فوضى من الأوراق!" ويقلبها باحثاً.
"إذهبوا إلى الصحراء. في الصحراء ستجدون العلّيق".
الزميل: " مراقب الغابة الأعلى، يستفسر متى يتشرف بالسماح له بمقابلة قداستك، يريد التكلم مع قداستك عن ضريبة الطريق الروماني..."
البابا: " مراقب الشوراع يمكنه الانتظار. ما هذا؟" يسأل وهو يحمل ورقة بيده عالياً.
يهز الزميل بكتفيه
يقرأ البابا بصعوبة: "مخزون مياه، ماذا تعرف عن هذا الأمر؟"
الزميل: "يطالب العرب في المدينة القديمة منذ أزل الآزلين بالمياه الجوفية في أراضيهم."
البابا: "أورشليم القدس تقول إسرائيل. أدانت الأمم المتحدة استيلاء اسرائيل على القدس الشرقية وكنيسة القيامة. وإسرائيل تقوم بحفريات مسجد الأقصى منذ أيام مجلة "إف إف"، كان ما زال لدينا المارك الألماني!"
الزميل: "سأعطي أمراً بكتابة رسالة احتجاج"
البابا: "رسالة أخرى؟ دعنا من رسائل الاحتجاج، صحيح أنها مصاغة جيداً، إلا أنها لا تؤدي إلى أية نتائج."
الزميل: "هناك بالطبع حركات شعبية. سوف أتحرى عن ذلك" ويردف وهو ينظر إلى السقف وقد خطر على باله شيئاً، "الحركات الشعبية لها وقع مثل الديمقراطية"
البابا: "إذن ليس لنا بها ناقة ولا جمل! هذا يسمه الشعب نفاقاً. الكنائس و الأديرة يزنّون بها على رأسي. ولكن ما هذا يا ترى؟! " ويلوح بورقة بيده ويقرأ عالياً: "مخزون الصحراء من المياه الجوفية كان مجرد خدعة."
يلقى الزميل نظرة على الورقة وتنم تعابير وجهه عن عدم معرفته بهذه المعلومة.
ويتابع البابا القراءة مزعوجاً ومتشوقاً لما سيأتي:

"تبين أن مخزون الصحراء من المياه الجوفية كان فقط صرعة إعلامية كما ذكر ذلك رئيس الحكومة البريطاني في مؤتمر صحفي في..." وتلتفت نظرة البابا إلى الورقة مجدداً "... في تاريخ الأمس" ويعيد النظر إلى الزميل لائماً: "ولماذا لا أعرف بذلك إلا اليوم؟" ويتابع القراءة: "نتائج بحث قامت به لجنة بحثية جيولوجية تابعة لجامعة أوكسفورد. مخزون مباه اكتُشف في أوروبا."

الزميل: "أوروبا؟ أين؟"

يضربه البابا مقاصصاً على أصابعه ويتابع القراءة:

"روسيا" ويحدق البابا في الهواء.

البابا: " العياذ بالله!"

فندق مونوبول

يُعتبر فندق مونوبول في ميدان التحرير مركزاً لتجمع المشاركين المتطوعين في الحملة ضد البطالة في غورليتس. وتتدرب المجموعة على مسرحية لتقديمها على مسرح الشارع ضمن فعاليات احتفالات كأس العالم، ولكنهم يمضون تطوعاً معظم الوقت في انتظار المدرب أولي الذي يدربهم على المسرحية. لهذا جعل المشاركون في المطبخ غرفة جلوس يجتمعون بها. وبما أنه أحياناً يأتي المشاركون والمشاركات قبل المدرب أولي، فيمضون وقتهم في شرب القهوة والتحلق حول طاولة القهوة لتجاذب أطراف الحديث وإبداء الرأي دون رقيب أو حسيب. لا يهمنا التدريب كعمل متعب بحد ذاته أو التحضيرات للمسرحية، بل أكثر ما يهمنا هو ما يقوله المشاركون.

غورليتس، فندق مونوبول

في الصباح الباكر. يحيون بعضهم بالسلام باليد.

راينر: "سلام أولاً" ويوجه كلامه إلى هانل: "سلامات"

هانل: "سلامات! ماذا يا صغيري؟ أنظر" وتحمل أصيصي ورد عالياً. "زهور لتزيين نافذتنا. اشتريتها من محلات ألدي." تفتح النافذة وتضعها على حافتها.

راينر: "يا الله كم هي جيملة."

هانل: "سهرت بالأمس؟"

راينر: "دخل في فريق مانشستر يونايتد هدف في الدقيقة التاسعة والثمانين، شيئ يخرج العقل من الرأس. لو أن النتيجة بقيت واحد واحد لكنت ربحت خمسمائة يورو. لقد خمنت نتائج صحيحة للمباريات الأخرى. على كل حال، ربحت على الأقل مائة وخمس وعشرين يورو. هذا يغطي مصاريفي لغاية الأسبوع القادم."

ماتسه: "سلامات راينر! هذا شيئ يدعو للجنون، يلعبون كل الوقت أحلى لعب ويحصلون على هذه النتيجة."

راينر: "سلام ماتسه"

ماتسه وبيده الصحيفة يبتسم للجالسين: "بيرنهارد شوسيل يملك الآن حوالي خمسة عشرة مليوناً."
يتحدث الجميع عن لودو، ولكن البعض يحاولون فك لغز لودو بيرنهارد شوسيل. الإغراء كبير. ولكن لا أحد من الجالسين يقر بذلك ما عدا ماتسه الذي يحمل الصحيفة ويتابع قراءتها ويقول: "أما عن نفسي، فأنا أحاول باستمرار"
هانل: "محلات آتلا وزي وآر وفردي، اليس كذلك؟ أود أن أشتري لي حاجيات جديدة من نوعية جيدة، ملابس داخلية، صداري، ثياب مصنوعة من المخمل، فانيلات بدون أكمام. ولكن لا أريد قمصاناً، إنها خرق لا تصلح حتى للباس."
أورسل: "نعم صحيح. قمصان وبلوزات وسراويل وتنانير، جميعاً خرق جاهزة لا تنفع."
روزفيتا: "البديل هو أن نذهب إلى بولندا لنتسوق في بوتيكاتها، هناك نستطيع شراء خرقاً جيدة بمقابل زهيد. نجد هنا موضة جيدة في شارع برلين ولكن بأسعار خيالية لا يستطيع تحملها الإنسان العادي."
أورسل: "نعم صحيح، محلات شارع برلين لديها خرق جيدة، مثلاً بلوزة ما بين ثلاثين وأربعين يورو. هذه حقيقة. محلات تشيبو تعرض أحياناً موضة جيدة. ولكن من الصعب وجود ثياب داخلية وصداري في غورليتس."

يضحك الجميع

هانل: "نعم صحيح، لقد حكت بنفسك الموضة وصنعتها لسنوات طويلة، أكثر من سبع وعشرين سنة. لذلك تنظرين إليها من زاوية مختلفة، بأعين خبيرة. تعلمين ما معنى نوعية. لم يعد بمقدور المرء النظر إلى الموضة التي ترتديها النساء اليوم."
أورسل: "صداري معززة بأسلاك حديدية وصداري ماسكة فقط. إنها وباء. والموضة؟"
هانل: "الجميع يلبسها، لا يوجد بديل"
جيبي: "أكيد هناك في أميركا مخزن كبير ملئ بالرمامة التي يريدون إلقاءها إلينا لأننا الآن أعضاء في الناتو."
هانل: "ألا ترون الغرائب التي يرتديها مديرنا أولي"
روزفيتا: "اسمعي يا هانل، أعتقد أنه عاطل عن العمل."
يضحك الجميع
ولكن هانل لا تستطيع أن تهدئ من روعها: "يا إلهي، كيف يبدو مديرنا! رث للغاية. يرى المرء فيه مباشرة المرشد الاجتماعي. ومن المفروض أن يقتدي المرء بمديره ويتعلم منه. قولي لي يا أورسل، ما رأيك بصفتك أخصائية ثياب؟"
أورسل: "مهلهل هو لباس أولي، ولا يعجبني."

تُخرج أورسل قطعة ملابس من حقيبتها: "هذا البنطال اشتريته بخمسة يورو من "في جي".
وتعطي البنطال لواكيم الذي يلبسه فوراً ويقطع بنطاله القديم بمقص الأشغال اليدوية لكأس العالم إلى ألف قطعة ويدحرجه بين يديه ويبصق عليه ويرميه بسلة القمامة مع فلاتر القهوة.
واكيم: "كنت دائماً ألبس البنطال الداخلي الطويل المضلع. كان أستاذ اللغة

اللاتينية دائماً يقول: آها، واكيم صاحب الجينز الصيفي."
هاينريش: "هذا النوع من السراويل لا تستطيع أن ترتديها في بوليفار غورليتس، شارع برلين. السيدات والبنات محافظات. التنانير القصيرة ممنوعة، القمصان الشفافة ايضاً."
أورسل: "هذا النوع من السراويل كنا نلبسه عادة في الصيف وفي حصة التربية الرياضية."
واكيم: "فرض الزي الرسمي نوع من العسكرية، مثلما نرى في محطات التلفزة الأميركية التي تصل إلى غرف المعيشة الألمانية منذ الهجوم على العراق في عام ٢٠٠٣، حيث نرى أنه يتعين على السيدات والبنات أن يلبسوا الخرق المصنوعة ١٠٠% من القطن."
ولخيبة أمل واكيم يلبس جيبي الموضة العسكرية الأميركية:
يرد جيبي بثقة هازاً كتفيه: "هذه هي الموضة، الجميع يلبسها. إنها تعجبني."
ويتابع بينما يبدأ واكيم بتغيير ملابسه: "هل تعرفون ماذا كنت ألعب وأنا بعمر السبع سنوات؟ كانت حوالي سنة ١٩٧٢ أو ١٩٧٣.... كنت ألعب بألعاب الدبابات أضرب على الجنود. كان هناك الأميركيون والألمان وغيرهم من الجنود. كنا نريد جميعاً أن نكون الجنود الأميركيين لأنهم كانوا دائماً يربحون، هكذا كنا نرى في التلفزيون. كنت وأخي نلعب رمي الجنود بالرصاص، كانت لعبة جميلة جداً. لا تتخيلوا كم جميل الشعور لدى تجميع لعبة دبابة وتلوينها، رائع، وكأنها حقيقية!"
يراقب هولغر واكيم وهو يغير ملابسه: "ماذا؟؟؟ ترتدي سروالاً داخلياً نسائياً!"
واكيم: "أرتدي منذ عشرات السنين سراويل داخلية نسائية."
يصمت الرجال والنساء عن الكلام. صمت محرج
بيرنهارد: "هل أنت لوطي؟ ولكن لديك صديقة، صح؟"
واكيم: "طبعاً"
بيرنهارد: "وما رأيها؟"
واكيم: "يعجبها ذلك"
بيرنهارد: "أنا ألبس سرولاً داخلياً رجالياً. برأيي عندما تلبس النساء سروالاً داخلياً رجالياً فذلك يبدو سخيفاً. ولكن عندما أفكر جيداً، فقد كان لدينا موضة التانغا للرجال في ألمانيا الشرقية."
واكيم: "حتى في ألمانيا الغربية كان الأمر طبيعياً في الثمانينات. ولكن فجأة وابتداءً من عام ١٩٨٩ لم تعد الثياب الداخلية الرجالية المثيرة أمراً لائقاً. التلاؤم مع المستوى الأميركي، هذا يعني سياسة جديدة، حظر تانغا الرجالي. وذلك أثر على الأفلام والمسلسلات الألمانية حيث أصبحت اليوم موضة الثياب الداخلية الرجالية عادية لدى الجميع، شيئ مقرف، لقد وصلنا إلى درجة سوء الأفلام والمسلسلات الأميركية."
هاينريش: "سروال داخلي رجالي أو سروال داخلي نسائي، لا يهم، كل امرء حر بتصرفاته."
واكيم: "ستضحك الآن ان قلت لك ان الموضة في ألمانيا الغربية استخدام كلمات مختلفة لسروايل المرأة والرجل الداخلية."
هاينريش: "كل امرء عليه ان يليس السروال الداخلي الذي يعجبه!"

طوماس: "أنا أرتدي تانغا لمسرح الشارع. لا يتناسب غير ذلك مع اللباس

المسرحي."
جيبي: "على المرء أن يحبو للصليب وعليه أيضاً أن يخلع ثيابه أمام مكتب العمل كما لو كان أمام مُحضر المحكمة."
النساء تشعر بالملل خلال لعبة البوكر البولندي.
واكيم يخلط أوراق اللعب بحماس.
روزفيتا: "هل تريد أن تلعب معنا؟"
واكيم: "أنا لا أعرف غير لعبة الماو ماو." ويسلمهم أوراق اللعب ولا يشارك بلعب الورق مع السيدات.
هاينريش من وراء المنضدة: "أين أولي إلى هذا الحين؟ هل سيأتي اليوم يا تُرى؟ تباً!"
هولغر: "كان بمقدورنا أن نذهب للتسوق أو نذهب إلى مطعم صغير"
روزفيتا: "لا أستطيع التحمل أكثر" وتضع مجموعة من بطاقات اللعب في وسط الطاولة. ومن المفروض أن يحترم المرء مرؤوسه!"
جيبي: "انظروا كيف تبدو هانل اليوم. لقد رفعت شعرها إلى أعلى. هذا يُعجب الرجال."
هانل: "لقد انتهيت من توزيع القرف البلاستيكي على المارة"
روزفيتا: "قولي لي أورسل، هل اتصل بك المدير؟ لديه أرقام هواتفنا النقالة جيمعاً، باستطاعته الاتصال عندما يتأخر."
هانل: "نعم هذا أقل ما يمكن."
راينر: "قمة اللباقة! ولكنه يوفر، فالمكالمات الهاتفية مُكلفة."
هانل: "ولكنها ليس مكلفة لنا؟!"
تأخذ أولغا البطاقات وتخلطها.
أولغا: "كل شيئ قسمة." وتصف البطاقات. "هكذا نبصّر" الجميع ينظر من فوق رأسها.
هولغر: "بصرّي"
ماتسه: "هل لديك بيرة متبقية من نهاية الأسبوع الماضي؟"
راينر يشير بإصبعه على جبينه: "أتعتقد أني أترك شيئاً ليخرب هنا."
كلاهما يضحكان
هانل تخلع حذاءها مدافعة معتذرة للجميع: "عليّ خلع حذائي بعد الوقوف كل هذا الوقت!"
هاينريش ينظر إليهم مغتاظاً من وراء المنضدة: "كل هذا الذي تشربونه يومياً وأنا أعطيكم ما تريدونه. ولكن عليكم الدفع مقدماً، لا أريد أن أركض وراءكم لأحصل على ثمن القهوة. لن أستمر بذلك. والحليب! يبدو وأن أحدهم يتناول وجباته كاملة هنا في المطبخ."
كيرسيتين لروزفيتا: "ابنتي الكبيرة تعيش هناك. لست قلقة بشأنها، روزفيتا. تبحث حالياً عن عربة للأطفال. ولكن هل رأيت البضائع الموجودة في المحال التجارية؟!"
أورسل: "أجمل عربة أطفال في أوقات ألمانيا الشرقية، نعرفها جميعاً وفخورون بها جميعاً: فيلورس!"
هانل: "واليوم هل تعرفون ما ثمن عربات الأطفال! إنها باهظة للغاية رغم رداءة نوعيتها. بعد ثلاثة أشهر تكون صالحة للقمامة فقط! أو تبيعونها في محال البالي."
روزفيتا: "اسمعي هانل، لا أفكر حالياً بإنجاب الأطفال، لذلك لا تهمني موضة عربات الأطفال!"

فجأة اقتحم الغرفة، حيث تتناول النساء القهوة رجل سريع الحركة، يشع وجهه سروراً، وقال: " مرحباً يا جماعة!"
كيرتسين: "أخ، ها هو الساحر بيتر!" وتعم الفرحة الجميع.
هاينز بيتر هو مخرج المسرحية التي قُدمت في الشارع.
هاينز بيتر: "جئت لتوي من برلين. كنت في الأمس مع مجموعة من الشبيبة في بولندا، أكثر من يومين في الأسبوع لا أقدر. أين هو أولي؟"
هاينريش: "لم يأت بعد."
هاينز بيتر: "إذن أنتظره قليلاً. هل رأيتم الفيلم الذي تدور أحداثه عن الحرب؟ يلبس الممثلون دائماً زياً عسكرياً ألمانياً غير صحيح. على كلٍ صار المرء يتوقع دائما من الأميركان هذا الخلط ."
هولغر: "دُهشت بهذا الفيلم مباشرة بعد الوحدة: تم تصوير الأميركان على صورة أبطال والشعب الفيتنامي كمجموعة من المجرمين، سألت نفسي ان كانوا سُكارى، كيف يسمحون بنفسهم بهذا التحريض. كيف يسمحون لأنفسهم بتحريف التاريخ بهذه الطريقة."
هاينز بيتر: "يخففون من وطأة المعارك الأميركية، يرمون فقط القنابل على رؤوس الشعب!"
ماتسه: "هذا يذكرني نوعاً ما بدريسدين"
هانل: "ولكننا حصلنا على تعويض. روهفدر، مسؤول الخصخصة الذي عينته الحكومة بعد الوحدة."
راينر: "نعم صحيح، حصل المرء على بضعة آلاف من المارك الألماني لمدة عشرة سنوات."
أورسل: "بصراحة أنا لا أذكره إلا بالحسنى، على الأقل أعطانا تعويضاً"
هولغر: "هذا يُسمى حل الشركات غير القادرة على الدفع، تصفية"
أورسل: "نجح روهفدر في الحصول على الموافقة بأن تحصل العاملات في المصانع على تعويض ما بين ثلاثة إلى عشرة آلاف مارك ألماني، حسب مرتبتها في العمل."
هولغر: "باعها ببلاش إلا ربع. عدم القدرة على الدفع، أغتاظ عندما أسمع ذلك!"
واكيم: "قُتل ببندقية رش، هل هذا صحيح؟ ألوية الجيش الأحمر كما يقول الإعلام الألماني. هل يظنون أننا أغبياء؟"
ماتسه بكل هدوء: "الرمي بالبندقية هي نوع من الرياضة"
هانل: "قولي لنا أورسل، لقد كنت تعملين لدى معامل الألبسة. كيف كان وقع الوحدة عليكم؟"
أورسل: "مصانع الألبسة VEB كان لديها الكثير من الطلبيات قبل الوحدة: طلبيات كبيرة من الاتحاد السوفياتي. ولكن صار السوفيات فجأة غير قادرين على الدفع. كانت مصانع VEB تُنتج ٤٠% للاتحاد السوفياتي و٢٠% للمناطق الاقتصادية غير الشيوعية و٤٠% لألمانيا الشرقية. ولكن الاتحاد السوفياتي كزبون صار يتراجع بخطى كبيرة بعد الوحدة إلى أن اختفى في عام ١٩٩١/١٩٩٢: كان الاتحاد السوفياتي يدفع دائماً بتبادل البضائع. ولكن منذ الوحدة، اصبح عليه التسديد بالعملة الغربية. لم يعد بامكان الاتحاد السوفياتي الدفع بالعملة الصعبة. أتت شركة Nähfesch من ولاية هسن أي الخياطة الجيملة، إلى غورليتس لمدة خمس سنوات، مصنع خاص، دعم مالي، عشرون خيّاطة. ومن ثم انتقلت إلى بولندا. كان لدى مصانع VEB للألبسة في غورليتس زبائن من خارج الاقتصاد الشيوعي: كنا نُنتج لكاتالوجات أوتو ونكرمان. وبعد الوحدة أصبحنا نُنتج لـ Nähfesch هسن وفاخمان برلين. عملنا لـ Nähfesch كان يعني:

أن عمل الطلاب الأساسي كان أن ينتجوا خلال فترة تدريبهم لـ Nähfesch. في اليوم الأول لهم في المدرسة المهنية كنت أنا والمديرة نقوم بالانتاج. كانت المديرة تعمل أسرع مني ولكن بغير اتقان وكانت توبخني لكي أعمل بشكل أسرع. ففاض بي وصحت بها. كان بامكان المصانع أن تستمر. كان اسم المصانع قبل الوحدة VEB للألبسة غورليتس. وبعد الوحدة اصبح اسمها شركة ألبسة غورليتس، ش.م.م.، والحال اليوم أسوأ مما كان عليه. الاقتصاد الألماني ينتعش أكثر كلما سرحوا نساء ورجال أكثر من العمل ونقلوا الانتاج إلى الخارج."

هاينز بيتر: "نعم نعم، هذا هو السر! الشركات تتقاضى أرباحاً كبيرة ورغم ذلك تُسرح جزءاً كبيراً من عمالها."

ماتسه وبيده الصحيفة: "مرة أخرى انفجر انفجار في مجموعة من المدنيين، وقتل جنديين أميركيين."

واكيم: "ماذا؟ آخ ماتسه. هذا مثل قناص بيت لحم: يُسمون الفلسطينين الذي لجؤوا إلى كنيسة المهد بالإرهابيين لينقذوا أنفسهم، يرمونهم بالرصاص مثل الأرانب وفي نفس الوقت "قناص" قاتل في فلوريدا في نشرات الأخبار الألمانية. أصلاً ممنوع على الصحافيين الإدلاء بأية تقارير ضد أميركا. هذا يعني: أنه حتى هؤلاء الجنديين كذب. ربما كانوا في الحقيقة عشرون جندياً؟ هذا لا نقرأه بالطبع."

ماتسه: "انظروا، صور جميلة" ويريهم صوراً عن أفغانستان ويردف قائلاً: "عندما أرى ذلك أحب وطني لأن حالنا ليس كالحال هناك!"

هاينريش: "خطف ناس واختفائهم. مالوركا ومقدونيا وبولندا، جميعهم ساهموا بذلك. نعم دومينيك، للأسف، بولندا ساهمت أيضاً بذلك."

دومينيك: "لا أعير السياسة أدنى اهتمام!"

واكيم: "ايرلندا والعراق. رامشتيان وبيتبورغ وقاعدة الراين/ماين الجوية. ألمانيا متورطة أيضاً!"

روزفيتا: " لا حديث لأولي إلا عن يعقوب بومه! صار مثل آينشتاين. يعرفه الجميع ويعرف نظريته عن ميكانيكا الكم ولكن لا أحد يعرف ما هي."

يقول هاينريش من خلف المنضدة: "يا إلهي ما هذه الفوضى هنا ثانية! حظيرة الخنازير!"

تنظر أورسل وراء المنضدة وتقول: "وكأن معركة سوهو قد حصلت هنا!"

وينظر واكيم إلى أورسل متصنعاً الابتسامة: "أورسل!" ويدوس لها بخفة على أطراف قدميها.

ترد عليه أورسل: "واكيم!" وتدوس له بخفة على أطراف قدميه.

هاينريش: "كُفّا عن الغزل والحب. أنظروا إلى هذه الفوضى هنا. من يرى هذه الفوضى سيقول، أو بالأحرى أنا سأقول، هذه حظيرة زبالة. إنهم لا يأبهون بي"

هولغر: "كان سيقع شجار هنا بسبب تحضير القهوة، إنهم جميعاً بُلهاء، وأنا أيضاً."

هانل: "ترى، ما هو تصور أولي عن الحفلة المسرحية الكبيرة لكرة القدم؟"

أورسل: "ونحن جميعاً كأبطال هذا العرض المسرحي"

روزفيتا: "لا أعرف فعلاً كيف سنقوم بذلك؟"

هولغر: "أولي راقص رائع، ولكنه سيعلمنا المسرح."

طوماس: " كفاكَ وهماً يا هولغر"

واكيم: "ما الذي جعل التشيك تقوم بأعمال مشينة ضد الألمان في عام ١٩٤٥؟؟"

هونزا: "إنهم المحاربون غير النظاميين من سلوفاكيا! لم تكن التشيك التي قامت بتلك الأعمال. بل هؤلاء المقاتلون السلوفاكيون الذين زحفوا عبر القرى، مثل قرية لاندسكرون."

واكيم: "نعم لاندسكرون، لكن أيضاً عبر كارلسباد؟"

هونزا: "كارلسباد؟ لا أعرف. ربما ميليشيات مسلحة من التشيك بصحبة المقاتليين السلوفاكيين."

واكيم: "ولكن: لماذا كان كل هذا الكره متفشياً؟"

ماتسه: "الكل يتنصل ولا أحد يعترف، حسناً، ماذا عن مرسوم بينش؟!"

هونسا: "تقول الحكومة التشيكية إن مرسوم بينش لم يعد ساري المفعول، لقد أُلغي. ولكن ليس صحيحاً أن هذا المرسوم قد أُلغي رسمياً. ثمة مثال واضح: اشترى كينسكي غابتين في الأرجنتين بناء على القانون التشيكي، ومطالبه أكبر بكثير،فهي تبلغ مليارات اليوروات. وقد رُفضت هذه المطالب فقط بسبب مرسوم بينش. على عكس بولندا: هناك يتعلق الأمر بالحدود الإقليمية للبلد."

ماتسه: "دائماً نفس الشيء. يبررون ظلمهم بالقوانين. إليكم مثال السيدة الأستاذة غربويم! أبشع اختلاس."

أورسل: "ومجلس البلدية في هيليننباد : 'هل أجد عندك مارك واحد؟'، صاروا كالمتسولين!"

واكيم: "صدقة للفقراء والمساكين، لقد كان الأمر كذلك في العصور الوسطى. يا إلهي كم كانت جميلة تلك الحِقبة!"

طوماس: "أو السيدة الأستاذة "فو" من الجامعة. إنه لأمر جميل أن يكون لدينا أستاذة من فيجي. وعندما تختلس فذلك يُعتبر قلة احتكاك، مثل ميلبروت"

أورسل: "أحدهم يخبرنا نكتة الآن!"

يضحك الجميع ضحكة المهموم

طوماس: "هذه هي الرأسمالية. ويختبئ السياسيون خلف شعار: لا نستطيع القيام بأي شيئ ضد المرأة، ملتزمون بالمساواة. لا يُسمح بإنتقاد الأجانب، الأستاذة فو شخصية معروفة في غورليتس. إنه لأمر جيد أن يكون لدينا أستاذة من فيجي."

هولغر: "كلا، هي ليست من فيجي، بل من الصين. أو ربما من اليابان؟ كلهم يشبهون بعضهم، الكل يرتدي قميص وربطة عنق. والآن حتى النساء أيضاً، مثل السيدة نيركل، بشاعة ليس لها مثيل!"

ماتسه: "إنها واحدة منا"

هولغر: "وبعد؟ إنها تبيع وطنها."

هونزا: "أشعر بالحر، هل تسمحوا لي بفتح النافذة؟"

يهز الآخرون كتفهم

بيرنهارد: "إفعل ما تشاء"

يضحك هونزا بينما يسرع إلى النافذة ويقول: "حر! نستعملها أيضاً في اللغة التشيكية!"

يضحك الجميع بسرور.

هولغر: "يا جماعة، دعوني أحكي لكم نكتة، قال أحدهم للآخر هل نحن في إجازة؟" فأجاب الآخر: "ماذا؟ حضرتكم؟" فقال الأول: "لا بل غيري!"

هانل: "اليوم صار أمرا طبيعياً أن تحارب أمريكا في الهندو كوش."

رينه: "أمريكا؟ أنت تقصدين: الحرية."

ماتسه : "لم يُجبر أي جندي ألماني على المشاركة في مهمة خارجية."
بيرنهارد : ألا يُعتبر الألمان المتواجدون في أفغانستان جنوداً؟"
رينه:" الفظائع الأمريكية في الفيتنام، لا أحد يتحدث اليوم عن تلك الإبادة الجماعية، أو لنأخد على سبيل المثال الفظائع التي ترتكبها اسرائيل. لايتكلمون إلا عن أدولف"
هونزا ضاحكاً: "أدولف."
واكيم: " كان البريطانيون في الهند يضعون الخنافس في داخل أرحام النساء لكي تلتهمهن في داخلهن، فيمتن بسبب النزيف. استسلم ملك المغول وسلم نفسه للإستعمارين. لكن لا أحد يذكر هذا اليوم، على الأقل ليس في الهند."
راينر: "طبعاً، لأنهم لايريدون إفساد علاقاتهم الاقتصادية."
ماتسه: "تمييع الحقائق، تمييع الواقع. لكن من يستفيد من كل هذا؟
الساكنة النسوية للأرض؟ الأمر كله صار ببساطة دعاية لأمريكا، حينما أمكن تمييع الحقائق".
واكيم: " كلمة الآنسة هي عنصرية جنسية، والعنصرية الجنسية هي الواقع. نحن في ألمانيا قد مللنا من العنصرية، أليس كذلك؟ في فرنسا وألمانيا صارت في أواخر الثمانينات كلمة "آنسة" في ميدان الأعمال مهملة وقديمة. في السابق كانت هذه الكلمة السيئة تُراعى في فرنسا حتى في القانون. لكن كان هذا قبل عشرين سنة مضت، إذن قبل جيل بأكمله. واليوم يُريدون مجددا أن تتعود النساء على مثل هاته العنصرية."
هانل: "يا هاينريش، هل يمكننا تحضير شاي الليمون؟"
هاينريش: "هل أحضرت معك الليمون، يا واكيم؟"
واكيم يفتش في كيس بلاستيكي: "يا إلهي، ماهذا؟، يُخرج من الكيس أصابع الموز وقد فسدت.
بيرنهارد قائلاً:"قضبان سوداء!"
يضحك الجميع
أولغا: لايقال مثل هذا الكلام. يالك من لعين! لقد محوا من أدمغتنا كلمة سيليزيا. بمقتضى اجتماع مجلس المدينة سوف يتم التخلي في المستقبل ـ عن طريق إنشاء دائرة جديدة في المنطقة ـ عن عبارات مثل سيليزيا وسيليزي، وهذا ما يسمونه ديمقراطية. مسقبلاً لن يسمح لنا إلا بإقامة عروض فلكلورية مثلما يفعل الغجر الآن، وبعدها يطردوننا".
هونزا: "الغجر.. لقد مُنحوا مساكن الألمان في بلاد السوديت!"
ماتسه: " لم يبنِالغجر أي منزل في السوديت، يجب أن يُطردوا منها، ويجب أن تُعاد المساكن والمدن هناك إلى الألمان".
هونزا: "ربما أنت تقصد على الأرجح النمساويون، لكنك محق: الكل صار مشرداً. لا يعرف الغجر معنى مسكن خاص، يجب أن تدركوا هذا: المهنة الوحيدة التي يتعلمها الغجر هي السرقة".
ماتسه في غضب : "برون و رايشبرغ و كارلسباد، ومنطقة برغباو كلها كانت ألمانية منذ خمسة قرون. إذن يجب أن نسميها بلاد الألمان السوديت. يريدون أن يمسحوا هناك أي أثر للثقافة الألمانية. لا حديث لكم إلا عن الغجر، ماذا عن التشيك، بالتأكيد ليسوا بأفضل منهم ".
هونزا في الانزعاج: "لم يكن بوسع التشيك إلا تهجير الألمان، لكي يكون بمقدورهم تأسيس دولة تشيكية موحدة".
راينر: "هذا منطقي! حتى جريدة سيليزيا السفلى يريدون تغيير عنوانها"
الكل يهتف بلهجةجدي: "ماذا؟"

راينر في لهجة مهدئة: "ليس بعد، لكن هذه مسألة وقت لا غير."
واكيم: "هذا تحريض عنصري"
أولغا: "حتى نساء السياسة في العاصمة لسن أفضل حال، لو تستمعون إلى ما تقوله فيلزباخ! ما يسمون بسياسيي سيليزيا في برلين هم بدون مستوى، هذا انعدام حقيقي للمستوى حينما يكون السياسي بدون مستوى! ترهاتهم السخيفة مقرفة مثل أفلام الخليعة! ياللقرف!"
هولغر:" لاتغضبي هكذا يا أولغا، لقد شاركتي في الحرب العالمية الثانية، كنت في مدينة دريسدن فررت منها، أنجبت خمسة أطفال، وبنيت مع زوجك المعدوم مسكنا لكما. ثم أنهيتِ علاقتك به، حينما صرت متقاعدة. لقد ضيعت حياتك مع مثل هذا الزوج، وعايشت الوحدة الألمانية، ورأيت كيف حُطمت أسر بسبب حرية الاقتصاد الموجه لألمانيا الغربية. ومع قدوم ميركل ازداد مقتك، ولا تكفين ببساطة عن التبرم ، إذن فلا تغضبي!"
أولغا مرحة: " طالما أن من هُم فوقنا لا ينتهون من كلامهم الفارغ، فكيف يهدأ لي بال".
هولغر: " بالنسبة لميركل و حزب الاتحاد الديمقراطي المسيحي و لهذا النظام، فلا يمكنك حقيقة تغيير أي شيئ."
أولغا في تحدٍ : "لماذا!؟" تبدو عليها علامات الجدية.
روزفيتا: "يا أولغا ليس من حقك أن تسألي لما، وإلا فستصبحين بلهاء في هذا الدولة"
أولغا: :" لماذا و لما؟" .. بيرنهارد: " اليس كذلك؟" ... استفهام عميق من أولغا. هكذا كانت منذ صغرها دائما تنتقذ الأوضاع القائمة !!! أنا بروتستانية. وهل هؤلاء السادة و السيدات في برلين آلهة؟! هذا ربما كفر! نعم قبول هذا الأمر هو الكفربعينه. ولهذا وَجَبَ مراقبة هذه النوعية من الناس! زوجي السابق كان كاثوليكي. وقد كانت الكنيسة الكاثوليكية محقة كل الحق حينما حرمت الزواج بين أفراد كلتا الديانتين. عندما تركتُ وظيفتي، كنت لا أزل أؤمن بزواجنا وبه كزوج. كنت أومن أنه اذا ما شفى من ملرضه ًسوف يشتغل من أجل أسرتنا، وآمنت بكل هذا بل وبحماس كبير. من اول الامر كان مريضا, هذا نتيجة الاسر حيث كان على وشك ان يموت جوعا. السنين الاولى كنا نعيش مع بعض في حياة طبيعية حتلى ولد لنا او ل طفل. كنت اعتني بزوجي ولخدم عليه منذ البداية. من النادر ان كان في صحة جيدة حيث كان يشتغل لمدة قصيرة. وعندما يصح ويبدأ العمل لا يستمر هذا الالا قليلا من وقت ثم يمرض ولا يستطيع الشغل. وفجأة وما ان تحسنت صحته واصبح يعمل بصورة منتظمة, فقد اهتمامه بنا نحن اسرته, وكان يفضل ان يقضي وقته عند اخيه الذي اجرنا السكن, حيث كان ينسى همومه بالعائلة التي لم يهتم بها ابدا. زهكذا اصبحت لوحدي في الميدان مع هموم الحياة! اصبحت اتحمل الاوقات الصعبة عندما يمرض الاطفال, وعندما افكر كيف اطعمهم وكيف استطيع ان ادبر مصاريف الحياة لهم, حتى لو كنا بحاجة ان نشتري ربطا للحذاء اصبح الامر ككارثة تتطلب مني ان اوفر في شراء الاكل حتى نستطيع شراء هذا الربط. ام هو؟ فلم يكن ليعلم شيئا عن هذه الهموم, اذ انه كان من الاثنين الى الجمعة غائب عنا يعمل كوكيل مبيعات خارجي, زعندما كنت اقص عايه همومي وهموم اسرتنا والاعباء التي تقع على اكتافنا كان لا يريد ان يسمع شيئا من هذا الامر بحجة ان نهاية الاسبوع هي الفترة الوحيدة يكون عنده وقت للراحة ونسيان هموم العمل. اما انا فكان علي ان اتحمل لوحدي كل هذه الهموم والاعباء اربعة وعشرين ساعة سبعة ايام في الاسبوع ."
هولغر: " في ألمانيا الغربية كانت النساء ربات بيوت، أما في ألمانيا الشرقية فقد كن دائماًعاملات."

أولغا: "بعد زواجنا سنة ١٩٥٣ حرمني من التواصل مع أصدقائي، ومع كل زميلاتي وزملائي في عملي في فرانكفورت، وكان هذا أمراًمعتاداًفي ألمانيا الغربية. واليوم يريدون أن يزينوا الماضي في كلامهم. لكن لم يكن زوجي يضربني. بعد ولادة ابني الرابع لم أعد أطيق كل هذا. حاولت الانتحار أربع مرات، آخرها كانت سنة ١٩٧٨, بعدها طلقت نفسي منه، حينما أُصبتُ بنوبة قلبية وأُحلت على التقاعد."

هولغر : "هذه هي الحياة الجميلة كما يسمونها في ألمانيا الغربية. لا أحد يعلم كيف اختفى الشيوعيون في سنوات الخمسينات والستينات في غياهب السجون في ألمانيا الغربية، ولا أحد يسمع عن هذا، فنحن طبعاً في ألمانيا الغربية"
أولغا: "خمسة ملايين كانوا يسكنونسيليزيا. كل رجالها كانوا في الجبهة. قبل ثلاثة اسابيع من القصف،أعلنت القوات المسلحة في سيليزيا عن استسلامها. الطريق إلى الأمان كان يمر عبر دريسدن, اما البقية القليلة اللذين شردوا من وطنهم سليزين بعد انتهاء الحرب بمدة طويلة من قبل السوفيت والبولنديين, كانوا من العجزة و المعاقون و الامهات باطفتاها الصغار والمرضى اللازمين الاسرة. إلى حين وقت القصف كانت سيليزيا مهجورة، وساكنتها كلها في دريسدن. لقد تم قصف النسوة والأطفال والمرضى و كبار السن، وكل اللاجئين، وكنا منهم."
راينر: "مذبحة في حق اللاجئين"
اولغا: " لقد كان عدد القتلى نتيجة القصف يبلغ مائتين الفا معظمهم من اللاجئين المشردون من سيليزيا
بيرنهارد: " وايضا من سكان دريسدن."
أولغا: "طبعا ! من يكونوا غيرهم؟ موطن أديناور هو بون. اللاجئون هي كلمة حساسة، مثل كلمة سيليزيا، يخشى منها الاتحاد الديمقراطي المسيحي بشدة! حزب أديناور هذا لم يسمح إلا بجمعية للمُهجرين وليس للاجئين. ونحن اللاجئون المغفلون نسير خلف هذا الحزب. إنهم خونة. لقد أطلق الاتحاد الديمقراطي المسيحي الغربي حكمه على مواطنينا. فمثل هذه الخيانة لا يوجد لها مثيل في تاريخ البشرية.
هانل : "من سيرغب بعد هذا من هؤلاء اللاجئين أن يصوت في الانتخابات لصالحهذا الحزب؟"
هولغر: : "والأكثر من هذا، أن العديد من أعضاء هذا الحزب من الكاثوليك!"
واكيم: "أمريكا وبريطانيا وحزب الاتحاد الديمقراطي المسيحي. هذه العنصرية لا تجد لها بطبيعة الحال إلى يومنا هذا أية قاعدة في إعلام هذه القوى الثلاث. كان جمال الدين الأفغاني يريد سنة ١٩٠٠ أن يحول الأمة الإسلامية إلى قومية يحركها الدين".
روزفيتا: "وها هم قد انتقلوا الآن إلى الاهتمام بالاسلامين."
راينر: "لا أطيق تركيا"
واكيم: "قنطرة بين أوربا وأسيا، جسر البوسفور، جسر السلطان محمد الفاتح، هل تعرفونها؟"
الكل يرفع كتفيه تعبيرا عن عدم معرفتهم بهذه المسميات.
ماتسه: "بوسفور تركيا."
بيرنهارد: "من؟ سلطان كارا بن نمسي؟ أعرف فقط كارل ماي."
واكيم: "عداء الأجانب لايزال حاضراً في ثقافتنا الألمانية. في وسائل الإعلام الألمانية والغربية عموماً لا حديث إلا عن إرهاب الاسلام . 'الفلسطينيون ' = قُبحت هذه الكلمة في الاعلام الغربي، وصارت شَتيمة منذ عهد أيشندورف و كارل فون هولتاي. مع هذه الشتيمة كبر الأطفال الألمان."
راينر:" كل هذا بسبب السيليزين."

واكيم: "في الإعلام لا نجد إلا دعاية لـجسر البوابة الذهبية."
ماتسه: "هم في حاجة إلى دعاية كبيرة لأمريكا وسان فرانسيسكو وكاليفورنيا."
هونزا: "إحساسي يقول أن أوروبا هي أقرب بكثير من أميريكا"
أولغا: "يا إلهي من جرائم البريطانيين"
ماتسه: " يجب أن يتصرف المرءبحذر وبتأن."
أولغا: " جميل أن تكون عندنا من جديد شلة العفاريت هذه. فعلا جميل أن تعود شلة العفاريت بأكملها"
بيرنهارد: "بل هو أجمل تواجدنا عندك يا أولغا، لقد أحسنت صنعا حينما قررت الاستمرار في السكن هنا في الفناء الخلفي."
أولغا:"لا لا؟"
أورسل: " يجب أن يتم توبيخ هؤلاء السياسيات."
ماتسه: "نحتاج إلى شخص واحد من اليسار على أن يكون متضلعاً في كل هاته المسائل الاقتصادية. أظن أن لافونتين و غايزي لا يكفيانلتغير الوضع القائم."
راينر: "لا تذكر على مسمعي هذا المسمى غايزي!"
أولغا تصرخ في غضب: "ماذا ؟!"
راينر: "يا أولغا لن تقدري على إغرائي بالمخابرات الألمانية الشرقية و الحزب الاشتراكي الألماني!"
أولغا: "وآسفاه! لهذا القول الذي ينم عن قلق محتشم"
روزفيتا: "على المرء أن يتكيف مع هذا النظام الكذّاب، الساكنة كلها تفعل هذا."
أولغا: "تواضع على طول الخط!"
ماتسه: " نعم، على الأقل سيليزيا العليا ألمانية، كانت ألمانية، وستبقى ألمانية."
راينر: " هذا غير صحيح. لقد كانت نصف مقاطعة لاوزيتس العليا بولندية."
ماتسيه يتامل ويقول: " كيف تدعي ان نصف هذه المقاطعة كان بولنديا؟ في القديم كانت كل هذه المنطقة تسمى بوهيميا."
تبرق عينا هونزا وتقول: "هل تريدون معرفة تاريخ سيليزيا العليا؟"
هونزا: "في سنة ٩٣٢ كانت مستوطنة ميلسينرن - المجاورة لصوربيا - تحت يد الملك الألماني هاينرش الأول. في سنة ٩٥٨ بنى القيصر الألماني أوتو الأكبر أورتنبورغ في منطقة بوديسين."
يدخل بيرنهارد في وسطهم مثل التلميذ الصغير قائلا: " إنه فارس المسيحية، لقد هزم الوثنين والسلافيين والهنغارين والصوربيين... وأصبحت بوديسين تحت الألمان تسمى باوتسن. كان القيصر أوتو الأكبر أول قيصر ألماني، وهذا سبب كافي لتغيير إسم بوديسين إلى باوتسن. وقد قالها أحدهم في السابق. يتصرفون كما لو أن الألمان كانوا أشرار في العصور الوسطى، ولا يأتون على سيرة السوربيين والبولونيين. ومتى دخل البولونيون إلى المسيحية؟ طبعاً في عهد القيصر أوتو."
يأخد طوماس الكلمة في اللحظة المناسبة قائلاً: "واحتل إيطاليا، وجعل البابا ينصبه قيصراً، إنه أول قيصر ألماني. كما أنه توصل مع البيزنطيين إلى السلام. وبفضله ازدهرت المسيحية في كل أرجاء أوربا. لقد أنهى فترة العصور الوسطي الأولى. وفي عهده ازدهرت الثقافة والفنون، وسُميت تلك الفترة بالنهضة الأوتوية."
بيرنهارد: "عجيب! هذا ما أردت قوله أيضاً."
هونزا: "في الأصل كانت بوديسين تابعة للصوربيين. وقد كانوا في تلك الفترة وثنيين، أي لم

يكونوا مسيحيين بعد. كان أوتو قبل بناء أورتنبورغ ملكاً، لكن بعد ذلك نُصب قيصراً في إيطاليا.
في سنة ١٠٠٢: استولى دوق بولندا بوليسلاو خوربي على بوديسين و على بلاد ميلسينرن.
في سنة ١٠١٨ قدم القيصر الألماني هاينرش الثاني، الذي كان يحارب إلى جانت الصورب الملحدين ضد بوليسلاو خوربي،بلاد ميلسينرن إلى بوليسلاو خوربي، في إطار اتفاقية سلام، سلام باوتزن،كإعارة ألمانية.
سنة ١٠٣١: هجم القيصر كونراد الثاني على بولندا. وصارت بلاد ميلسينرن في ملك الدوق مايزن ".
واكيم: "إدعى التشيكيون كذبا أن جبال أويبين كانت تحت سيطرة الصوربيين".
هونزا: " هذا امر مبالغ به بعض الشيء."
واكيم: "قليلاً؟ لقد كانت مقدسات الكلتيين على جبل أويبين وجبل زوبتين بالقرب من بريسلاو/وروكلاو."
هونسا: "لنفترض أن تنصير الملحدين كان منذ عهد كارل الكبير وسيلة الألمان في جميع فتوحاتهم ومن ثم وسيلة بولندا بعد اعتناق ميسيزكو، الأمير البولندي الملحد، الدين المسيحي اصبح هذا من عام تسعمائة وستون الامير الاكثر اهمية, الذي اصبح يحكم منطقة جنيتسو و الجوبلونين و البلوك والماسوفير و الانديتسين ومنطقة البوماريللين والذي قام بتوحيد هذه القبائل بما في هذا فتوحاته ما بين نهر البوج ونهر الاودر ومن عام عام تسعمائة وستون واستمراره في التوسع شمال غرب مصب نهر الاودر وجزيرة فولين على حدود مملكة فرانكين الشرقية , حيث خسر المعركة ضد النبيل الساكسوني اوست مارك جيرو الذي اوقف تقدمه واصبحت بعد هذا بعض المناطق التي سيطر عليها ميسيزكو منذ عام تسعمائة وثلاثة وستون تدفع الجزية لملك فرانكين الشرقية اوت الاول حتى يستطيع ميسيزكو السيطرة على المنطقة التي تشمل بولندا الحالية. وعقب زواجه من ابنة نبيل بوهيمي, الاميرة البوهيمية الكاثوليكية دوبرافكا فون بوهيميا اعتنق ميسيزكو الديانة المسيحية. هذا يعني وسيلة أيضاً لفتوحات بولندا على يد ميسيزكو. كان التنصير يُعتبر، سواء لدى الألمان أو البولنديين، مصدر قوة وهيمنة لبناء دولة وطنية واثقة ومتينة. الفرق الجذري عن الصوربيين كان أن فرض الانصهار على الصوربيين تحت السيطرة الألمانية حال بشكل نهائي دون تشكيل دولة وطنية خاصة بهم. وفي عام ١٣٠٠ كان تقريباً كل سكان شليسيا من الألمان، حيث أن البولنديين هاجروا باتجاه الشرق ولم يعد لهم أي سلطة في شليسيا. وبينما كانت لاوزيتس العليا التابعة لشليسيا بيد الملك يوهان فون لوكسيمبورع، أي تابعة لمملكة بوهيميا، كانت اللغة البولندية في شليسيا المستقلة اللغة الرسمية لأسرة بياست البولندية الحاكمة إقليمياً فقط، حيث أعلن الملك البولندي كازيمير الثالث في المعاهدات الدولية، معاهدة فيزغراد في عام ١٣٣٥ ومعاهدة ترنتشين في عام ١٣٣٥ وتمت المصادقة عليها في عام ١٣٣٩ تنازل أسرة بياست البولندية الحاكمة عن حقوقها في دوقية شليسيا التي كانت مستقلة أصلاً والتي تنازلت من أجلها مملكة بوهيميا عن التاج البولندي. كان كازيمير الثالث ينوي الطلب من البابا إعلان بطلان هذه المعاهدات. وفي معاهدة نامسلاو تنازل كازيمير الثالث أخيراً عن شليسيا إزاء ملك بوهيميا كارل الرابع في عام ١٣٤٨ وحصل بدلاً عن ذلك على ماسوفين، كما تنازل عن الطلب من البابا إعلان إلغاء المعاهدات السابقة. وأصبحت شليسيا ملكاً لبوهيميا، ملكاً للملك كارل الرابع."
بريق في عيني هونزا ويتابع: "القيصر المستقبلي للامبراطورية الرومانية المقدسة والذي جعل من براغ العاصمة ومحل الاقامة وجعل منها المدينة الذهبية."

بيرنهارد: "هذا ما كنت أريد قوله"
هولغر: "أنا لا أفقه بالتاريخ"
يبتسم هونزا: "عندما زحف الأتراك في عام ١٥٠٠ إلى أوروبا، كانت اللغة الألمانية هي اللغة الرسمية في شليسيا التابعة لبوهيميا ولغة القانون بها وطبعاً لغة الشعب، كما كانت اللغة الرسمية في لاوزيتس العليا التابعة لبوهيميا. ونظراً للكثافة السكانية الألمانية أصبح الصوربيون في لاوزيتس العليا أقلية لا أهمية لها."
واكيم: "ما يحدث اليوم ما هو إلا تملق لسلطة الصورب الاقتصادية والسياسية في أواخر القرون الوسطى والتي لم يكن لها وجود أصلاً. يستغل حزب ZDU اليوم الصورب كنوستالجيا لجذب السواح."
هونزا: "لا يمكن المغالاة بقيمة بوهميا بالنسبة لأوروبا. كان ملك بوهيميا وهنغاريا السلافي لودفيغ الثاني آخر ملك بوهيمي من أسرة ياغيلون البولندية وتزوج في كاتدرائية ستيفانز في فينا...."
هولغر: "تشيكي في فينا. نعم هؤلاء النبلاء تزوجوا من بعضهم."
هونزا: "هو فارس الوسام الذهبي وحارب ضد الأتراك الزاحفين إلى أوروبا والذين كانوا يشكلون أكبر خطر على مسيحي أوروبا. سقط لودفيغ الثاني في الحرب ضد الأتراك في معركة موهاكس في عام ١٥٢٦. ولأول مرة يتولى الحكم على بوهيميا ملكاً من عائلة هابسبورغ، فرديناند الأول وبالتالي يصبح حاكماً على شليسيا ولاوزيتز العليا. كان قيصراً ألمانياً وأسس دوقيات هابسبورغ النمساوية في شليسيا، أي أن هابسبورغ النمساوية أصبحت المالكة الجديدة لشليسيا ولاوزيتس العليا وبوهيميا. وأصبحت الألمانية اللغة الرسمية أيضاً في بوهيميا.
بيرنهارد: "أرأيت، هذه معلومات لم أكن أعلمها. كانوا يتفادون الحديث في ألمانيا الشرقية عن التاريخ الألماني في العصور الوسطى."
هولغر: "نعم صحيح. أحياناً كانوا يوهموننا أن الألمان جاؤوا فقط مع فريدريك الكبير إلى هنا. ومن ثم يقولون دائماً: نعم أوغستس القوي، ملك بولندا. يا إلهي، كتابة التاريخ، كذب بعد كذب، وهذا يعتمد على من يكتبه في وقتها."
هونزا: "ولكن الحدث الأكثر أهمية لبوهيميا وأوروبا كان عندما رمى البراغيون الوالي في عهدالقيصر الكاثوليكي ماتياس، ما كان سبباً في انطلاق حرب الثلاثين عاماً. ومن ثم يعطي القيصر الجديد، وهو من عائلة هابسبورغ النمساوية، فيرديناند الثاني لاوزيتز العليا لأمير ساكسونيا يوهان جورج الأول في عام ١٦٣٥ بصفتها مقاطعة بوهيمية وراثية. القيصر فيرديناند الثالث، خليفة فيرديناند الثاني، ملك بوهيميا والقيصر الكاثوليكي للإمبراطورية الرومانية في ألمانيا قاد الحركة الكاثوليكية المضادة للإصلاح بالاشتراك مع ساكسونيا في عام ١٦٤١ ضد غورليتس، التي كان يحتلها السويديون لفترة طويلة ومن هذا جاءت تسمية الحصن هناك باسم Kaisertrutz أي مأوى القيصر. لم يتحمل السويديون هذا التفوق في السلطة، فبقيت غورليتس تابعة لساكسونيا."
هونزا: "هذا مبالغ فيه نوعا ما."
هولغر: "يا بني آدم، من يهمه أمر الصوربيين؟ نحن ألمان! وإن كانت مدينة ليبريس تهمني كثيراً."
ماتسه: "بل إسمها رايشنبيرغ."
واكيم مغتاظ: "السود؟ الملك البلجيكي؟ جعل مليون يد بشرية تُقطع، وكدليل على العمل الاستعماري المتقن أمر هذا الملك بارسال تلك الأيادي المقطوعة في صناديق إلى بلجيكا من

الكونغو؟ صارت من الممتلكات الخاصة بالملك. ياإلهي، من كان سيهتم بأمر هؤلاء السود البلهاء في الكونغو خلال الحرب العالمية الأولى!؟"
كيرسين: "هدئ من روعك يا واكيم."
هاينريش: "ماذا دهاه؟"
ماتسه: "أحياناًيصير على هذا الحال."
واكيم: "الرايخ الألماني يمكن تدميره! والخنزير يمكن ذبحه! والكونغو الآن؟ الآن الكونغو. يا إلهي. بيدوا أنكم لا تستمعون إلى الأخبار. في الكونغو لا تزال توجد حضارة. فرق عسكرية ألمانية، آه كم هي جميلة هذه الكلمة، أخيراً يمكن للمرء مجددا قولها في الدولة البوليسية. هندوكوش. قام الهولنديون بتطوير إندونيسيا والارتقاء بها، و رامسفيلد صنع المجد في العراق. هو ألماني الأصل. نحن ألمان مُمَثلون بشكل لابأس به عبر العالم. بل وعندنا بابا ألماني! بينما جلب لنا هلموت كول الوحدة الألمانية."
هيرنيته: "مع سيليزيا؟"
ماتسه: "نحن كلنا هنا سيليزيون؟ أليس كذلك؟"
دانوتا: " أما عن نفسي فلا؟"
ماتسه: "أما عنك، فلم أقصدك. اللاجئون السياسيون و العمال الأجانب لا يحتسبون."
دانوتا: "أنا منذ ١٩ سنة في ألمانيا، حتى إسأل والدة زوجي."
ماتسه : "عاملة نظافة بولندية مثلك لا تحتسب."
هولغر: " في الحقيقة أنا في حاجة إلي مُنظفة بولندية"
ماتسه: " إذن سَتُقام عندنا في ألمانيا نهائيات كأس العالم في كرة القدم."
هولغر: "عندي نكتة، سأل أحد المسيحيين الآخر: حضرتك كاثوليكي؟ ففزع المسيحي الآخر، و صَمَت. ثم سأله الأول: هل تذهب إلى القُداس؟"
فأجاب الآخر: "وهل أنا أصولي."
روزفيتا: " يتم تربية البنات اليوم، بطريقة توحي أنه لا يتعين أن يُطرح عليهن أسئلة تتعلق بالبنات والشابات، وعلى أن لايُسمح لهن بالإجابة عن هذه الأسئلة."
واكيم: "كره، كره، كره."
هونزا: "هل سافر أحدكم مرة إلى مدينة ليبريس ؟"
الكل: "صمت". بعد فترة طويلة:
طوماس: المثلث الألماني البولندي التشيكي هو قلب أوربا، هذا ما يقوله السياسيون
ماتسه: "ليبيريس! بل هي رايشنبيرغ، النمسا، المجر، بوهيميا."
روزفيتا: "هي بين الجبال. أليس كذلك؟"
بيرنهارد: "بين سبع دويلات"
هانل: "وماذا يوجد هناك؟"
يتألق وجه هونزا: "ليبيريس، رايشبيرغ: كان فيها النمساويون إلى حدود الحرب العالمية الأولى. هناك يوجد مرتفع ليبيريس، وقد كان من فكرة هاينرش ليبيش."
بيرنهارد:" إذن إسم هذا المكان مشتق من ليبيش"
هونزا: " قصر ليبيش - يابلونيكا أوليسا، ودار شولتسه ومساكن فالينشتاين، فيتما أوليسا. فالشتاين هو من الشخصيات الشهيرة عندنا نحن التشيكيون."

واكيم" أعتقد أنه ألماني. القصر في زاغان كان ملكه."
هونزا: "لا، بل هو بوهيمي."
واكيم: "نعم لقد قلت هذا! ألماني بوهيمي."
هونزا: "كلا، بل هو بوهيمي تشيكي! يوجد هناك أيضا مرتفع ياشكين، الجبل ذو الهرم، في أعلاه توجد المقطورات المعلقة، يمكن الوصول بسهولة إلى هذا المكان بالترام، ويوجد هناك ملهى ليلي ممتاز، إسمه بابيلون. ليبيريس كانت أجمل أوقات أيام دراستي الجامعية، التي قضيتها في ثلاث دول، ألمانيا بولندا والتشيك."
واكيم: "أنتم تعلمون أنني قد درست في الجامعة قبل الوحدة الألمانية، صح؟ كنت مثل المتشرد ذو شعر منسدل، أرتدي حذاء أسود طويل، كنت أدرس السياسة، أي كنت في معمعة الحلقات الدراسية و الأبحاث حول السلام: هل تعلمون من كان يُلقي علينا المحاضرات حول السياسة العسكرية الخارجية لألمانيا الغربية؟ لقد كان شخصاً يرتدي دائما الزي العسكري، وكان يحدثنا عن السيناريوهات المحتملة في نصف سنة. إذن إذا قام الروس بهذا الأمر، فسنرد نحن بطريقة ما معينة، بصفة عامة عن كل الأسباب العديدة المؤدية إلى نشوب حرب نووية، والتي كانت في الوقت ذاته أسباب تخويفية.
ذهبت مرة عن عمد إلى معهد أبحاث السلام الموجود تحديداًفي فرانكفورت، وكنت هناك في المكتبة، ربما أردت آنداك استعارة كتباًمعينة، هل تعلمون من وجدت هناك؟ وجدت الهبيون، وكل من كان هناك كان يبدو أنهسيصوت لصالح حزب الخضر.
وفي دار أميركا استعرت مجموعة من الكتب المتعلقة بأبحاث السلام في ألمانيا الغربية، ودرسنا في تلك المرحلة السياسة العسكرية لحلف الناتو. ولم أجد أية نصوص متخصصة حول أبحاث السلام كُتبت في ألمانيا الشرقية. قد يعتقد المرئ أن الكتلتين الشرقية والغربية كانتا متقارتين في أيام الدراسة؟ لكن هذا غير صحيح، المعهد الأمبركي والحلقة الدراسية الروسية كانا في الحرم الجامعي بعيدين عن بعضهما بكيلوميتر واحد .
كنت أحضر إلى محاضرات السياسة الأمريكية في المعهد و إلى دورة اللغة الروسية، وكان هذا متعبا لي، وربما تعتقدون أنه كان يوجد اتحاد طلابي أمريكي سوفياتي يتواصل فيه الطلاب بسهولة؟ أبداً. لم يكن هذا وارداً في فرانكفورت. كان طلبة الكتلة الشرقية وطلبة الكتلة الغربية في عداء مستمر. ليس فقط لأن أي جهة منهما لم تكن تهتم مطلقاً بالأخرى، بل لقد سُحق هذا الاهتام المتبادل تماماً، وأصبح المرئ لا يقدر على تكوين صداقات، إذا ما أبدى اهتمامه بإحدى هاتين الكتلتين. وفي سنة ١٩٨٥ حضر إلى هناك غورباتشوف. جامعة فرانكفورت هي جامعة ناقدة للمجتمع وقد صَنعت التاريخ في الثورة الطلابية سنة ١٩٦٨ في ألمانيا الغربية
جيبي: "نعم، يوشكا فيشر، لقد رأينا هذا."
ماتسه: "دعوني أقول لكم، لو أن الجيش الألماني الشرقي أراد التحرك، لوجدنا أنفسنا بعد ثلاثة أيام أمام نهر الراين، لكنني أقر في نفس الوقت أن مثل هذه الخطط لم تكن يوما ما واردة بتاتا، حتى ولو إدعى الألمان الغربيون العكس.
الجمعة، السبت، الأحد إلى صباح يوم الإثنين، كانت ستصبح كل ثكنات ألمانيا الغربية خاضعة لسيطرة رجال المراقبة، وكل جنود ألمانيا الغربية في إجازة. نعم في إجازة! كنا سنبدأ يوم الجمعة وكنا سنفرض الواقع يوم الإثنين! فقط بعد ذلك - وأقسم على هذا - كانت أمريكا ستقوم بالرد. في تلك الحالة لن يكون بمقدور الجيش الألماني الغربي و لا ألمانيا الغربية بأكملها إلى حدود الراين فعل أي شيئ."

بيرنهارد: "أين أولي يا إلهي؟"
هانل: "لماذا تأخر يا تُرى؟"
روزفيتا: "كان بإمكاننا الذهاب للتسوق أو إلى مطعم صغير"
خرج البعض إلى الخارج ليتمشى، ولا أثر لأولي.
في الخارج على ساحة بوستبلاتس إلتقى بعضهم بأحد العائدين من ألمانيا الغربية.
يقول العائد: "خلال مغادرتي ابتداء من ١٩٥٦ إلى ١٩٨٩ خُربت كل المساحات الخضراء وبالأخص على نهر نايسه، ويعلم الجميع كيف حصل هذا."
أورسل في غضب: "هذا غير صحيح! بل لقد تم الاعتناء بها جميعاً، بحديقة كنيسة كيرويتس، وبحديقة المدينة العمومية. أما المسبح الشعبي ليغفيسه فقد كان دائما ممتلئا عن آخره. هل جربت ركوب القوارب على هذا النهر والتجديف على بحيرة فولكسبادزي. جاءت قوانين النظافة سنة ١٩٩٠ مع الحرية المزعومة و مُنع بسببها كل هذا. تذكر فقط بحيرة شتاوزي في باوتسن، مركز ترفيه كبير ونشاطات رياضية، موسيقى ومطاعم ومحلات... كل هذا أُغلق ودُمر بشكل ممنهج بسبب حقد أعمى مُخرب."
أورسل: "يوجد تمثال لياكوب بومه// أورسل: الحديقة الثلاثية الواقعة بين مكتب الشرطة في البناء القديم/شارع الصداقة والمدرسة العليا و المعبر الحدودي، حديقة جميلة جداً وبها أشجار كثيرة، وفي وسطها ممر فسيح للراجلين يتجه نحو المعبر الحدودي. هذه الحديقة الرائعة بتمثالها تم إزالتهما من أجل إنشاء معبر حدودي مباشر نحو بولندا. والآن صار التمثال في حديقة المدينة العمومية بالقرب من المدرسة العليا، ولايراه إلا الطلبة الذين يذهبون إلى الجامعة سيراً على الأقدام، وبالنسبة للمدخنينلم يتبقى لهمإلا السجائر البولندية الرخيصة. وبالنسبة لغير المُدخنين فتمثال ياكوب بومه غير معروف على الاطلاق. يتعين إرجاع هذا التمثال إلى موضعه الأصلي."
بيرنهارد يخاطب واكيم: " متى اتيت الى غورليتس؟ "
واكيم بخجل : " عام الفين واربعة."
يقول بيرنهارد لواكيم: "ولحسن الحظ قدمتم أنتم أيها الغربيون إلينا، فخربتماقتصادنا و أصلحتم اقتصادكم. كانت المعامل الصغرى والكبرى تنتج للمدينة بأكملها. الدوام كان مستمر. آه عندما أبدأ في عد المصانع والمعامل التي كانت فقط في غورليتس!" حركة تلويح باليد
واكيم: "أمن الدولة، المخابرات الداخلية صارت تُسَمى الآن في العديد من الدول الغربية بأمن الدولة. هو تخريف حينما يُقال إنه من أجل تأسيس دولة جديدة و السهر على أمنها يتعين دائما وجود نظام مخابرات. يوشكا فيشر مع نظام مخابرات داخلي، و 'أنظمة' مخابراتية في الخارج، كيف كان يسميها النازيون؟ هذا يسمى بالتهوين. في أيام الشباب كنا في ألمانيا الغربية نسخر من شرطة الدولة، أما اليوم فقد صار لدينا أضعاف مضاعفة منها، وحجم المراقبة لايُتَصور."
ماتسه ضاحكاً: "قال تشيرشيل "لقد ذبحنا الخنزير الخطأ"، وكان يقصد أنه كان من الأجدى قصف الاتحاد السوفياتي عوضاً عن ألمانيا هتلر.
أولغا: "قال تشيرشيل أيضاً: إجعل الألمان سمينين ونهمين، وبهذا يصابون بقلصة الخصوبة الرجولية."
هاينريش: "وهذا هو الهدف الأساسي المرصود ضد الشباب الثائر. يرغبون في أن يَقول الشباب دائما: نعم، السمع والطاعة. في الوقت ذاته يُغرقون الشباب الألماني بأفلام الحرب الأمريكية، التي تمجد حروب أمريكا."
واكيم: "نحتاج إلى شباب قوي، مستعد لأن يضحي بنفسه في الجبهة، لهذا يتم تمجيد الحرب لفائدة

أمريكا. بمناسبة البرامج التلفزية التي تنتقد الحكومة مثل "بلوس مينوس" وغيرها، أعطت سيدة، شاركت في أحداث شغب ضد الشرطة في المطار سنة ١٩٨٢، تصريح رائع لهذا البرنامج، لكنهم كان يُصرون في كل مرة على أن تُعدل هذه اللسيدة من أقوالها، وفي مساء ذلك اليوم تم بث ذلك التصريح، وقد تم تحويره كليا عن طريق المونتاج، إلى درجة أن المرء كان يستمع إلى نقيض ما كانت تقصده. هذه السيدة كانت قد هاجرت من ألمانيا الشرقية قبل ذلك بسنوات، وفي تلك اللحظة أدركت الوجه الحقيقي للحرية والإعلام! كره ..كره..كره!"

هانل: "يا جماعة، هل تتذكرون كارل إدوارد فون شنيتسلر؟ صاحب برنامج القناة السوداء.. لقد كان جيداً!"

تأييد عام.

ماتسه: "دعونا لا نبالغ. إسأل الناس في الشارع، أو لتعترف بنفسك، شنِيتسلر كشف عن عورات ألمانيا الغربية. كان المواطنون يلقبونه بـ: "زودل إيده". لم يكن أحد يصدق مبالغاته، كان أمرا مثيرا للسخرية!"

راينر: "يا هذا، شنيتسلر كان بالفعل جيداً. كان يميط أيضاً اللثام عن أشياء وقعت في ألمانيا الشرقية، وقد شاهدت هذا بنفسي."

هاينريش: "بالطبع، لم يكن كل شيئ جيداً في ألمانيا الشرقية، كان البرنامج في كل مرة يكتشف شيأ جديداً. الآن تعرفون القائد الجديد، إنها ميركل..."

هانل: "أنت يا هاينريش، يعتقد أولي أنه يتعين عليك التقليل من كلامك، و عدم الارتجال."

هاينريش: "ماذا؟! ما الأمر؟ أن تعرفون جيداً أن المارة يموتون من الضحك حينما أتكلم. والآن هكذا فجأة بدون مقدمات؟ الكل يجب عليه عدم الارتجال، وليس وحدي! هذا هو نصين عنوانه: من أجل البرميل الأسود!"

هاينريش تحت شمس الظهيرة المُحرِقة، شخصان أو ثلاثة يقفون معه في الفناء الخلفي وبجوارهم قطة تتمشى خائرة القوى:

هاينريش: "الآن نعطي للقطة في هذا الحر بعضاً من الماء."

يقدم إليهم ماريو: "محل الوجبات السريعة الجديد مقرف للغاية، جربت الأكل فيه، لا مذاق، شيئ فظيع فعلا."

تضحك هانل قائلة: "مقرف يا ماريو !"

ماريو: "هو كذلك."

ماتسه: "الثالث من أكتوبر، مثلما في السابق: السابع من أكتوبر، يوم إحياء ذكرى الجمهورية. رومل في برلين، استعراض عسكري بالدبابات. هذا ما نقوم به من جديد".

بيرنهارد: "في سنة ١٩٧٢ قدم فيدل كاسترو إلى ألمانيا."

هولغر: "لقد حضر إلى معامل لوينا. كان هذا أول انتصار كبير لإريش هونيكر ضد ألمانيا الغربية. أنديرا غاندي كانت في ألمانيا في يونيو سنة ١٩٧٦، وفيدل كاسترو جاء في سنة ١٩٧٧ إلى العاصمة برلين، كان سويا مع فريقنا لكرة السلة."

أورسل: " العجيب في الأمر أنهم اليوم يقبحون أنديرا غاندي"

هانل: " يُقبحون حتى كاترين الثانية ملكة روسيا، فقط لأنها من مدينة شتيتين."

راينر:"و جعلوا من أنغيليوس سيلسيوس بولندياً"

طوماس: "مشروع غوتنبرغ الرقمي لا يعرف من هو غيرهارد هاوبتمان، هو معروف فقط في الانكليزية."

واكيم: "غير معقول، لا أصدق!!!!!"
طوماس ساخراً: "التعليم الألماني في يومنا هذا"
واكيم غضباً: "تعليم! قام نابليون على اساس النازية الفاشية في أيام الثورة الفرنسية الشعبية. كانوا يبحثون عن قائد، عن ديكتاتور. والجميع صفق وهوبر: بيتهوفن، غوته. وكتابة التاريخ الغربي، اي التاريخ الشعبي، يجعل هذه الهراءات وطنيات. واليوم جعلوا من جورج بوش مثلاً أعلى للشباب."

واكيم: "نابوليون أقام الثورة الوطنية الفرنسية على أساس نازي ـ فاشي."
راينر: "في ١٨٧٠ قضت ألمانيا على الديكتاتور نابوليون الثالث.

ماتسه: "النشيد الوطني الألماني الشرقي. مقطع، يبدأ ماتسه بالغناء ويردد الجميع وراءه:

بين الأنقاض انبعثت

نحو المستقبل تطلعت،

دعنا نخدمك يا بلدنا

يا ألمانيا يا وطننا.

كل الشدائد السالفة

سنقهرها كلنا جماعة

ليس أمامنا إلا الفلاحُ

ليسطع على ألمانيا ضوء الشمس الوضاحُ.

المقطع الثاني

فلتنعم ألمانيا، وطننا

سلاما وحبورا.

إلى السلام تشتقاق الأرض كلها

مدوا أيديكم إلى شعوبها.

إذا كنا أخوة بيننا

ضربنا على أيدي أعدائنا!

دعوا أنوار السلام في شعلتها

لكي لا تدمع عين أم على ولدها

المقطع الثالث:

هيا نحرث هيا نبني،
هيا نتعلم حتى نرتقي ،
بثقتنا في نفسنا وبقوتنا
نصعد نحو الأعلى بحرية بمجتمعنا
يا شباب ألمانيا، إلى الجد يا أملنا
فقد توحد فيك شعبنا،
فستمنح ألمانيا حياة جديدة
لتسطع عليها أضواء شمس جميلة.

ماتسه : "في مستشفى الأمراض النفسيةفي إلدي راوشفالده، كثيرًاما ينشب الشجار، بل والضرب طيلة اليوم، والكارثة أن هؤلاء الممرضات، يصرخن كلهن في وجه أحدهم كما لو كانطفلاًصغيراً."

هانل: "ألا يفعل المرءنفس الشيئ مع الأطفال الصغار؟"

راينر: "هل تعلمون؟ تعتزم ألمانيا الغربية إصدار رقم ضريبة جديد. العجيب في الأمر أن أي شخص ولد قبل عام ١٩٤٥ في سيليزيا أو في مكان شرق نهر أودر، يقبل بهذا الرقم الضريبي "بولندا" كوطن له، والنتيجة: فقدان حقوق الملكية."

واكيم: "بحق؟ هل يخططون لهذا؟"

راينر: "طعن مكون من ثلاثة سطور سيكون كافياً، هذه عنصرية ضد المسنين."

هولغر: "مَن مِن هؤلاء كبار السن سيقدر على تقديم الطعن! هذا إجراء احتيالي!"

راينر: " إفتح عينيك،إفتح العينين وانظر جيداً، أو انظر إلي. المعنيون بهذا الرقم الضريبي هم كل مواليد ما قبل ١٩٤٥ في الدوائر التالية: شتيتين، لاندسبيرغ، براندنبورغ الشرقية، دانتسيك، لاوبن، أوبلن، بريسلاو وغيرها.

يقومون بتحويل جنسيات الناس بصمت وهدوء من الجنسية الألمانية إلى البولندية، وبالطبع ستكون النتيجة فقدان الحق في الممتلكات، تقديم حق الطعن من ثلاثةسطور سيكفي."

واكيم: " أو اقبلوا بالتعديل اللغوي الأمريكي الغربي الناتوي. صار الغربيون يجبروننا عبر وسائل إعلامهم، أي عن طريق الراديو والقنوات التلفزية على الاغتراب اللغوي، يغيرون نطق الكلمات الألمانية عن عمد"

واكيم: "الأطفال الذين لايعرفون إلا هذا الكذب، لن يتعرفوا لاحقاً على أنه كذب."

بيرنهارد: "أما أصحاب نشرة أحوال الطقس لغورليتس على قناة إم دي إر، فيتصرفون كما لو أن بيشوفسفيردا تابعة لبولندا. التوقعات ودرجات الحرارة هي دائما خاطئة بشكل متعمد. مثل قناة تسي دي إف العنصرية، التي تعتبر مبدئيا إلى جانب بون فقط كل ما هو واقع قبل غورليتس تابع لألمانيا."

واكيم: "أتباع واشنطون."

أورسل : "بيرنهارد سوف يصيبني الجنون ."

ماريو : "وما يجنني أنا الآن، هو أن صغيرتي قد أصابها النُكاف."

هانل: "ياهذا لا تعطيها للأكل إلا العصيدة فقط، أو شيئ من هذا القبيل، لكي لايألمها المضغ."

أورسل: "أيضاً لا تعطها أي عصير فواكه أو الفواكه."
هولغر: "أريد أن ألتهم شيأ"، يبدأ في التهام قطع الخبز بشهية كبيرة.
أولغا: "صحتين"
هولغر: "هل تريدين أيضاً؟" ويقدم لها شريحة خبز بها نقانق وجبن.
أولغا: "شكرا جزيلا لك يا هولغر"، تأخذ الشريحة منه، وتعرض عليه شاي الأعشاب من قارورتها المُسخنة.
هولغر: "لا، لا داعي أحضرت معي مشروبي."
أولغا: "السياسيون هم قذرون، حينما يفكرون ببطونهم. متقلبون، حسب مزاجهم الراهن."
واكيم: "مثل الجنود المرتزقة السويسريون في العصر الوسيط: كانوا أثناء الحرب يغيرون الجبهات، إذا لوح الطرف العدو بأجر مرتفع لهم. في العصر الوسيط كانت صحائف الجنود المرتزقة السويسريون سوداء، مثل السياسيون الذين يفكرون ببطونهم."
أولغا: " هذا أمر غير أخلاقي، هم بهذا يتبعون غريزتهم الحيوانية لاغير."
واكيم: " عند الغربيين ينطبق نفس الأمر. بالنسبة لهم هذا شيئ جيد من الناحية الأخلاقية. يُقال: التفكير أو التصرف يكون انطلاقا من البطن."
ماتسه: "هذا أمر غير معروف تماما في ألمانيا الشرقية."
روزفيتا: "من فضلك يا هاينريش، هلا أحضرت طقم القهوة."
يُحضر هاينريش الأواني و ثلاث قارورات مسخنة مليئة بالقهوة.
بيرنهارد: "شارع برلين العلوي هو أيضاً فضيحة، إلى حدود سنة ١٩٩٠ كان فيه رواج كبير: ملابس و لوازم الكتابة وسجائر وغير ذلك، واليوم لا نجد إلا متجر غولدمان. أسعار الشراء هناك مرتفعة جداً. مع حرية ١٩٩٠ قام أحد الفلاحين النمساويين بشراء الجزء العلوي كله من الشارع"
هونزا في هزل : "فلاحو النمسا جيدون."
أورسل: "لكنه غادر من جديد إلى موطنه. في هذا الشارع توجد فنادق عدة مفتوحة طيلة فصول السنة، فبدلا من أن يستثمروا فيها، يبنون في الأسفل على نهر نايسه فندقا جديداً اسمه "مركور أبارتهايد"، ولا أحد من أعضاء مجلس المدينة يذهب في زيارة للجزء العلوي من شارع برلين"
روزفيتا: "يريدون إيقاف خطوط الترام والحافلات المتجة نحو الشمال، الآن تنطلق مرة في كل عشرين دقيقة، وسيأتي وقت لن نجد فيه إلا الحافلة تشتغل مرتين في اليوم فقط."
هولغر: "شخصياً لا أستقل الترام أو الحافلة، لكن بالنسبة لي هذا تصرف لئيم، غورليتس هي أغنى مدينة في ألمانيا."
راينر: " فقط إلى حدود سنة١٩٤٥"
هانل: "سنفرح إذا كانت حافلاتنا العمومية تقلع مرة في الساعة. آنذاك لن يشعر أحد بأي تغيير، ورغم ذلك يصوتون لصالح الاتحاد الديمقراطي المسيحي. مثل هذه الأمور تصيبك فعلا بالجنون."
روزفيتا: "يريدون إلغاء الخط المتجه نحو المستشفى بعد السابعة والنصف مساءاً، ماذا ستفعل الممرضات، هل سيشترين كلهن سيارات؟"
ماتسه: "يجب على الألمان الغربيين أن يشاهدوا في التلفاز شوارع مثل تيلمان شتراسه ومولتكه شتراسه و شارع مولفيغ، ليعرفوا جدياً ما معنى الوحدة الألمانية."
ماتسه: "بولندا ستصبح أيضاً عضوا في المجموعة الأوربية، وبالتالي فسيزيلونالمرافق الجمركية."
هانل: "ماذا؟ نعم هذا أيضا. أما خطوط المارة الملونة بالأحمر على الشارع، فسيمسحونها هي

بدورهاً، لكي لا يتذكر أحد الوحدة الألمانية."
روزفيتا: "ولو أنني أقترح وضع علامات مرور لا معنى لها هناك، بهذا يأتي الرخاء إلى غورليتس بعد عشرين سنة، لهذا تعين التصويت لصالح الاتحاد الديمقراطي المسيحي."
أولغا: "أنت ذكية جداً"
راينر: "وهل الحزب الديمقراطي الإشتراكي أفضل حالاً؟" يجب تغيير النظام. لايمكن للمرءالتفرج على مثل هذه الوقاحات. تذكروا احتفالات غوليتس الصيفية. المواطنون كلهم في الشوارع، ينتظرون اللحظة الحاسمة: حفل الألعاب النارية المقررة يوم الأحد على الساعة العاشرة مساءً، كانت نهاية مساء جميلة بالنسبة للعائلات، لكن اليوم الموالي كان يوم عمل. الغريب أن حفل تينا تورنر وفرقتها اختير له أفضل أوقات البثالتلفزي، و عندما هتفت هذه المغنية للجمهور: "هل تريدون أغنية إضافية!"، صمتت الجموع، لكن ارتفعت بعض الأصوات المتفرقة مُنادية: "لا!". المصيبة أن هذه الفرقة الموسيقية استمرت مع ذلك في الغناء، وبسبب هذه الفرقة، التي لم يكن أحد يرغب في الاستماع إليها، أُجل موعد ألعاب النارية إلى الساعة العاشرة مساءًوخمس وعشرون دقيقة."
هاينريش: "أين السكر؟! سوف أجن. فقط البارحة جلبت معي كيلوغرامين منه."
أولغا تضع يديها على خاصرتها قائلة لهاينريش: "لما تنظر إلي هكذا؟! كنا عند فرارنا أثناء الغزو في بادئ الأمر في باد موسكاو ثم بعد ذلك في لايبزغ، و لم تكن التوابل متوفرة معنا آنداك، فكنا نستعيض عنها بالسكر في إعداد المعكرونة، لكن قد ولى زمن اللجوء يا هاينريش،وسكرك لم أسرقه منك! فلا تنفعل هكذا!"
تجلس أولغا على المائدة في غرفة الطعام وتعد نقود، أولغا وشعرها الأسود المائل للزرقة.
روزفيتا : " للعصرونية أحضرت معي شريحة خبز مع نقانق"
بيرنهارد: " كان باستطاعة المرء ان يذهب للشراء وان يذهب الى الخباز شراء حلوى مسكرة من محل الحلويات، وصابون للحمام"
بيرنهارد: "يجب غسل السياسيين بالصابون"
هاينريش: "يُفرض علينا احترام أفكار السياسيين المدمرة"
هولغر: "شخصيا لست مقتنعا، فماذا يهمني أنا من السياسيين؟ "
هاينريش: "ما يُعرض في التلفاز يدعو إلى القرف."
هولغر: "فقد رمامة على محطات التلفزة"
أورسل: "بقدوم الوحدة قام كل واحد بإلصاق مرآة على حافة النافذة."
روزفيتا: "التلفاز هو في جميع الأحوال محط تشكيك. ما إن يُتوفى شخص ما محبوب، حتى يظهر المفتش بسرعة البرق، ويطلق فورا على المتوفى اسم جثة: تبقىالجثة في مكانها، ياسيدي المفتش.. ياله من هراء! إذا دفنتُ جدي الأول في المقبرة، فسيبقى دائما جدي الأول، ولن أقول أبداً في حياتي: جثة جدي الأول. مجانيين هؤلاء صناع البرامج التلفزية.
أو هل رأيتم مرة في مسلسل بوليسي إنسان ميت، أو الأفضل هل رأيتم كيف تبدو بنت الاعلانات في التلفاز، لون جميل للوجه، مزين بطريقة ساحرة، مثله يمكن أن يوضع على غلاف مجلة بريجيت. المكياج المسرحي يرجع إلى مئة سنة من قبل.."
يأخد طوماس الكلمة قائلاً: "منذ آلاف السنيين. هذا ما درسته. أعلم هذا"، ثم يرجع خطوة إلى الوراء. وتستمر روزفيتا: "وقاموا بإضافة المكياج إلى الممثل ليظهر بالفعل كجثة؟! ياإلهي!" يقول واكيم الذي يريد أن يقلد طوماس، رغم أنه لم يدرس المسرح: "إحم..أناس عرايا، حرية

التعري أو مشاهد الاحتضان، غرفة النوم، تعج الأفلام بمثل هذه المَشاهد، لكن أميركا بلا طبيعيتها لاتستطيع تصوير أفلام بدون أناس عرايا، وبالتالي صارت لديها أكثر القنوات شذوذا في العالم.
مشهد رجل وامرأة عاريانفي فيلم أمريكي ولو ميتان يعادل أفلام التقتيل الحقيقي، الأميركيونلا يقدرون على تقديم شيئ طبيعي.
ماتسه : "تعين على المشاهير أن ينتقدوا لاأخلاقية الأغنياء."
واكيم: "هذا يجعلهم غير محبوبين نوعا ما. نجمة فرنسا الكاتبة جورج ساند : هذه الشخصية الشهيرة جعلت من نفسها غير محبوبة، عندما طلقت نفسها من زوجها المشهور أيضاً بعد أن أنجبت منه ولدان. قسيس الحركة العمالية في فرنسا لاموني الشهير رفضها بتأدب، هي بنفسها أضحت شهيرة بسبب روايتها، وبسبب صراحتها فقد كانت في رومنسيتها صِدامية، وهكذا بدأت منذ سنة ١٨٣٠ بكتابة رويات غرامية من الصنف غير الرومانسي، بل وأكثر من هذا: في حماسها للإشتراكية أظهرت تعاطفها مع هذا القسيس الكاثوليكي بشكل بارز،هذا الذي دعا إلى الثورة الاشتراكية لصالح الطبقة العاملة، على الأقل حسب الرأي العام."
صوت فتح الباب وأولغا بخطواتها القوية: "لقد قاموا في الأعلى بالتحريض ضد الإيطاليين، هؤلاء الإيطاليون العمال، أوفٍ منهم، يصطادون العصافير. يا إلهي! ماذا يمكن للواحد منهم صنعه ماعدا صيد العصافير!"
كل واحد من المجموعة يخاطر بلفتة، كل واحد منهم يغامر بنظرة إلى البوكر البولندي:
روزفيتا تعطي أوراق اللعب إلى دانوتا: "الآن جاء دورك."
هانل: "نعم إبدئي!"
كيرسين: "لكن ليس بهذه السرعة!" تضع أوراق على الطاولة وتأخد أخرى، لعبة بولنديةجماعية"
هانل: "لا لم أقدر في حياتي أن أستيقظ لوحدي في الرابعة صباحاً، لكن حيوانات نؤوم الضحى كانت ترقص فوق المخزن مثل المجانين."
هاينريش: "حيونات منزلية في غورليتس!"
يتيه: "يا هذا.. عندنا فئران برية في القبو من النوع الكبير، بل و في جميع أقبية غورليتس؛ أمر غير طبيعي، بل صار كابوساًحقيقياً"
هانل: "ولما ذهبتُ بعدها لأخد حمام صباحي كانت حفلتهم قد انتهت، لقد أيقضتني تلك الحيوانات مثلما يفعل المنبه."
مواء القطط في فناء البيت. يطل أحدهم عبر النافذة. "يا هاينريش هناك قطة تموء" الكل يندفع نحو النافذة، يقول الآخر: " يا هذا، هنا قطة أخرى تموء أيضاً." ويضيف الآخر: " أرى أيضاً واحدة ثالثة"، يستنتج أحدهم: "يبدو أن هذه القطط تترقب شيأ ما."
هاينريش: "ما الأمر؟"، وينزل الجميع إلى الأسفل في الفناء الخلفي، هاينريش في مقدمتهم: "هذا لايصدق! ماذا تفعل هذه القطط هنا؟"
روزفيتا: " أنظر يا هاينريش، القطة تمسك بطائر في فمها، يبدو الطائر ضخما، تلقي القطة بالطائر أمام هاينريش وتشترك بموائها مع مواء بقية القطط.
هاينريش: "لايمكن إيقاف موسيقى القطط هذه! وهذا يحط من قدركم"؛ يبدأ باللعب بمفرده، لعبة الاختباء خلف الشجر. يومئ هاينريش برأسه ويختفي , المرء يسمع خطواته صاعدا الدرج بسرعة وقرقعة الصحون ومن ثم تسمعه نازلا الدرج بسرعة ويحضر وبيده لترا من الحليب في كيس من البلاستيك ويصب الحليب في وعاء القطط, القطط تهجم لتشرب الحليب. وبعدها يذهب ممثلين مسرح الشارع الى المقهى.

، بينما يرسم جيبي بالقلم في ضجر. ثم يتوقف عن الرسم، يقف في الوسط متفاجئاً، يبتسم في وسطهم بخبث، موجها كلامه إلى واكيم: "أنظر يا واكيم هذا سَذاب، بل هو جرذ! يضحك جيبي و واكيم سويا، بينما لم تفهم البقية هذه الدعابة.
تخلط أولغا أوراق اللعب، تضع قبضة يدها على خاصرتها. تحكي لهم كيف نامت واقفة على شجرة أيام اللجوء، قائلة: "صدقوني! أنا أروي لكم كيف كان فرارنا، صارت دريسدن مدينة كبيرة بعد أن قدم إليها ثلاثون ألفاً من الهاربين، ثمانية أيام قبل ذلك أعلن الجيش في كامل شرق ألمانيا، أي سيليزيا، أن الدبابات الروسية ستكون قريبا على مرمى البصر، وأن من أراد النجاة وجب عليه الفرار إلى أي مكان في الغرب. في تلك الأثناء نزلت درجة الحرارة في المنطقة إلى ثمانية وعشرون درجة تحت الصفر. ويمكنكم تخيل كيف أن الأمهات الشابات كن يتجمدن من البرد مع صغارهن وهن يحاولن الفرار إلى الغرب سيرا على الأقدام". يظهر أولي، يُحيهم بتكلف:" نهاركم سعيد!"
أولغا:"أتذكر أحياناًأيام المدرسة، تعلمنا فيها المحافظة على المواعيد. وتعلمت أيضاً في المدرسة الشعبية، الفولكس شوله! وأعلم أكثر منكم، أنتم يا تلاميذ الثانوية!"
يأخذ أولي الكلمة متردداً: "أنا الرئيس هنا. وأنا الآن هنا معكم، إذن هيا.."

ماتسه وبيده صحيفة: "الليبرالية متشعبة المعاني"
واكيم: "لقد أرانا ماركس أن الهنود يبيعون جداتهم"
هاينز بيتر: "الهنود يبيعون جداتهم؟!!" ويضحك طويلاً.
ماتسه وبيده الصحيفة: "أنظروا، مرة أخرى تقرير عن إرهابيين في أفغانستان" ويريهم الصور في الصحيفة.
واكيم: "هذا يعتمد على الموقف نفسه. فاديلوجية التفرقة العنصرية التي كان يتبعها النازيون في التفريق بين أفراد العائلة في ألمانيا الغربية تندرج أيضاً ضمن مفهوم الليبرالية."
ماتسه: "الليبرالية متشعبة المعاني:
واكيم: "الليبرالية تعني الحرية وهي منشقة عن اللغة اللاتينية. من منا لا يريد أن يكون حراً؟ يظهر الكذب جلياً في المصطلحات مثل "الحرية" و"الليبرالية" و"الليبرالية الجديدة" و"الديمقراطية" وغيرها. كلها اختراعات تتبجح بها الناتو. في فترة المقاومة كان الإرهابيون بالنسبة لنابليون هم البروس والروس والنمساويين وبريطانيا العظمى. انضمت بافاريا قبل يومين أو ثلاثة من حرب الشعوب في ١٨/١٠/١٨١٣ إلى صفوف المقاومة. أما ساكسونيا فانضمت خلال الحرب إلى صفوف المقاومة. قارنوا الجبهة الفرنسية الساكسونية في الحرب العالمية الأولى وقارنوا كيف أن ساكسونيا اعترضت طريق كتائب التحرير التي كانت متوجهة نحو شليسيا."
ماتسه باستهزاء: "ساكسونيا!"
واكيم: "و..." نسي ماذا كان سيقول.
يضحك هاينريش: "السيد البروفسور يحاضر ونسي ماذا سيقول"
واكيم مبتسماً: "إضاعة الخيط الأحمر مرض نفسي.الارهابيون بالنسبة للألمان في الحرب العالمية الثانية هم المقاومون ضد الاحتلال. وبالنسبة للأميركان في أفغانستان هم المقاومون كل كيفما

يراهم. مقاومة قبائل البربر في الجزائر عام ١٩٤٥ والمقاومة الجزائرية ضد الفرنسيين في عام ١٩٤٥ التي لم تفكر فرنسا طويلاً في قمعها، طبعاً بتشجيع من أميركا."

هولغر: "الجزائر؟ علماً بأن العلاقات الألمانية الجزائرية كانت طيبة."

ماتسه وبيده الصحيفة كالعادة: "مقتل رضيع، مجدداً. تقتل الأم أبناءها."

هاينز بيتر: "والجيش الألماني يبحث عن نساء لينضموا إلى صفوفه. هناك إعلان بهذا الشأن في مكتب العمل."

واكيم: "يتعجب الغربيون من اغتصاب الأطفال! لماذا يا تُرى؟ فهم من يعرضون الفتيات الصغيرات بعمر الثالثة عشر بشكل جميل ومغري. وعندما أفكر بجرائم الرضع التي تجري هذه الأيام والملصق الدعائي لفنون سانت هاينز بيترزبورغ في قاعة البلدية، فلا يسعني إلا أن أهز رأسي متعجباً. ولكن ربما على المرء أن يكون عديم الاحساس."

طوماس: "اسمع، فنون سانت هاينز بيترزبورغ ليس لها علاقة بعرض الأطفال الجنسي، واكيم، انت تهزي!"

واكيم: "لم اقل أن سانت هاينز بيترزبورغ تهزي، بل تسويق الفن في غورليتس."

بيرنهارد: "مدير الفنون سالونو ليس له ذنب بهذا ولا بقتل الرضع. لماذا ينجبون الأطفال طالما هم لا يريدونهم؟"

كرستا: "الإجهاض، عندما يكونون في وضع محرج"

ماتسه: "قتل الرضع في المناطق الألمانية المحررة من الشيوعية تُحرج ألمانيا الغربية، التي تتخيل نفسها أغنى دولة في الاتحاد الأوروبي."

واكيم: "يشكل قتل الرضع سبباً أخلاقياً لسياسة كارل ماركس الاقتصادية الاجتماعية التابعة للحزب الديمقراطي المسيحي للرجوع عن قرار الوحدة."

هاينز بيتر: "إنه فن تحويل الأنظار. مسؤولية الكنيسة الانجيلية، لا أحد يتكلم عنها. ولكن حياة الجنين مقدسة، أما حياة الأطفال فهي غير مقدسة، ما هذا الهراء."

هانل: "كنا نحتفل سابقاً بيوم المرأة"

أورسل: "الثامن من آذار، كم كان جميلاً. كان الأطفال يصنعون للأمهات الهدايا في الروضة بمناسبة اليوم العالمي للمرأة."

هانل: "نعم صحيح، كانوا يكرمونا على كل ما أنجزناه. كان أجمل يوم في السنة!"

أورسل: "كانت النساء تُكرم في السابق لعملها خارج البيت وداخله"

هانل: "نعم صحيح، كانوا يكرمون جميع انجازاتنا. اليوم يحصرونا فقط بصفة ربات بيوت."

بيرنهارد: "كان الغربيون يعطونا نصائح بالعدول عن الإجهاض ويحاضرون عن مساوئه. واليوم تقتل الأمهات أبناءهن. هل هذا تقدم! يجب أن أقول ذلك!"

روزفيتا: "بصراحة أفهم المرأة عندما تُجبر على الولادة."

أورسل: "يقتلون الرضيع مباشرة بدلاً من كرهه طيلة العمر."

تُخرج مارجريت صوراً من حقيبتها: "اسمعوا، سأريكم صوراً لبعض الأجنة، حجمهم صغير للغاية ولكن صورتهم مكتملة، انسان حقيقي. عندما يقتل المرء جنين، فكأنه قتل انسان."

مارجريت تُري الجيمع الصور.

أورسل: "يا إلهي ما أجملهم!"

هانل: "كلا، ليس هذا هو السبب. المُعادون للمجتمع ينجبون الأطفال ليتقاضوا مكافأة على حظيرة أرانبهم."

يضحك الجميع:
أورسل: "ترون أناساً ليس لديهم القدرة على تربية الأطفال، هؤلاء ينجبون أطفالاً دون حس منهم بالمسؤولية."
هولغر: "والأشخاص المتعلمون والذين لديهم المال لتربية الأطفال، ليس لديهم أية رغبة في أنجاب الأطفال وليسوا بحاجة إلى مكافأة الأطفال ليعتاشوا منها، أترون إلى أي حد صار حال الدولة متدهوراً!"
هاينز بيتر: "مكافأة حظيرة الأرانب، أعجبتني هذه العبارة! نعم، العَوَام، عليّ الذهاب الآن، الرجاء أخبروا أولي أنني كنت هنا."

فندق مونوبول:

الساعة ١١:٤٥
لم يأت أولي بعد، ملل حول طاولة القهوة
يهمس واكيم بكل حب لأورسل: "..... جسدياً فقط."
أورسل: "ماذا تقصد؟ ثلاثة حبات بندق لسندريلا."
ويضحكان من قلبيهما.
هولغر: "دي بيلو جاليكو، الجميع يعرفه. يشغّل البولنديات بالأسود، تقليد. نعم، بافاريا في غورلينز."
هانل: "هذه المصالحة الألمانية البولندية. يريدون تحضير بولندا لدخول الاتحاد الأوروبي."
هاينريش: "والآن يريدون ترميم الكنيس. التاسع من نوفمبر، يوم الوحدة الألمانية، سوف يحجزونه لليهود. سوف ترون، تباً. سوف نقرأ الجريدة الأسبوعية وجريدة ساكسونيا السفلى ونسأل أنفسنا، في أي بلد نعيش أصلاً؟"
أولغا: "آخ، أعلم ذلك منذ زمن. إصلاح القطاع الصحي الذي قام به تزيهوفر الخنزير."
أورسل: "حضانات الأطفال في الشمال أصبحت الآن ABM ، مشاريع تشغيل. كانت في السابق حديقة جميلة. ومنذ اصبحت ABM باتوا يخربونها. يحفرون في الحديقة ومن ثم يحاولون إرجاعها على ما كانت عليه، ويعاودون الحفر ويحركون كومة التراب من هنا إلى هناك، يحاولون أن يبدوا منهمكين للناظرين. إنها مستشفى مجانين. أنها ملتقى المتقاعدين. لديهم ايضاً مصنع يصدر منه ضجيج. مع أنهم يزعمون أنها منطقة سكنية. يقطعون الأشجار العمومية. كان لدينا في السابق مكتب حماية البيئة الذي كان يمنع ذلك، واليوم؟ يلوثون البيئة ويخربون في الأملاك العمومية والدوائر المختصة لا تحرك ساكناً. يدير الصليب الأحمر لقاءات المتقاعدين وسخافات ABM. الجميع يستفيد من ذلك والدولة تدفع، فعلاً شيئ غير معقول، ....."
روزفيتا: "يمدحون بأشخاص في إعلانات الزواج والعلاقات الغرامية والصحف تجني أموالاً طائلة من ورائها، حوالي مائة وخمسون معلناً."
هانل: "إعلانات خاصة؟ وكالة جولي ! إنه استغلال بحت."
راينر: "وحبوب تهدئة الأعصاب، لا أعرف كيف ستساعد في تخفيف الهموم. تقول الرقابة بكل بساطة إن الفريق الأبيض والأصفر ممنوع في غورليتس. لذلك لا نقرأ في صحيفتنا البايخة نتائج مباريات هذا الفريق."
واكيم: "كل قرية في الغرب تبث تقارير عن فريقها الرياضي. الرقابة تشبه الكوفية الفلسطينية،

يغيرون الناس دون ملاحظتهم. لهجة مقاطعة هيسن هي بمثابة مؤسسة في فرانكفورت الواقعة على نهر الراين، حيث يوجد مسرح خاص باللغة العامية. اللغة العامية الخاصة بمقاطعة هيسن متداولة في المسرح والتلفزيون منذ عام ١٩٤٥. لهجة غورليتس فريدة من نوعها وتختلف عن كل اللهجات وتمثل لهجة شليسيا. ويعتبر علم اللغويات اليوم لهجة غورليتس على أنها لغة ميتة و - اسمعوا جيداً - "لهجة شرق لاوزيتس". وبذلك يقتلون لهجة الشعب الشليسي قبل هروبه وطرده من شليسيا شرقي نهر نايسه في لاوزيتز واللهجة الشليسية في لاوزيتز أيضاً. لا يوجد حتى الآن لهجة عامية في مسرح مدينة غورليتس الشليسية الكبيرة. يبدو وكأن السياسيين الألمان بمساعدة علماء اللغة الجهلة يريدون إزالة آخر آثار لهجة شليسيا. هناك مسرحية في غورليتس عن البطالة، لقد رأينا جميعاً كيف ضجت بها وسائل الإعلام، ليس في غورليتس فحسب، بل على صعيد ألمانيا كلها. كتبوا عن جميع المشاهد بكثرة عدا عن مشهد المدمن على الكحول الذي كان يرتدي قميص شليسيا. حاولت الرقابة إعطاء صورة عنيفة عن المسرحية وكأنها تمثل شراً عاماً موجوداً في ألمانيا برمتها. ولكنهم ينكرون شعب غورليتس. الرقابة. الأمر لا يختلف في كرة القدم."

ماريو: "أنا أيضاً أعتقد ذلك. ميروسلاف كلوزي من شليسيا العليا. والده ألمانيا من شليسيا العليا، والدته بولندية. قرروا أن يكونوا ألمان. والإعلام يُظهر كلوزي على أنه بولندي، فقط ليتفادوا ذكر كلمة شليسيا، وعندما أفكر بالاك وجيريميس، هم من شليسيا! لاعبون من شليسيا"

راينر: "ولد بالاك في غورليتس ولعب أيضاً في مدينة كارل ماركس. وجيريميس وُلد أيضاً في غورليتس ولعب مع فريق توربين غورليتس."

هاينريش: "هذا بالظبط ما سيحدث معنا الآن. مشروع كأس العالم لكرة القدم؟ لن نستفيد منه شيئاً، جعجعة دون طحين."

هانل: "أين أولي يا تُرى؟"

روزفيتا: "كان بامكاننا الذهاب للتسوق"

هاينريش: "لا نستطيع تحميل أولي المسؤولية دائماً، فهو لا يقدر أن يتواجد على الدوام."

هاينريش: "المسرحية والموسيقى، ستؤلمك أذنيك!"

ماريو: "باولي بهدل نفسه الآن. لقد دعى لتوه غادي فينسلو إلى مأدبة غداء في فندق بوخماخر. فما كان من الفريق العامل في الفيلم وغادي فنسلو إلا أن رفضوا الدعوة. بسبب هوليود أقفلوا الساحة العامة في غورليتسومنعوا الشعب من المشاركة. فريق العمل أتى من برلين."

ماتسه: "برلين. فقط عندما أسمع ذلك!!! عليهم البقاء في بيوتهم، هؤلاء البروسيون!"

ماريو: "حافلات مليئة بالسواح من بحر الشرق، هل رأيتم ذلك؟ على محطة للحافلات. هؤلاء البلهاء الألمان الشماليون عليهم البقاء في بيوتهم وصيد السمك. ما عساهم فاعلون في غورليتس؟"

راينر: "ربما ليتعلموا بعض الحضارة، ليس لديهم أي حضارة هناك."

هولغر ضاحكاً: "البلهاء الألمان الشماليون، ولكن السمك لزج!"

يضحك وتعترض النساء.

روزفيتا: "نحن النساء لا نستطيع مشاهدة الأعضاء التناسلية للرجال خلال تأدية مهمتها. لقد جعلت الدولة الألمانية من بالغيها أطفالاً."

هانل: "كأننا نعيش في العصور الوسطى"

واكيم: "رادميريتز، هل يعرفه أحد منكم؟"

بيرنهارد: "يستطيع المرء الذهاب إليها عن طريق هاغنفيردر ويعبئ الوقود بسعر أقل."
واكيم: "رادميريتز قصر غاية في الروعة"
هانل: "ماذا؟ لم أسمع به قط"
طوماس: "على حدود مدينة غورليتس، لا أحد يتكلم عنها"
جيبي: "إنها تابعة لبولندا"
واكيم: "عرضت اليزابيت أميرة ساكسونيا على ابنها جبل لاندسكرونه ولكن الأب رفض. يقدم الإعلام إليزابيت على أنها متحررة حمقاء. إنها الآن موضة، أن يقدموا حاكمات أوروبا الشرقية في العصور الوسطى على أنهن حمقاوات."
واكيم: "لدينا الآن مستشارة الحرب. لم يقم الحزب الاجتماعي الديمقراطي SPD بأية حملة إنتخابية إعلانية في غورليتس. كانوا يريدون الخسارة."

يدخل ساب مسرعاً: "هذا الأسود الأحمق من شرطة السير يكتب مخالفات وقوف. هل أحد منكم ....؟
يركض الجميع إلى الخارج
جيبي: "انظروا شرطي السير"
روزفيتا: "يغض النظر عن سيارات البولنديات أما محل الثياب الداخلية، أما نحن فلا!"
ساب: "الخسيس، مخابرات الدولة"
جيبي: "هذا شرطي السير، الخنزير الشيوعي"
واكيم: "منذ فترة قصير وقع متشرد أمامه وغاب عن الوعي، كان أول من اتصل بسيارة إسعاف."

ينظر الجميع حولهم ويتأكدون أن ليس منهم أحد أوقف سيارته بالقرب. يختفي ساب مجدداً. يدخل الجميع إلى فندق مونوبول، طاولة القهوة:
هاينريش: "الخنازير الشيوعية الحقيقية تجدها في مكتب العمل. حصلوا جميعاً على وظائف جيدة في عام ١٩٩٠."
كيرسيتن: "يا إلهي! المدير ليس هنا، دعونا نذهب إلى أي مكان آخر."
جيبي: "كبيس الملفوف الأحمر، دعونا نأكل شيئاً جيداً."
بيرنهارد: "لاااااا، دعونا نذهب لنشرب شيئاً. بيرة، أو ويسكي. هل من محل مفتوح الآن؟ أكيد في غورليتس الألمانية لا أحد."
هاينريش: "في الماضي كان هناك بعض الحانات تفتح طيلة النهار. كنا نذهب إلى حانة "بودفا" ولكنهم الآن حولوها إلى فرن خبز."
هولغر: "لا أستطيع التحمل أكثر، سأشتري عصيراً."
ويذهب دون نقاش.
يقترب واكيم كثيراً من أورسل، وهي يعجبها ذلك
أورسل: "إنه يلتهم كل شيء"

واكيم لأورسل: "ما رأيك بالذهاب إلى داري؟"

أورسل: "أنت حامي مثل الخردل"
هاينريش: "إنه وقت المراهقة والاندفاع"
أورسل: "طالما أولي لم يأت بعد يمكننا التجول في المدينة"
روزفيتا: "سنصاب بالجنون هنا"
يخرج الجميع من الفندق
تومي ميشال يُشرق في علم كأس العالم لكرة القدم.
يتوزع بعضهم باتجاه ديميان بلاتس وبعضهم الآخر باتجاه فيلهلم بلاتس وشارع برلين. يتمشى الكثيرون باتجاه مطعم صغير في شارع برلين. واكيم لا يملك مالاً للمطعم. يدخل الآخرون إلى المطعم وهو يتمشى حوله
عزيز من المحكمة الابتدائية، عابس، يضع أوراقاً في حقيبة ملفاته.
واكيم: "مرحباً، كيف الحال؟ لا تبدو أنك سعيداً"
عزيز: "أنا إيراني وأغلي من غضبي على المحاكم الألمانية التي تريد انتزاع ولدي مني. أنا أيضاً أكافح. زوجتي السابقة بولندية وعشيقها أيضاً بولندي، تزوجته، هم من أخذوا ابني الآن. حصلت زوجتي على الجنسية الألمانية لأني أنا ألماني. والآن يحصل زوجها الجديد على الجنسية الألمانية بسببها."
واكيم: "إنه لأمر سيئ. أنا أيضاً لدي بعض المشاكل مع المحاكم ولكن مشكلتك أكبر بكثير."
عزيز: "لسنا بحاجة إلى أن نلف وندور، نستطيع الكلام كأصدقاء."
واكيم: "بكل سرور، اسمي واكيم، ما اسم حضرتك؟ أقصد ما اسمك؟"
عزيز: "اسمي عزيز. إذن اسمك واكيم"
واكيم: "عزير، هل تعلم ماذا يعني اسمك؟"
عزيز: "عزيز يعني حبيب وهو اسم ايراني"
واكيم: "اسمك جيمل"
يضحك عزير
واكيم: "اسمي واكيم، اسم ألماني معروف. واكيم هو والد مريم العذراء، مثلما يُسمي بعضهم بناتهم على اسم القديسة فرانسيسكا"
عزيز: "واكيم؟ هذا الاسم منتشر في الدول العربية. حكمت محكمة غورليتس بحق الحضانة لزوجتي السابقة وزوجها البولندي. سيصبح الولد بولندياً وأنا سأخسره."
واكيم: "لماذا تفعل زوجتك السابقة ذلك؟"
عزيز: "من أجل المال، ماذا تعتقد إذن؟ قدمت استئنافاً إلى المحكمة الإقليمية الساكسونية بسبب تحيز القاضي والمدعي العام والمراقب، فكلهم كاثوليك. ولكن المحكمة الإقليمية قالت إن هذا ليس من اختصاصها ولكن يتعين على محكمة غورليتس إعادة فتح ملف القضية مع قاض ومدعي عام ومراقب آخرين. أما محكمة غورليتس فأوكلت ملف القضية مجدداً إلى نفس القاضي ونفس المدعي العام والمراقب. وترد المحكمة الاقليمية على هذا الوضع بأن ذلك لا يقع في مجال اختصاصها. سأستأنف وأرفع القضية

للمحكمة الاتحادية."
واكيم: "تتكلم مثل محام، يُلاحظ عليك كثرة حضورك للمحاكمات."
عزيز: "أصبح لدي جلداً مثل جلد الفيل وأتعجب كيف أنني أتكلم الآن بكل هدوء، مع أن أي انسان غيري لكان محبطاً في هذا الوضع."
واكيم: "عزيز الغاضب"
عزيز: "المحكمة الابتدائية في غورليتس هي ساحة المعركة اليومية بالنسبة لي. إن تحيّز المحكمة في غورليتس إلى طليقتي البولندية الكاثوليكية وزوجها البولندي الكاثوليكي يثير لدي الاستغراب، لا سيما وأن الكنيسة في غورليتس من المفروض أنها لا تلعب دوراً. فهنا ٧,٥% من السكان من الطائفة الكاثوليكية و١٢,٥% من الشعب من الطائفة الإنجيلية و٨٠% ليس لهم دين. أما محكمة غورليتس فتسيطر عليها المافيا الكاثوليكية!"
واكيم: "شيئ لا يُصدّق" ويضحك كثيراً
عزيز: "ليس لي نفس على الضحك"

يعود الجميع سوية

شارع هوسبيتال شتراسه

هاينريش: "كلب مجنون، يقود بسرعة مائة كلم في الساعة في منطقة سكنية. ولافتات ممنوع الوقوف تكثر وتكثر."
ماريو: "زناخة، هدفهم تشغيل مواقف السيارات. إنه فعلاً لعمل مخزي كيف يُخدع أصحاب السيارات بلافتة ممنوع الوقوف فقط لتشغيل مواقف السيارات المدفوعة. وجنون تحويل الطرقات، كل هذا ضد الشعب وضد السائحين. اسمعوا يا جماعة، خطرت على بالي فكرة سكيتش!"
يأتي هولغر وهو يمضغ شيئاً في فمه ويحمل في يده كيساً ورقياً من المطعم الصغير ويتابع تناول الطعام.
هانل: "همممممم، يبدو لذيذاً، ماذا تأكل؟"
هولغر: "عظمة الحب، هذا اسم الإكلير"
ينظر الكثيرون بشغف وجوع إلى كعكة هولغر.
هولغر مغنياً بصوت عال: "عظمة الحب!" ويعطي الواقف أمامه قطعة.
يأتي ماتسه ويقول مسروراً: "أحياناً يكون المرء مشغولاً للغاية وأحياناً يبقى في البيت ويتسلى بنفسه. عمل! قليل ولكن أوهووووو!"
يضحك الجميع مسرورن لوجود صديقهم ماتسه بينهم.
هاينريش: "انظروا، موضوعنا الآن النقانق. المشروع القادم تطوعي. الحفلة التطوعية بحضور ضيفي الشرف هلموت كول وديتر بولند، المغني الشهير، وممثل عن الحزب الاجتماعي الديمقراطي.و حيث من المعتقد انهم سوف يرسلوا رودولف شارمينج نيابة عنهم. ما نحن إلا أداة. سنكون بدلاً للبلهاء الصغار الذين ينقذون الحكومة من مستنقع مافيا مدبريين الوظائف الخاصة . نعم مافيا برأيي. يجعلون منا فقراء ومن ثم يريدون منا تخصيب الصحراء بأعمال ثقافية. قميص

أبيض وما شابه. وعلينا سحب عربتهم من المستنقع. إنهم مجرمون، هذا رأيي. كيف تصور المهرج ذلك؟"

جيبي: "تبأ، على المرء تعرية نفسه أمام مكتب العمل والمُحضر القضائي. يعاملونه مثل المجرم في بادئ الأمر. والسيدات والسادة هناك...."

واكيم: "خيول وفرسات المكاتب"

جيبي: "وفي نهاية المال كثير من الشهر!!!!"

هاينريش: ".... كل هذا من جشع الأغنياء الذين يريدون ملئ جيوبهم أكثر وأكثر."

هانل: "العمل خارج البلاد لا يُحسب، هذا يعني عندما أعود إلى ألمانيا لن أحصل على HIV"

هاينريش: "كانت أيام شيكلهوبر أفضل"

جيبي: "لقد بنى القائد أوتوسترادات"

واكيم: "فكر الحزب الاجتماعي الديمقراطي أيضاً ببناء أوتوسترادات. وكانت الخطة جاهزة في حال ربحوا الانتخابات في عام ١٩٣٣."

هانل: "بإمكاني وزوجي العمل ما شئنا في الخارج، ولكننا عندما نعود سنُعتبر من الخارجين عن المجتمع."

هانل: "غير معقول!"

هانل: "بالطبع!"

أورسل: "سيصيبني الجنون!"

ماتسه يا جبل ما يهزك ريح: "ومن ثم يخصمون على المرء كل ما يستطيعون خصمه. لدينا طفلان. الكبرى عمرها ثماني سنوات والصغيرة ثلاث سنوات. زوجتي لديها نصف وظيفة، تعمل في أوقات مختلفة في السوبر ماركت. يعطونها الآن وظيفة تتقاضى منها يورو واحد للساعة. مضطرة لقبولها. ما بوسعها إلا ان تنسى الوظيفة في السوبر ماركت. وكيف لا يريدوننا أن نكره الاقتصاد؟ الاقتصاد ومكتب العمل، الاثنين يعملان يداً بيد."

هانل: "أنا لا يهمني ذلك! أولادي الثلاثة كبار. ولأن ابني حصل على وظيفة ليتعلم مهنة، لذا أحصل الآن على ثلاثمائة يورو أقل في الشهر."

هاينريش: "هذا شيئ جديد، ان من يعمل يُعاقب."

جيبي: "في الماضي، على زمن إيريك، كان الآمر مختلفاً، كان الجميع يعمل ما عدا أنا!"

بيرنهارد: "والبولنديون كسولون"

صمت

"ولكن النساء لسن كسولات ولكنهن نحيلات، ليس لديهن ما يأكلونه... الألمانيات تقدلهن، إنها الآن موضة العصر. أنا لا أطيق النساء النحيلات. ولكن الرجال البولنديين كسولون."

صمت

بيرنهارد: "لقد كانوا تحت ظل السوفيات، فلماذا يعملون؟"

جيبي: "محطة القطار الخاصة بتحميل البضاعة في غورليتس، راينغيربانهوف وشلاوروت، عندما يمتلئ، يتراكم كل شيء في هوركا. كان البولنديون يتبادلون مع الألمان كل خمس سنوات"

روزفيتا: "ايريك هونيكر، رئيس ألمانيا الشرقية السابق، كان يستطيع التقبيل جيداً."

هولغر: "صحيح أن المستوى تعيس، ولكن ماشي الحال."
هانل: "أنقصوا معاش المتقاعدين ولا يعطونهم زيادة معاش منذ ثماني سنوات رغم تضخم الأسعار. والأغنياء في البرلمان الألماني، يريدون معاشاتهم مثلما يرونه مناسباً وكأننا في ديكتاتورية."
واكيم: "رايشتاغ، البرلمان الألماني، عملت مرة هناك، ثبّت الكراسي للسادة الكرام. عامل بناء في عام ١٩٩٨. في السابق سمحت الحكومة للبولنديين العمل بالأسود. فضيحة صغيرة ، وأنا الفنان تحت خلفيات النواب."
هاينريش: "ونيركل عند دالي لاما"
واكيم: "ثمانون ألفاً في تيبيت. هل سأل أحدهم الاسكيمو ان كانوا يريدون الانضمام إلى الناتو؟!"
هاينريش: "ابتعدوا كثيراً عن الواقع، مليارات الصينين وفي الهمالايا محاباة الأوطان. هذا مثلما لو بوش سمح للهنود الحمر بالاحتفال بوطنهم. لم يسأل أيضاً أحد الهنود الحمر إن كانوا يريدون دخول الناتو."
السيدات خلال لعب الورق:
هانل: "اسمعي يا روزفيتا ، أعتقد أنك تغشين"
روزفيتا: "لا تدّعي ذلك! وعلى الاجمال هاينريش لاغاي"
هاينريش: "هل جننت أم ماذا؟ أنت روزفيتا، ستتلقين مني لطمة بعد قليل. هنا حدود المزاح! الحقائق تخفيها وسائل الإعلام وأنتم تتهمونني بأنني ثرثار، لا لا!"
واكيم: "القديسة في سيبيريا، كانت أيضاً في تيبيت."

تأتي ميلاني متأخرة كثيراً ومبتهجة: "سلامات! كان لدي مقابلة عمل، يبدو أنها وظيفة جيدة: ٧.٥ يورو في الساعة، ستة أيام في الأسبوع، عمل بالمناوبة، عليّ التنقل بين كوتبوس وتسيتاو. سأبدأ العمل الساعة ٤.٤٥ صباحاً في كوتبوس. سآخذ قطار الساعة الرابعة صباحاً ولكنهم لا يريدون دفع أجرة الطريق لي. مسموح لي بيوم عطلة واحد في الأسبوع."
جيبي يقول بفخر وبلهجة المرشد: "... كما كتب علينا الله!"
ميلاني: "لقد قلت لهم: يوماً في الأسبوع: يعني عندما أنهي عملي في الواحدة من صباح الاثنين وأذهب إلى العمل في الرابعة من صباح الثلاثاء، يكون هذا اليوم فقط للنوم!"
جيبي غاضباً لميلاني: "وأين أداؤك؟"
يضحك الجميع
جيبي: "إملأ الاستمارة. قدم طلب HIV"
هاينريش: "نتكلم بحرية. السياسيون عليهم تحديد منهجهم، إما الشعب أو مجرمي الاقتصاد"
أورسل: "مسلسل الأطفال بيتي بلاتش وتاتارينشن، السيدة ألستر كانت دائماً تستنفذ الثعلب وكانا دائماً يتشاجران، الوزيرة فون دير لايين تطبق ذلك ما كان معمولاً ومسلماً به لغاية عام ١٩٨٩ في ألمانيا الديمقراطية – الشرقية وتروجها على أساس أنها سياسة حزب تست دي."
هاينريش: "كان المرء يُكرّم في السابق لعمله الجيد. أوسمة ألمانيا الشرقية، تقريباً دائماً مع جوائز مالية وحوافز!"
ماتسه: "حوافز: بما فيها العمل الاجتماعي"

أورسل: "كانوا يعطونا في المدرسة شهادات تقدير لأدائنا الجيد. اليوم يتعلم الأولاد فقط ليصبحوا عاطلين عن العمل. وجميع الناس من نفس الكتيبة كانوا يعرفون بعضهم أيضاً في الحياة الخاصة، كان هناك شعور بالانتماء. وهذا ما لا نجده بالنظام الرأسمالي. في دفتر الكتيبة كان كل شيئ مقيداً: جميع الاحتفالات. وعند تنفيذ الخطط كنا نحصل على حوافذ."

جيبي: "أعرفها، مكان التدريب بالقرب من حديقة الحيوان قرب البساتين. كنت هناك أيضاً وغفوت خلال العمل. وكان لدينا رقيب صارم. طردوني."

هانل: "البنزين في سويسرا أرخص من البنزين في ألمانيا"

هاينريش: "يا مجنونة! نحن هنا في غورليتس، في عالم آخر. لا تستطيعين مقارنة المقاييس الدولية مع ألمانيا."

هانل: "سأساعدك بعد قليل! انتظر!"

واكيم: "عندما كنت طفلاً كان الألمان الغربييون يحرضون ضد الألماني الشرقيين. مساكين الشرقيون ليس لديهم إلا البطاطا."

هانل: "البطاطا المقلية لذيذة وصحيّة، أليس كذلك؟"

جيبي: "عندما تنفذ الحجج من جعبة الغربيين يتهمون الآخر بالجنون أو يجعلوه مهزءة. هذا ما تعلمون من أميركا."

واكيم: "أصلاً بدأ الغربيون حملتهم ضد البطاطا المقلية فجأة منذ أزمة البترول عام ١٩٧٣، فقط لأنهم كانوا فقراء ولم يستطيعوا طهي شيئاً جيداً. التحريض ضد الظروف التي أدّت إلى طهي البطاطا المقلية فقط، هذه هي طبيعة الغربيين."

هولغر: "التحريض ضد البطاطا المقلية؟ لماذا؟ ستتكون على المرأة طبقة سميكة من الشحم ليستطيع الرجل ضمها بين يديه والمرأة ستحب تدليع الرجل الممتلئ، ألا ترون أن هذا جميل؟ لماذا تنظرون إليه على أنه سيئ؟"

هاينريش: "عانى أولي باعتباره غربياً من تبعات أزمة البترول. ألا ترون كم هو نحيل. كان يأكل المعكرونة وشوربة ماجي."

هولغر: "أنت مهبول! لقد أثر عليك الويسكي. لن أتدخل الآن."

هاينريش بلهجة عاقلة: "الكل يعرف أني أشرب الكحول، لا أهتم بذلك"

جيبي: "نحن مثل مجموعة العلاج النفسي المفتوحة في يوخمان شتراسه"

هانل: "يوخمان شتراسه، كانت هناك مستشفى المجانين لغاية عام ٠٤ ومن ثم ضموها إلى المستشفى العامة وافتتحوها بتاريخ ٠١/٠٧/٠٤"

هانل: "محل بيع السجائر HO، أتعرفونه؟ لقد أقفلوه. ومنذ ان اشترى الغربيون البيوت في ألمانيا الشرقية لم يتحرك أي شيئ. واليوم يُعتبر البيع والشراء في غورليتس معجزة اقتصادية، أليس كذلك؟"

جيبي: "بانكيك، الآن مع السكر والقرفة، مممممممم"

هانل: "يريدوننا أن نكون عميان، هذا ما يريده الغربيون حتى لا نلاحقهم."

هاينريش: "أنت نشيطة جداً بلعب الورق"

أورسل: "لا تكن أحمقاً"

هولغر: "معمل الأحجار في كودرسدورف، على يسار الطريق السريع، معمل أحجار حديث جداً، وما زال"

هاينريش: "قوات مدينة ريتشن بالقرب من مدينة نيسكي، ساحة هامسه للتدريب على القتال موجودة حتى الآن. يقنعوننا أن الجيش ما زال رب عمل."
روزفيتا لهانل: "مولر، لديك مس!"
هانل: "هل انت بلهاء!؟ حقاً إنك بلهاء، ستنكرين الآن!"
هانل لروزفيتا: "السيدة شميدت لم تفهمها!"
روزفيتا: "آسفة" وتضع كرت لعب.
هانل لروزفيتا: "مجنونة!"
هاينريش: "إن الأمر واضح وضوح الشمس، أن الانتعاش الاقتصادي لا يتحقق مع النظام الرأسمالي"، يفتح البراد ويعمل على المجلى، "ألا يستطيعون كي المناشف بعد غسلها؟"
جيبي: "إن لم يكن لدي مكواة، أضع بنطالي تحت المرتبة!"
أورسل لواكيم: "رائحتي كما العصير الطازج لأني أحب الضم كثيراً. سأذهب لوضع الماكياج"
روزفيتا لهانل: "فورسترين، هلاّ أتيت....؟"
هولغر: "كانت المسلسلات مثل مسلسل كرزتي أو مسلسل نحن والدبور الفضي، هذا ما كنا نشاهده سابقاً."
هانل لهانل: "زوجك ما شاء الله، عريض المنكبين، لقد رأيته عندما ذهبت للتسوق في محلات ألدي."
هانل فخورة اعتراها بعض الخجل: "نعم نعم، لقد رآك هو ايضاً، شقراء قصيرة بلهاء، مدهونة بنصف كيلو من الماكياج."
هانل وهانل تضحكان.
هانل: "زوجي يريد الانتقال من المنزل، شاهدنا منزلاً ولكنه في الطابق الأرضي، مكشوف على الشارع، الناس ستنتظر ماذا نأكل كما يقول زوجي. لذلك لم نستأجره."
جيبي يأكل شريحة مرتديلا ويقول متلذذاً
جيبي: "أكلت كثيراً وأنا جاهز الآن للنوم، سأستلقي قليلاً."
يستلقي جيبي على صندوق خشبي موجود في الغرفة الجماعية ويقول: "بعد الطعام اللذيذ يأتي النوم," يستلقي وينام.

يأتي أولي: "يجب أن ننجح بالمسرحية. العيون في غورليتس موجهة علينا. والتلفزيون سيكون متواجداً أيضاً."
طوماس: "اسمع يا أولي، لقد كان هاينز بيتر في الساعة العاشرة هنا. أوصانا أن نخبرك."
أولي: "شكراً، لقد هاتفني. مارجريت ليست هنا. جيد. مارجريت تتصرف كما يحلو لها، تتعاون معنا متى يعجبها، وهذا يسبب لي مشكلة. فمثلاً رفضت بالأمس المساهمة بالتمارين النفسية الاجتماعية. ومن ثم غضبت وذهبت. لا أعرف كيف ستجري الأمور معها!" ويمسح جبينه الذي يصب عرقاً ويتابع: "مارجريت ليست هنا. دعونا نقوم بجولة التقييم!"
يتذمر الحاضرون. "التقييم" كلمة الشؤم اليومية.
تبدأ آنا، إحدى السيدات البالغات العشرين من العمر:
آنا: "الانضباط!"
هاينريش: "نفخة كذابة"
هولغر: "لا يهم ما يقوله الآخرون، إما أن تلتزم بالقواعد التي تسري على

الجميع، أو لتفعل ما تريد."
جيبي: "جيد أنكم تتحدثون عن ذلك. بصراحة لا أريد أن يكون عملنا سخرية للجميع."
هانل متصنعة الابتسامة: "إنها شجاعة"
أورسل: "إسمع يا أولي، أقترح أن نسامحها كما في كل مرة. لقد طردنا ريكو، نضحي بالرجال لتبقى النساء على قيد الحياة، كما في الحياة الواقعية."
روزفيتا لهانل على الطاولة: "ناوليني أصابع الكعك المملحة"
هولغر: "لا تلتهمي كثيراً"
أولي: "عملنا عن جوليت، حبوب تهدئة الأعصاب لاقت صدىً جيداً لدى الناس. لقد كنتم نشيطون جداً بتوزيعكم لحبوب تهدئة الأعصاب. هذه هي الطريقة المُثلى لعمل لذلك. تهنئة من فيلا. اقتربت مباريات كأس العالم لكرة القدم،" ويرسم على وجهه ابتسامة الرابح المنتصر، "قريباً ستبدأ. علينا بناء طاولة كأس العالم في هذه الأوقات، هيا بنا يا جماعة، دعونا نخرج جيمعاً إلى بوست بلاتس. سنحقق شيئاً اليوم إن كنا جيدين."
تأفف في الغرفة.
أناس كثيرة، سيارات وتوامويات. تجمع في ساحة بوست بلاتس بالقرب من طاولة الترويج لكأس العالم لكرة القدم.
أولي: "دعونا نبدأ ببعض تمارين المرونة. لنذهب إلى الحقل، لا يهمكم الترامواي. ركزوا!"
رياضة في الهواء الطلق، الكل يقوم بها دون معارضة.
أولي: "قفوا جميعاً في دائرة...." الجميع يقف حول "مينا"، أجمل نافورة في شليسيا. "والآن حاولوا مسك أيديكم!" والجميع يفعل ذلك.
راينر: "هل هذا الرقص حول العجل الذهبي؟"
أولي: !! "أ" تعني غنّي وأعطي للشخص الواقف جنبك! أنا أغني "أ" وأذهب للشخص الذي يليني، إليك مثلاً، والآن أنت تغنين "أ".
أورسل: "هل سنغني كذا كذا...أو فقط كذا حتى نصل إلى الشخص التالي؟"
راينر: "هذا لا يغير شيئاً"
ينظر الناس والسائحون وجميع المتواجدين في ساحة التحرير والناس في السيارات والترامواي إليهم غير مستوعبين ما يحصل.

إرشادات جديدة من أولي: "والآن أعملوا حركات الوجه!"
ماتسه: "من يصفر سوف يُضرب بالرصاص!"
أولي: "أنظروا إليّ جيداً! إفعلوا تماماً ما أفعل!"
يبدأ البعض بتقليد أولي.
فتاة في الرابعة من العمر تحمل دمية في يدها برفقة أمها الشابة تمر بجانب المجموعة وتبدأ بالبكاء.
أورسل: "أوه يا ربي!"
راينر: "أوه يا إلهي!"

جيبي: "لا يا ربي!"
هانل: "لن أجعل من نفسي سخرية للآخرين. يمكنه عمل ذلك وحده."
سائحة أميركية: "يا إلهي!" وتلتقط صورة.

واكيم بيده كيس محلات آلدي وفيه ثلاثة ليترات من الكولا يأخذها يومياً معه إلى ساحة بوست بلاتس ويشربها.
أورسل لواكيم: "أنت يا جرذ الأكياس!"
هاينريش: "أنظروا كيف الغربيون يحدقون بنا. بإمكان المرء معرفتهم عن بعد مائة متراً."
مجموعة من السائحين، كلٌّ منهم حول رقبته كاميرا، يلوحون بأيديهم ومعهم المرشد السياحي.
هاينريش ينادي باتجاه مجموعة السائحين: "شاب أحمق، أخبرهم عنا نحن في شليسيا،الشعب الشليسي! لاجئون من فندق فكتوريا!"
هولغر يصرخ بصوت أعلى: "يُسمح لأحدهم أن يتذكر كم كانت الحياة جيملة هنا في السابق. يا غربيين: العودة من هناك: قرف وكلام أحمق وفشخرة!"
روزفيتا تصرخ: "هناك لا يوجد "عشرون لجهنم"!"
يحاول أولي تهدئة المجموعة: "ليس الجميع سواسية"
ويصرخ راينر: "جلبتم لنا قبائل عربية ولاجئين كاذبين. أعداداً هائلة من الأجانب العاطلين عن العمل. لم يكن لدينا ذلك في ألمانيا الشرقية."
هاينريش يصرخ بصوت أعلى: "لاجئون ليس فقط من اتحاد الدول الست، صوربيا والتحرير في عام ١٩٨٩!أنت يا شاب! أنت يا ذكي!"
أورسل غاضبة: "لقد دمرتم عائلاتنا."
جيبي صارخاً: "ومنعتم عنا الحشيش أيضاً!" مهدداد بقبضته.
ينظر المرشد السياحي مرعوباً مثل بقرة عند الرعد ويحث السائحين التي بدأت تبدو على وجههم علامات حب الاستطلاع على المضي في طريقهم ويقول بصوت منخفض غير مسموع: "لا نريد مشاكل الآن"
يتوقف المرشد السياحي أمام مكتب البريد الملكي البروسي: "هذا أجمل مبنى في لاوزيتس العليا، الفن المعماري، النهضة وحقبة الباروك، جوهرة معمارية."
المجموعة السياحية تهرب من السكان الحاضرين منزعجة منهم في ساحة بوست بلاتس المرشد السياحي البافاري ويستمعون إلى ما يقوله.
هولغر لديه فكرة للاسترخاء: "تفضلوا!" يحمل ظرفاً صغيراً عالياً ويصرخ باتجاه المجموعة السياحية بالقرب من مبنى البريد الملكي البروسي: "جوليت، حبوب تهدئة الأعصاب! هل حصلتم عليها؟" ويركض خلف المجموعة الهاربة، "إنها من بولسلاف مارتين" وتهرب المجموعة خلف مجموعة كأس العالم لكرة القدم!
براغ، هرادشين:

يتبادل عميلان حقائب ملفاتهما ويذهبان إلى مطعم صغير لاحتساء البيرة وهما مطمئنان أنهما قاما بالجزء الأول من مهمتهما.

يقول الأول: "أين سيتم تنصيب قواعد الاطلاق الأميركية؟"

الثاني: "إلى أين سيطلقونها؟"

الأول: "هذا غير مهم على الاطلاق. نحن نكسب فقط قوتنا وقوت عائلاتنا. في نهاية المطاف علينا حماية بترولنا العراقي."

الثاني: " على كل حال الاتحاد الأوروبي يسيطر على اتحاد الطاقة والبترول الروسي هو أيضاً من النوعية الجيدة. إذا ما فضلنا البترول العراقي فستغضب فرنسا التي تصدر لنا الغاز الجزائري الرخيص. لكن ماذا عن ليبيا؟ هل يريدون هدم كل ما بنيناه طيلة هاته السنين؟!"

الأول: "هل التشيك حليفة لأميركا، نعم أم نعم؟"

يتبادل العميلان السريان مجدداً حقائبهما، ويفترقان كلٌ في طريقه.

غورليتس:

القبر المقدس. تتكلم المرشدة السياحية المرافقة للوفد العربي من فندق بوخماخر اللغة البولندية مكسرة. لكن لا أحد من الوفد يفهم أي كلمة مما تقوله، بل يتصفحون الدليل السياحي باللغة العربية ويندهشون كيف تم بناء نسخة مماثلة لقبر يسوع في كنيسة القيامة. يقول الدليل السياحي:

"القديسة آغنيته فينغرين والقبر المقدس في غورليتس:

يُعتبر القبر المقدس في غوليتس من أدق تقليد صُنع في ألمانيا لقبر المسيح في القدس. ويختلف خبراء القرون الوسطى وثقافتها إن كان جورج أمريش، تاجر مشهور وعمدة مدينة غورليتس، هو الذي أحضر معه خرائط البناء من الأراضي المقدسة أم أغنيته فينغرين. كما يُعتبر القبر المقدس في غورليتس نسخة مصغرة من قبر القدس كما رآياه أمريش أو فينغرين. لم يعد قبر اليسوع في القدس كما كان عليه من قبل، فقد صار عبارة عن أطلال، لايدل على أصلها الحقيقي إلا التقليد الذي بناه أمريش ثم فينغرين، مما يجعل القبر المقدس في غورليتس ذو قيمة عالية لدى مسيحيي العالم. حجت أغنيته فينغرين إلى الأرض المقدسة بعد مرور عشر سنوات على رحلة أمريش و جلبت معها لدى عودتها في عام ١٤٨٠ خرائط البناء. أما عن القول إن أمريش هو الذي أحضر معه خرائط البناء بعد عودته من البلاد المقدسة، كما تقول الأسطورة، فهذا يخالف المنطق، فلماذا سيخبأ أمريش الخرائط لغاية عام ١٤٨١، عام البدء في البناء، لو أنه فعلاً كان يسعى إلى تحسين صورته المشوهة في غورليتس قدر الإمكان، وهو الذي كان معروفا بصلابته في معاملاته التجارية، لفعل ذلك بعد رحلة الحج، فمن غير المنطق إذن، إن كانت بحوزته خرائط البناء، أن يحتفظ بها إلى أن تأتي زوجته بعد خمسة عشر عاماً وتسعده في مباشرتها لأشغال بناء القبر. تذكر وصية أغنيته فينغرينز الموجودة في كتاب مدينة غورليتس رحلتها إلى روما وبيعها لكل ما تملك لبيرنهارد شميدت، وتشير إلى أنها كانت سوية مع أمريش في الأرض المقدسة. غير أنه ليس من المعروف إلى يومنا هذا إن كان هذا النص الذي كتبه سكلتيتوس تحريفاً لما جاء في يوميات فراونبورغ، مؤرخ مدينة غورليتس، علماً أن مصادر أخرى تنفي ذهاب أمريش مع فينغرين إلى القدس. وما يؤكد ذهاب فينغرين من روما إلى القدس هو ما جاء في أرشيف مدينة غورليتس والذي تقول وثائقه، إن فينغرين ذهبت كمرشدة في رحلة لمجموعة من الحجاج برفقة الدوق ألبريشت إلى

القدس. وما يتعارض مع القول أنها فينغرين تابعت سفرها من روما إلى القدس بعد مرور عشر سنوات على وفاة أمريش هو رسالتها إلى أحد دائنيها والتي سُجلت في كتاب مدينة غورليتس قبل سفرها، تحدثت فيها فقط عن رحلتها إلى روما."

موسكو

يتبادل عميلان سريان بعض الملفات

الأول: "في هذه الأيام كل شيء أهدأ مما كان عليه من قبل."
الثاني: "موسكو أغلى مدينة في العالم"
الأول: "امبراطوريتنا الروسية تمتد من بحر الشرق إلى المحيط الهادئ."
الثاني: "الامبراطورية الأميركة تمتد من المحيط الهادئ إلى بحر الشرق."
يضحكان بمرارة
ويقول الأول حالماً: "هذا كان في السابق، عندما كنا نحارب أميركا."

بيروت

" لا أعرف" تقول ناهدة، التاجرة

فريتس: "أعتقد أن هناك الكثير من المسيحيين في لبنان، هذا يبدو أنه لا يسبب أي مشكل ، دعونا من ذلك."
ويجيب نجيب، التاجر: "الجميع يسب أميركا، بينما كلهم يربطون علاقات تجارية معها، والآن بعد أن قُتل الحريري، عن أي ديمقراطية نتحدث؟" ويضحك.
ناهدة: "عليكم الذهاب في نزهة إلى الجبل، هناك مناظر خلابة لا بد لحضرتكم من زيارتها."
فريتس: "أجل ولكن كيف؟! الوضع غير آمن الآن، صار هذا العالم مجنوناً."
نجيب: "الله كبير، سيرافقكم اسماعيل إلى الدير."

غورليتس

كنيسة نكولاي: تتابع المرشدة السياحية كلامها بلغتها البولندية المكسرة إلى الوفد العربي الرفيع بالقرب من قبر يعقوب بومه، ولكن السيدات والسادة أعضاء الوفد العربي لا يفقهون شيئاً مما تقوله ويقلبون في دليلهم السياحي باللغة العربية مندهشين من أقدم وأعرق مسجد في المدينة،

وأقدم وأعرق كنيسة في المدينة. تركت الكنيسة، التي تبدو أشبه بساحة سوق مهجورة منذ عقود، وقعاً قوياً في نفوس هذا الوفد.

تقول إحدى السيدات مستاءة: "هذا رهيب!"
يجيب الآخر: "هذا أسوء مسجد رأيته في غورليتس"

زغورزيليك في بولندا

تُدخل دانوتا في شوال من البطاطا تحت أنظار موظف الجمارك الألماني جثة حماتها المقتولة عبر الجسر.
الوفد العربي بصحبة المرشدة السياحية بقرب كنيسة كولتوري/رومسهاله

لاوزيتس العليا في سيليزيا، غورليتس، بلدة نيسكي، علم باللونين الأبيض والأبيض والأصفر:

عميلان سريان روسيان في ألمانيا
الأول يرفع سيخ من اللحم المشوي عن الشواية والثاني يفتح زجاجة فودكا و يصب كأساً.
الأول: "ينعم الأجانب بعيشة طيبة في ألمانيا."
الثاني: "اشرب يا أخيّ!" و يناوله كأساً و يهنئان بعضهما البعض.
شمعة كبيرة تشتعل فوق مقعد الحديقة المائل، يسيل شمعها على المقعد في اتجاهين مختلفين ينظر العميلان إلى الشمع الذائب،
يقول الأول: "مراسيل دجلة والفرات"

Ceska Trebova في التشيك

لوحة السيارة: "براغ"
يمرون بالمفتاح على السيارة ويتركون وراءهم خدشا طوله خمسة أمتار!
التشيك: ثياب عسكرية للأولاد والبنات . هل هذه فرقة كشافة؟
براغ: فرقة بونك صوربية.

تُعلن أميركا أمام الأمم المتحدة أن روسيا تشكل تهديدا لأمن أميركا، لأن روسيا تمتلك أكبر خزان مياه في العالم يقع بين جبال الأورال وموسكو. أصبحت المياه الأوروبية مصدر نزاع أكثر سوءاً من فترة حكم الرئيس الأمريكي السابق جيبي كارتر، حينما زحفت روسيا إلى أفغانستان، ضامنة بذلك طريقاً للمحيط الهندي عبر باكستان، فصار مضيق هرمز فجأة بلا قيمة تذكر، وتدنت أسعار الغاز الطبيعي إلى مستويات غير مسبوقة.

رحلة ليلية في قارب في بِركة دراي أيشنهاين:
صوت تلاطم المياه، وربما نعيق بُومة
وعزف خافت صادر عن آلات موسيقية قروسطية آتية من قلعة قديمة.

يوجد شخصان لا غير في القارب

الأول يجدف
الثاني يحمل كاميرا

في منظور الكاميرا:
ثياب غامقة الألوان تناسب ظلمة العصور الوسطى العميقة
حديث هادئ وجدي بين الطرفين.
ليس هناك أي مصباح، فقط ضياء القمر والنجوم.
وقت الحوار: في أي وقت ممكن ما بين ١٩٤٥ و٢٠٠٨

الحوار:
" هل كان يتعين الوصول إلى هذا الحد."
"لكن السادة هم من أرادو هذا"
وببعض من الشموخ: " كنا نحن الذين سيقومون بالثورة"
" كان هذا سينقذ حياة النصف منهم "
يضحكان ضحكة شريرة
"كانوا كسالى للقيام ببعض التجديدات"
" السفلة البورجوازيون، .... أعتقدوا أننا سنثور من أجلهم، ثورة من أجل الكبار، تباً لهم"
"لكنها صُنعت بمهارة! يبيعونا قيماً بالية."
"الديمقراطية. أعتقدوا أن بإمكانهم الضغط علينا بسفك دماء نسائنا وأطفالنا."
" لكن ديمقراطيتهم أوقعتهم في الأخير في شر أعمالهم"
"الديمقراطية"
"الحرية"
قهقهة عالية
"الأفضل أن يكون هناك حكم ذاتي، بدون انتخابات"
"لا يستطيعون فعل شيئ في حرب العصابات، هذه النوعية من الحروب هي عدوتهم الحقيقية."
"احتلوا العراق وقضوا إجازتهم في جمهورية الدانوتان"
"لم يستطيعوا النوم هناك من شدة تأنيب الضمير."
يصطدم القارب بشيئ ما، يبدو وكأن الاثنان سيغرقان في النهر.

"هذا لا نقرؤه في الصحافة الصفراء" ويضحكان.
تاليران باع كل من اشتراه
"موسيقى شعبية، أيام زمان الجميلة؛ أيام طعام السخينة و الرقصات الفلكلورية القديمة"
"خمس وثمانون ألفاً، يا إلهي، هذا العدد لا يساوي شيئاً مقارنة بالحروب الحديثة."
"كانوا في دريسدين يشنعون جثت اللاجئين. كانوا يسلبون كل ما كان بحوزة الموتى من أطفال ونساء."
"اخترعوا عيد الحب للاحتفال بذكراهم."
"في السنوات الأولى للجمهورية الثالثة كانوا نشطين في حساب عدد الجثث."
"بمكيالين طبعاً. بهذا نفوا نهائياً صفة الانسانية عن اللاجئين المقتولين في دريسدين"
"عقلية الأسياد في ألمانيا والفلسطينيون مسلوبو الانسانية، هذا متفق عليه بين الألمان" ويضحك.
"البرجوازيون الكبار وتجار السلاح مشغولون جداً بقتل بعضهم البعض"
"كل شيء انتهى الآن. البرجوازيون قتلوا بعضهم بعضاً. يا ليتهم تركوا الشعب جانباً، ولكنهم أشعلوا حروباً وزجوا بالشعب في أتونها."
"يُقال إن الحرب في كل حقبة تاريخية ضرورية للتخفيف من كثافة السكان، كما أنها تمنح العالم نفساً جديداً. إنها صحّية، مثل التبرع بالدم."
"كان ذلك في روما القديمة العريقة، و استمر كذلك في القرن العشرين المنصرم. وفي القرن الواحد والعشرين برعوا أيما براعة"
" الآن صاروا جميعاً في عداد الموتى"
"هل تسمع الموسيقى الشعبية؟"
"كلا، لم أعد أسمع شيئاً"

موسكو/واشنطن

أرسلت الحكومة الروسية فرق حفر على بعد خمسمائة كيلومتراً من الحدود مع روسيا البيضاء. ورداً على ذلك قال الرئيس الأميركي: "هذا خرق للقانون الدولي. تشعر أميركا بأن كيانها مهدد جرّاء هذا العمل البربري - الذي نسخناه من بحث قام به طالب في جامعة كامبريج في ١٩٩٤ وعرضناه على الأمم المتحدة. ونطلب من روسيا الإيقاف المباشر لهذا الإجراء الوحشي ونتمسك بعقوبات الأمم المتحدة على روسيا ولكن حتى إشعار آخر."

أوتيل مونوبول، الساعة التاسعة صباحاً

أولي مع المجموعة في تومي ميشيل قرب البنك:

روزفيتا ترى هانل: "آه، ها هي صغيرتي فورستر"

هانل: "يا إلهي، شميتل! ماذا يا حلوة؟ كيف حالك؟"

روزفيتا: "يا له من أمر مقرف، دائماً علينا ان نستيقظ باكراً"

هانل: "مولر دائماً نعسانة، ماذا يا هانل! صديقك لا يلقي التحية في الشارع، غريب."

هانل: "صديقي، زوجي المستقبلي! لأننا سنتزوج الآن أصبح لا يرى ولا يسمع شيئاً. ننهي بعض الأعمال المتعلقة بانتقالنا إلى النمسا حيث عمله في أحسن حال. ولكم أن تتصوروا إرهاق الانتقال."

روزفيتا: "أنتما مجنونان!"

هانل: "اسمعي هانل، أعتقد أنكما تحبا بعضكما فعلاً"

هانل: "طبعاً يجب أن يكون المرء مجنوناً ليتحمل الأزمة الاقتصادية الحالية."

تضحك السيدات الثلاث

ماتسه يحيي راينر: "هلا صغيري! سلامات!"

راينر: "هلا يا كبير! سلامات!"

يجلس الجميع في غرفة التدريب وينتظرون أولي. الملل يسيطر على الجميع ولكنهم متشوقون لما سيجلبه معه اليوم الجديد. ها هو أولي، يأتي مثل درويش ذي شعر أشعث. يرمي بحقيبة ظهره على كرسي خالي ويبدأ مباشرة: "لنقف جميعاً... دعونا نغني: "ثيو أربط العربة.. "

يقف الجميع بالتتالي. البعض لا يحبون الغناء. والبعض لديهم كره للغناء. ولكن أولي عرف كيف يجعلهم يفعلون ما يريد: "لا تفصلوا أنفسكم عن المجموعة. هذا سيعرقل عملنا ويضعضع شعور الجماعة."

واكيم يهمس لهانل: "ثيو سوف نذهب إلى لودز، عندما كنت طفلاً كانت ألمانيا الاتحادية تغني لبولندا وقامت أيضاً بخدعة حجب الثقة عنها. أغنية إيليا ريشتر: ثيو سوف نذهب إلى لودز."

هانل: "لا أعرفها"

واكيم: "هذا المستنقع السياسي بدأ بعد توحيد الألمانيتين، والسبب مخابرات ألمانيا الشرقية."

هانل ضاحكة: "أهاااااا بالطبع. ألمانيا الاتحادية وعقودها مع الدول الشرقية وطلب حجب الثقة. حزبيكم ZDU/ZSU هما اللذان اشترا سياسي حزبيهما ليخسروا طلب حجب الثقة عن حزبيهما، وتقول لي مخابرات ألمانيا الشرقية."

الجميع يغني: "ثيو يربط العربة". الغناء يتحسن ويتحسن. بدؤوا يغنون بمجموعات أيضاً بشكل جيد جداً. تفاجأ الجميع بجودة غنائهم.

ترفع أولغا اصبعها طالبة الكلام

أولي بكل فرح: "نعم تفضلي يا أولغا"

أولغا: "أعرف أغنية جميلة اسمها يسوع تقدم على درب الحياة، أتعرفونها؟"

يعرفها الجميع، يضحكون. ويفرح أيضاً هؤلاء الذين لم يغنون الأغنية السابقة لأنهم وجدوها سخيفة.

تبدأ أولغا بالغناء: "يسوع تقدم على درب الحياة..."
أولي: "دعونا نغنيها معاً"
يغني الجميع:

يسوع، رافقنا على درب الحياة
لا نريد التأخر في السير على خطاك بإخلاص
خذ بيدنا لنصل إلى بلدنا
إذا ضاقت بنا الحياة فثبت أقدامنا
وفي أوقات الضيق لا تجعلنا من المتذمرين
فالصعاب تقودنا إليك يا يسوع

آلامنا تعصف في قلوبنا
وآلام غيرنا تؤلمنا، أعطنا الصبر يا يسوع
ليكون دربك مُنانا!

يا يسوع، إهدنا لدربنا كل حياتنا
في الطرقات الوعرة كن معنا بعناياتك
وافتح لنا بعد طول الدرب أبوابك

هانل: "هذه على الأقل أغنية كنسية حقيقية"
هولغر: "حقاً، ليست كالأغاني التي تُغنى هذه الأيام في الكنيسة، شي مقذع، هذه الأغاني لا تمس للدين بصلة. على فكرة، لقد كتبت قصيدة. هل أقرأها لكم؟"
أولي سعيداً: "نعم تفضل هولغر. بذلت مجهوداً وكتبت قصيدة؟ عظيم، تفضل اقرأها لنا."
هولغر: "استلقيت على السرير ونظرت في أرجاء الغرفة. لفت نظري ان على الضوء المعلق على سقف الغرفة هناك مكان للحشرات اليومية. بدأت مطاردة عنيفة. كانت الحشرات تعطي نفسها وقتاً للاستراحة، طبعاً بعيدة عن بعضها، دائماً في أسفل نقطة للضوء. إذا جاءت حشرة أخرى تريد الجلوس، تبدأ المطاردة والمشاجرة من جديد، وهذا ما أثار انتباهي. وقفت لأجلب مضرب الحشرات ولكني بقيت واقفاً على النافذة أنظر إلى سيارتي المتوقفة تحت المنزل. تنتابني مجدداً الرغبة بحزم حقيبتي والسفر في إجازة مع كرزتي والدبور الفضي. داخلياً أشعر أني سأُجَن لأني لا أستطيع الذهاب في إجازة الآن. يا للخسارة! أشعر برعيان في يدي، أرفعها وأنظر إليها، أرى خنفساء تمشي عليها. يا إلهي! كم أنك محظوظة ايتها الخنفساء، لست مضطرة للبقاء هنا. يمكنك الطيران متى شئت. حرية مطلقة. أذهب إلى جهاز الراديو، أشعله لأنسى همي.
صوت السيارات المارة غير المسرعة مثل صوت البحر، نسمة الهواء تُنعش الجسد العاري. تمر سيارة نقل يغطي صوتها صوت البحر. العصافير الصغيرة مقابلي تغرد على غصون الشجر وكأنها تريد أن تعطي البحر تماسكاً. صوت صمام ضغط فرامل الهواء لسيارة نقل حديد يشبه صوت عطسة نبتون.

خسارة أني لا أستطيع التحليق مع العصافير المغردة فوق الجبال الشاهقة والحقول لأراقبها من فوق. تدور الثلاجة، صوتها منخفض. صوت الترامواي ينتزعني من خيالاتي وكأنه صوت الرعد وصوت عواء كلب صغير السن."

أولي: "برافو، جيد جداً، إنك شاعر كبير. إنسوا الفكرة، هذا يعني: لا تخطيط مسبق! مستوى متوسط، ليس باهراً. ليس الربح هو الهدف، بل المتعة بالعمل. الحواجز ووضعها شيئ ممل. القبول سوف يدفعنا إلى الأمام. دعونا نخرج إلى الهواء الطلق. تعالوا معي جميعاً."
روزفيتا: "آه، سيأخذنا إلى طاولة الترويج لكأس العالم، يا إلهي!"
راينر: "هل سنقوم اليوم بتمارين حرة؟"
ماتسه: "اسألني شيئاً آخراً! ليس لدي أدنى فكرة!"

في الخارج قرب بنك الشباركاسه ومحل تومي ميشال:

أولي: "لعبة الإكس أو التيك تاك تو هيلعبة جماعية مثل لعبة البرجيس: تحتوي على مربع يقسمه خط، يجب أن ينجح اللاعب في وضع حجارته في صف واحد قبل منافسه. أنتم تعرفونها طبعاً. دعونا نبدأ الآن. لنشكل فرقاء. جيبي، لديك طبشورة. ارسم لنا مكان اللعبة على الأرض."
جيبي: "أنا؟ ولكني لا أجيد الرسم"

أولي: "دعونا الآن نذهب لمشاهدة مسرحية ,نازي وتشيكي في السجن’". وبالفعل الجميع استجاب للدعوة. ذهبت المجموعة باتجاه السوق ومنه إلى الورشة المسرحية.
أكثر المشاهدين من شباب مدينة تسيتاو. أتاح المُنظم فرصة للحديث بعد العرض: اليوم لا يوجد أي يهودي في كل أنحاء تسيتاو."
يهمس واكيم: "كلا، هذا ليس صحيحاً. لا يتم عد اليهود في الاحصائيات، بل تم تسجيل المسلمين والكاثوليك والبروتستانت فقط. أصبح التحريض على الاسلام هواية محطات التلفزة الخاصة، يروجون أنه يفرض على النساء ارتداء الحجاب. هذا يكفي لأي مواطن عادي ليمقت الاسلام ويعتبره عقيدة إجرامية، كل هذا بفضل محطات التلفزة الخاصة لا غير."
بيرنهارد: "عقيدة؟ يوجد في أميركا عقائد انتحارية، نسمع بذلك على الدوام."
يهمس هاينريش: "لا تذهب بعيداً، هذا كان موجوداً لدى اليوم قبل ألفي عام. ولكن الجميع يتجاهل ذلك."

جميع الصبايا والشباب صامتون. مداهمة منازل التشيك في تسيتاو. هل يتكلم أحد عنها؟ كلا. إنه عرض للشباب والشابات من المدرسة المهنية في تسيتاو."
هولغر: "الأخت الكبرى أميركا، أختنا الكبرى التي تراقبنا"

يضحك هاينريش: "نعم، نحن مثل الهنود الحمر. أخمدوهم بماء النار. الهنود الحمر ونحن، مجرد معتوهين مساكين."

هولغر: "جون ماينرد ورفاقه: السنونو يطير فوق بحيرة آري"

ساب: "يقول وزير اقتصاد سليزيا إن العاطلون عن العمل يعيقون الاقتصاد."

ينزعج أولي، ولكن هذا كان هدف ساب.

أولي: "دعونا نأخذ فرصة غداء، وبعدها إرحلوا من هنا".

فرصة غداء، حلقة تناول القهوة

في الحديقة: يحدق الجالسون على الدرج الخلفي على الحديقة الخلفية للجيران. يتدلى من شرفة الطابق الرابع أغطية سرائر ملونة لتهوئتها. على إحدى الشرفات يعمل زوج وزوجة ومن ثم يختفيان داخل البيت.

جيبي مبتسماً: "نعم يسكن هنا الآن بولنديون، هذا لا يخفى على أحد لأنهم يتصرفون بحرية."

بيرنهارد ببعض الارتخاء في فمه: "نعم نعم، البولنديون من ثقافة أخرى. كم هو أمر مقرف كيف يعرضون أغطية سرائرهم المتسخة للعموم ويضعونها على الشرفة للتهوئة!" قال ذلك وهو مسرور أنه انتقد البولنديين ليرى رد فعل الأخرين.

هانريته مستاءة من كل قلبها: "معك حق يا بيرنهارد! لم يكن يحصل ذلك في السابق، فعلاً مقرف."

واكيم متضايقاً: "عليّ تسجيل اعتراضي الآن. اسمعي هنريتي، لا أقصد مهاجمتك ولكن عليّ القول إنه في سبورتاو كانت الصورة هذه تتكرر. سبورتاو هي مدينة ألمانية مائة بالمائة، نصفها من الكاثوليك ونصفها من الانجيل، لغاية صيف ١٩٤٥. الألمان كانوا يضعون أغطية السرائر على حواف الشبابيك لتتعرض للهواء المنعش. إنه لأمر رائع، رائحة الهواء المنعش في غطاء السرير عندما يستلقي المرء على السرير، أليس كذلك؟" تنظر يته بغضب. صوت مواء قطة.

يتجمع الجميع على طاولة القهوة بعدما تناولوا الطعام في إحدى مطاعم أو مخابز شارع برلين أو قضوا فرصة الغداء في فندق مونوبول.

هولغر الوحيد عاري الصدر: "شو! سلامات!"

أورسل: "ما هذا؟ يبدو لي وكأننا في سهرة للمغنية الروسية بوغاتشوفا!

هاينريش: "معك حق أورسل، يبدو مثل حظيرة خنازير. لا يُعقل أن مجموعة شبيبة فعلت ذلك وحدها!"

هاينريش غاضباً من خلف المنضدة: "من هو الأهبل الذي ينظف هنا، هذا فعلاً شيء مقرف. أعتقد أني هنا لتحضير القهوة! هل أنا مهرّجكم أم ماذا؟!"

هانل: "أنت تدقق كثيراً"

كريستيانة بسخرية: " كسول طول النهار، لا عمل لك إلا الوقوف وراء آلة القهوة."

هولغر: "إنه فقط متحذلق، عليه أن يعلم أن أي شخص يستطيع سد مكانه، كلنا لنا من يسد مكاننا."

هاينريش يلم أغراضه بصمت

يقول الواحد إلى الآخر: "أخ، يمثل علينا!"

ولكن هاينريش يخرج فعلاً. ويركض الجميع خلفه إلى الشارع.

جيبي: "أشتعل غيظاً، يا إلهي، ألا نجد سلاماً في هذا المحل المقرف!"

ومرت عشرون دقيقة:

هاينريش يعود. لا ينطق بأية كلمة. ولكنه يلاحظ أن الجميع تنفس الصعداء فيقول مبتسماً: "شو؟ هل فرحتم أن الأحمق قد عاد؟"
جيبي يقول لهاينريش مصالحاً: "لو تشاجرنا الآن، فكيف سيكون تقديمنا للمسرحية من دون قهوتك؟هذا لا يستقيم بطبيعة الحال! أنت أفضلنا يا رجل، لقد اشتقنا لك بسرعة!"
يجيب هاينريش من خلف المنضدة بينما يحضر القهوة: "لا أرضى أبداً أن تقول عني مجنونة مثلها إني أتكاسل طيلة اليوم مثل غيري. أنا أحضر إلى هنا أولكم وأذهب آخركم. أحضر لكم ما بين كيلوين وثلاثة من القهوة كل يوم. ثم أجري وراءكم لتدفعوا حسابكم، أنا لم أعد أتحمل هذا ، ابحثوا لكم عن معتوه غيري، عليكم أن تعرفوا ذلك وإلا فاصنعوا قهوتكم بأنفسكم!"

واكيم يداعب أُذن أورسل.
أورسل: "بصراحة جئت هنا فقط لأسباب دراسية."
تبدو السعادة عليهما.
هاينريش خلف المنضدة يمسك بإبريق القهوة: "وهذه القطط أيضاً!"
تتحول الأنظار إلى قطة جلست على الأريكة ويبدو عليها الارتياح.
تنظف القطة نفسها بقدميها من أسفل جسدها حتى أعلاه وخلف أذنيها وتعيد الكرة عدة مرات.
يراقب الجميع القطة:
هانل: "لقد طوت أذنها!"
أورسل: "عندما تنظف القطة نفسها بهذه الطريقة يعني ذلك أن ثمة زوار في الطريق". تضحك السيدتان.
ينضم ماريو فجأة مع ابنته على ذراعه إلى طاولة القهوة.
ماريو، عازف البيانو والغيتار وكاتب الأغنية يقول للجالسين:
"لقد قمت بما عليّ!" هانل أول من تسرع إليه وتتحدث مع ابنته البالغة من العمر أربع سنوات: "من أنت يا حلوة؟!" المزاج جيد، فما هي إلا طاولة قهوة.
هانل وأورسل تضحكان: الاثنتان بصوت واحد:

"عندما تنظف القطة نفسها يعني أن ثمة زوار سيزورونا في المساء. والقطة طوت أذنها أيضاً!" يضحك الجميع.
جيبي: "أوووووه ماذا أرى يا تُرى: لقد أحضر أحدهم بانكيك معه! قلبي يضحك! أووووووه وبيض وخبز أيضاً. وهل هناك شيئ نلتهمه في البراد؟"
هانل: "هذه من واكيم، لقد أحضرت أنا شيئاً معي، كعكة البيض!" وتخرج من حقيبتها علبة كبيرة وتضع الكعكة على طاولة القهوة.
بيرنهارد: "هل خبزتها بنفسك؟"
هانل بفخر: "طبعاً"
هولغر: "لا تلتهم كثيراً"
روزفيتا تتظاهر بالغضب: "أنا أيضاً أحضرت شيئاً معي! على هانل ألا تتعالى علينا!" وتضع كيساً من البرتقال على طاولة القهوة وتقول بلطف: "برتقال!

أحضرت معي كمية كبيرة لتكفينا كلنا، تفضلوا"
أورسل: "لقد أحضرت معي قطع من الكفتة، لنا جميعاً" وتضع كيساً على طاولة القهوة. ينظر الجميع في الكيس بسعادة.
جيبي: "كفتة! طبقي المفضل!"
واكيم: "واووووووووو كفتة!"
ماريو: "يتماشى مع هذا الطعام ما أحضرته من الفرن"
جيبي ينظر إلى الكيس الذي أحضره ماريو من المخبز والموضوع على المنضدة: "أوووووووه، خبز، هل هناك أي شيئ نلتهمه في البراد؟"
هاينريش يتفقد ان كان هناك طعاماً، الجميع يشعرون بالجوع
أورسل: "جبنة هارزر مع الكمون! واووووووووو!"
جيبي: "رائع! هذه نجدتي! وللعطش هناك صندوق بيرة، الحمد لله!"
يلتهم الجميع الطعام.
هاينريش: "أعتقد أن عليّ القيام بالتنظيف وحدي هنا" ينظر إلى الجميع ويهز برأسه مبتسماً: "أنظف هنا وبلمح البصر تعود الفوضى. مساء الأمس، أقول لكم، هؤلاء من مجموعة الشباب يستعملون مطبخنا، يا ليتهم ينظفون فقط!"
أورسل: "خذ أغراضك دائماً معك، بذلك لا أحد يوسخ شيئاً"
هاينريش متفاجئاً: "أورسل، أنت مجنونة"
يضع ماريو ابنته على حضنه، تشعر الفتاة الصغيرة بالأمان في حضن والدها الذي يضمها بحنان. يلتقتان أنفاسهما. يهدأ ماريو رويداً رويداً. يشعران الآن بالأمان.
تلاعب هانل الفتاة الصغيرة. يعطي ماريو ابنته لهانل.
تضع هانل الطفلة الصغيرة على حضنها تداعبها: "ماذا يا صغيرتي؟" تبدو السعادة عليهما.
وجه ماريو أحمر ويبدو عليه الاحباط: "بصراحة أشعر باليأس والغضب. لقد جئت لتوي من لقاء مع إدارة الروضة، والمدام تقول أنه لا يوجد مكان للفتاة مع أنها هي نفسها أكدت لي أن هناك مكان لها قبل أسبوع! لقد أخذوا منا مكان الروضة وأعطوه لعائلة بولندية. وأنا مضطر للقيادة مسافة طويلة لإيصال ابنتي. سأنفجر من الغضب. هذه إرادة مدير الروضة والمدام ليس بيدها شيئ."
هولغر: "أكيد أن ثمة ثقب من الوعاء!"
واكيم ينفخ دخان سيجارته: "تفويض بعد تفويض، هكذا يحمي الكبار نفسهم."
هاينريش: "السيدة غوربويم تحب البولنديين، وقد حققت لهم أشياءً كثيرة. ولكن ماذا عن الألمان؟ مناخ سياسي سيئ في غورليتس."
أورسل: "لقد خدعنا هلموت كول. ابني الكبير استطاع اكمال تكوينه المهني في بداية فترة توحيد الألمانيتين. ولكن ابني الصغير في منتصف التسعينيات، فقد أرسلوه إلى شركة نقابية حيث درس المواد النظرية ولكن في المجال التطبيقي فكان يعمل فقط أعمالاً بسيطة كمساعد."
جيبي: "هذا لم يكن الحال في ألمانيا الشرقية"
طوماس: "حزب ZDU. اللاأخلاقية عند المضاربين أصبحت صفحة حميدة يفتخر بها التجار. لقد

أخطأوا باختيار تعبير „Public Viewing “ الذي يعني معاينة الجثث." يضحك.
هولغر: "كرة القدم الألمانية. لا شكراً. ومدينتنا غورليتس في أيدي المضاربين."
بيرنهارد: "لقد تغير كل شيء، حتى أن الحرب اصبحت شيئاً طبيعياً."
هانل: "حرب العراق في عام ١٩٩٢ في نوفمبر وديسمبر. عندما سمعنا بذلك شعرنا جيمعاً بالخوف في الشركة."
طوماس: "لا داعي للقلق، فهذه بالنسبة لألمانيا الغربية واحدة من عدة حروب دعمتها في اتحادها المخلص مع أميركا والناتو. العراق بعيدة مثل فيتنام."

روزفيتا: "يرسل مكتب العمل إحداهن للعمل مع شركة تُجري مكالمات جنسية. عوضاً عن ذلك فليؤسس المرء مثل هذه الشركة بنفسه، لا ينقص إلا أن نقدم خدمات جنسية."
هانل: "اسمعي روزفيتا، هذا ما يفعله مكتب العمل، هل رأيتم البرنامج التلفزيوني؟"
روزفيتا: "لذلك لا يعتبرون متلقي HIV دعامة في المجتمع، بل يعتبروهم لا شيء. ممارسة الجنس مع المدير لأجل الحصول على الوظيفة، إذن إنه شيئ طبيعي الإصابة بـ HIV في ألمانيا، هذا ما يريدون فعله في غورليتس. مجدداً سجل التلفزيون مع البلدية، شيئ لا يُحتمل!"
هولغر: "يتباهون ويتفاخرون، جميعهم من الحزب المسيحي الديمقراطي، يثرثرون علينا كثيراً"
أولغا: "إلى حد الثمالة"

المشهد: أتى فريتز

فريتز: "كيف الحال؟"
تحيات
جيبي: "سلام فريتز!"
فريتز: "سلام جيبي"
جيبي منزعجاً: "هل سمعت بذلك أيضاً؟ شركة البيرة، لاندسغروند، لا تريد المساهمة في المهرجان الثقافي."
فريتز مبتسماً: "طبعاً، هذا أمر معروف. يفعلون ما يريدون. لاندسغروند تقاطع الثقافة في غورليتس."
هولغر: "ماذا؟!"
أولغا: "اسمعوني جميعاً!"
جيبي: "نعم صحيح! ينظم مهرجان الصيف على ضفاف بحيرة بستدورفر جهتان مختلفتان. كان الأمر مختلفاً لدى ايريش."
فريتز مبتسماً: "لا يريدون أن يخرب لهم شباب غورليتس حفلتهم"
هولغر: "هذا غير معقول. لا يقدروا أن يفعلوا ذلك!"
جيبي: "طبعاً يقدرون"
هولغر: "هذه نمطية غورليتس! لاندسغروند تخرب مهرجان الثقافة على

ضفاف بحيرة بستدروف. يتم تضليل الزائرين عن قصد ويمنعون بذلك إقامة مهرجان شعبي كبير مشترك."
هانل: "نعم هذا صحيح، هذا اقتصاد السوق. ولكن ماذا يفعل فريتز هنا؟"
بيرنهارد: "ها هو حاسوبنا المحمول. فريتز، ماذا تفعل هنا؟!"

يضع فريتز حاسوبه المحمول الجديد على الطاولة بكل هدوء وقد رسم على شفتيه ابتسامة، قد تكون عريضة. يراقبه الجميع، يشعل الحاسوب ويدور فيلم فيديو كان فريتز قد صوره سابقاً.
الجيمع مصدومون ويحلقون في الشاشة.
"نافورة مينا، في وسط غورليتس، قلب المدينة."
صوت أحد أشهر مذيعي الأخبار، تظهر في الفيلم صور رائعة للمياه المتدفقة من النافورة والعلم الأصفر والأبيض في الخلفية.
المذيع: "هكذا تندمج غورليتس مع زغورليتس البولونية لتشكلا مدينة أوروبية"
يبتسم فريتز ابتسامة عريضة: "لقد صورت بالصدفة أحد المشاهير، والآن انظروا جيداً!"
الجميع ينظر جيداً: بنك، سجن ومحكمة ابتدائية.
فريتز: "هل رأيتم هذا الرجل هناك؟ ذاك الذي يحمل كيس مصرف اللنديسبانك التابع لساكسونيا؟ إنه ألماني غربي من ميونيخ، من المخابرات الألمانية.كلب ابن كلب. يدخل إلى البنك في وضح النهار، يا ترى من سيلتقي؟ تابعوا المشاهدة." بعد لحظات, الحاضرون يشاهدون الفيديو, فريتز يتابع تعليقه : يخرج الرجل بصحبة مدير البنك بدون كيس اللانديسبانك ويتجهان إلى المقهى. تتابعهم الكاميرا، يحتسون البيرة، كليهما في غاية السعادة!"
راينر: " غضبي شديد،لالجحش أذبحه، ولا أبالي !"
هانل: "ماذا فعل هذا الجحش في البنك؟" وترمي نظرة ثاقبة وتضحك
أورسل: "لقد ذهبت رائحة العفن"
ماتسه: "دائماً عندما يدق الخطر، تأتي المخابرات"
جيبي: "إنها وباء، إنها دائرة مغلقة تدور وتدور"
هانل: "نعم كما هو الحال في المسبح المفتوح في ساحة مارينا وصندوق ألعاب الرمل بالقرب من مسبح هيلينا، يدورون مثل الثور الذي يدير الطاحونة."
هولغر: "نحن نركض ونلهث في طاحونة مثل السنجاب"
وجه هانل حزين وتقول بلهجة جدية: "المخابرات الألمانية في غورليتس؟ ماذا يحيكان هذان الحيوانان مع بعضهما؟"
جيبي: "ربحت امرأة عجوز في اليانصيب، فقالت: ما عساي أفعل بكل هذا المال؟!"
فريتز: "هل هناك أحد ما قادم؟؟"
أصوات على الدرج، يأتي صاحب الشعر المنكوش الدرويش أولي وهاينز بيتر، الرجل خفيف الحركة. يصمت الجميع. تغيير الموضوع:
راينر: "إذن، مدرب جديد لفريق كولونيا لكرة القدم"
فريتز يودع الحاضرين بلباقة شديدة ويذهب متأبطاً حاسوبه المحمول: "أتمنى لكم أوقاتاً سعيدة، عليّ الذهاب الآن."
ماتسه وبيده الصحيفة :"الحكم كان مرتشياً في دوري عصبة أبطال أوروبا."

أورسل: "دائما حراك في البلدية" وتتابع ضاحكة: "في الكرنفال عندهم شيئ طبيعي! حرية القبلات!"

أولي: "ماذا؟ حرية التقبيل؟ ماذا يعني ذلك؟" يضحك ويبدي اهتماماً. "يا جماعة، لقد أحضرت معي شيئاً ، إنه "شنيرش" , ويحمل علاّقة مفاتيح عالياً ويعطيها لكل شخص في المجموعة ليراها ومن ثم يأخذها,. "كما تعلمون، سنقوم اليوم بتدريبات التعبير عن الأفكار بدون كلام. هذا ينمي القدرة على التواصل. ومن ثم نبدأ بتمثيل المشاهد."
نبحث عن ارتجالات خلاّقة لخلق الأفكار. هل لديكم الشجاعة للفشل؟ أنا أعرف أن هذه..." ويرفع أولي علاقة مفاتيحه عالياً "... علاّقة مفاتيح. ولكن أنا أقول لا! إنها شنيرش ويضحك الدرويش أولي متلذذاً كما الذي أصابه مس في عقله ويتابع: "أعرف أن ذلك يبدو جنوناً، هذه الكلمة 'شنيرش' غير موجودة باللغة الألمانية، أنا اخترعتها للتو، وفي هذه اللحظة صارت شنيرش موجودة في اللغة الألمانية"

يهز الجميع كتفيه غير مصدقين ولكن متشوقين ويتابع أولي:

"أُسمي علاّقة مفاتيحي بهذه التسمية. أعرف أن ذلك يبدو غباءً ولكن تابعوني قليلاً. إنه تمرين تركيز ونحن جئنا هنا لنتعلم ، العقل الباطني، ببساطة، غريزي. دعونا نجعله ملموساً. تخيلوا أن أمامكم أو في يدكم شيئاً ما، لكن مُتخيل فقط. الشيئ الجميل بهذا التمرين أنه بينما يتم تمرير الغرض على اللاعبين، يُجبر لاعبين على اللعب سوياً، يقول أحدهم للاعب الآخر الذي يعطيه علاقة المفاتيح: "هذا شنيرش". نبدأ بـ "شنيرش" ويبتسم خجولاً ولكنه قلق بعض الشيء، خوفاً من أن يبهدل نفسه أمامهم. الحاضرون حائرون بين الضحك والبكاء. يتهامسون:
هانل: "اصمتوا وهزوا برؤوسكم."
أورسل: "أعتقد أنه حان الوقت"

تقول مارجريت مكتوفة اليدين: "لالالا! لن أقوم بهذا"
هانل متشوقة: "اسمعي، أعتقد أنها لعبة!"
روزفيتا: "أعتقد أن عقله أخذ إجازة"
يقول الرجال: "سكوت"
هاينريش يهمس لجاره: "أعرف أني أبله، لأني آتي كل صباح إلى سراية المجانين هذه. ولكن الآن، على ما أعتقد، أولي يعرف ماذا يفعل، إنه مهوس بعلم النفس."
هولغر يتصنع الابتسامة ويفكر عالياً: "أما عن نفسي، فأنا سأشارك في كل شيئ، لا سيما وأنه بسبب شنيرس ابتسم كل منا، وهذا يعني القبول الشامل لتمرين التركيز هذا"
أولي: "الآن أعطي شنيرش لجاري، نعم أنت يا هاينز بيتر، وأنا أقول لك يا هاينز بيتر في هذه الأثناء: هذا شنيرش" ويعطي قلادة المفاتيح لهاينز بيتر. في هذه اللحظات يرفع هاينز بيتر أصبعه في المجموعة ويقلد التلميذ النجيب الالماني الغربي الذي يريد أن يتكلم أمام الجميع.
أولي: "نعم هاينز بيتر، قل شيئاً، أترك الدور لك الآن" وينظر أولي نظرة خجولة مستغربة لأنه

لاحظ أن الدرس أعجب طلابه. الجميع ينظر ويستمع إلى أولي، ومن ثم يحولون نظرهم وسمعهم إلى هاينز بيتر:

هاينز بيتر: "سحر، عندما يفلس الكاتب أو المخرج وتنفذ أفكاره، يلجأ إلى السحر والاختراع، هذا هو التدخل الإلهي، هذا أسوأ ما قد يحصل للحياة العادية، الأدب والفيلم والمسرح. لأنه لا يوجد سحر. لا شيء يحدث من تلقاء نفسه. دعونا الآن نطبق ما دربنا عليه أولي" ويعطي الغرض إلى جاره ويطلب منه أن يمرره إلى جاره. بينما يمر الغرض من واحد إلى آخر، يتعين على مشاركين اللعب.

هانل: "كلما تحسن الوضع، كلما طردوا عدداً أكبر من الناس"

هاينز بيتر: "نعم صحيح، هذه هي النذالة! تجني الشركات أرباحاً جمة ورغم ذلك يسرحون جزءاً كبيراً من العمال."

أورسل: "يا جماعة، كان علي إعداد موضوع عن الاقتصاد، لقد أنهيت من النص. هل تريدون سماعه؟"

الجميع يسرّون يقول هاينز بيتر بشغف: "بالله عليك يا أورسل، أرجوك اقرئيه لنا."

أورسل: "إذن اسمعوا..."

الاشكالات الراهنة في تطور القطاع الزراعي في ساكسونيا

اعتمد قطاع الزراعة في ألمانيا الشرقية على مفهوم الاقتصاد المركزي المخطط الذي يسعى إلى تحقيق الاكتفاء الذاتي للشعب. حقق التوجه الصناعي في مزارع الدولة وجمعية الانتاج الزراعي وجمعية الانتاج البستاني إيرادات كبيرة. و كانت مهمة تلك الجمعيات تكمن في تحقيق الاكتفاء الذاتي والاستغناء عن استيراد المواد الغذائية.

تطلبت الثورة السلمية وما نتج عنها من اتحادات اقتصادية واجتماعية ومالية تغيرات جذرية مست القطاع الزراعي. فتغير معها الإطار القانوني لهذا القطاع وأصبحت إعادة خصخصة الأراضي الزراعية والأملاك أمر لا بد منه، وتوجب تغيير الإطار القانوني لمزارع الدولة وجمعيات الانتاج الزراعي والبستاني.

وخسر المزارعون بدخول المارك الألماني الغربي أسواقاً كانت تعتبر مصدر رزق لهم. فأصبح الشعب لا يتقبل الانتاج المحلي وصار يفضل البضائع الرخيصة المغلفة بشكل جميل القادمة من ألمانيا الغربية والأسواق الأوروبية، فلم يستطع المقاولون في ألمانيا الشرقية الصمود أمام هذه المنافسة. هذا ما فرضه دخول اقتصاد السوق، فلم تعد كمية الانتاج الهدف، وإنما انتاج مواد غذائية عالية الجودة بكلفة قليلة تتناسب مع مقاييس الجودة الأوروبية.

أدى انخفاض الانتاج في ساكسونيا الى توقف مساحات زراعية كبيرة عن الانتاج وتسريح عدد كبير من الأيادي العاملة. من جراء هذا كانت المناطق الحدودية في منطقة سويسرا السكسونية إلى جانب المناطق العليا لسلسلة الجبال الوسطى أكثر تضرراً. أما في مناطق التربة الخصبة فيمكن تطبيق أسس اقتصاد السوق بشكل أفضل. التوجه الآن هو نحو إيقاف الانتاج في بعض الأراضي الزراعية وتخفيض عدد الماشية إلى أقصى حد لتخفيف الضغط على المحيط البيئي وتخفيض آثار مادة النترات في المياه الجوفية والسطحية والحد من التسميد الزائد.

والمشكلة هي إعادة الحياة إلى الأراضي المهجورة و عدم تركها على ما هي عليه.

ويجدر بالذكر، أن إيجاد سبل إقتصادية صديقة للبيئة في قطاع الزراعة، صار يعد على درجة عالية من الأهمية، لا سيما فيما يخص زراعة الخضار ورعاية الماشية.

وأود الإشارة إلى أن تأسيس شركات خاصة، وتوحيد الفروع المتفرقة في قطاع الانتاج النباتي والحيواني يعدان من أهم عناصر التغيير الهيكلية في ساكسونيا.

تتم هذه العملية في اتجاهين:
أولاً من خلال تغيير وتقسيم الشركات الكبرى إلى فروع صغيرة تتمركز في القرى. والاتجاه الثاني هو تأسيس مزارع خاصة.

قرر حوار اثني عشر ألفاً من ملاّك الأراضي في ساكسونيا من أصل خمسين ألفاً تأسيس مزارع عائلية خاصة.

ودعمت الحكومة الاتحادية مالياً عملية إدماج وملاءمة قطاع الزراعة في شرق ألمانيا مع الاتحاد الأوروبي.

لا تتمثل أهمية قطاع الزراعة في انتاج المواد الغذائية فحسب، بل تتعداها إلى مهام أخرى.

كما تجدر الإشارة إلى أن التعديلات التي أُجريت على شركات الانتاج الزراعي بدأت تطرح ثمار النجاح. إضافة إلى التغيرات السريعة الحاصلة، فإن الحكومة الاتحادية تدعم هذه الشركات من خلال مشاريع اجتماعية شتى.

وسيكون لقطاع الزراعة مستقبلاً أهمية كبرى ليس فقط بانتاج المواد الغذائية، بل سيتعداها إلى أعمال أخرى وهي:

الحفاظ والعناية بأسس الحياة الطبيعية، لا سيما الطبيعة والمياه الجوفية والمناخ والأرض.
العناية بالأراضي من كونها فضاء للحياة والسكن والاقتصاد والراحة.
إرسال مواد خام زراعية للقطاع الكيميائي ـ الصناعي والطاقة.
تدعم الحكومة الاتحادية أنواع الانتاج الجديدة من خلال خطط دعم.

حالياً يتظاهر الفلاحون في جميع أنحاء ألمانيا ضد قرارات الأجندة ٢٠٠٠ ،وهي عبارة عن وثيقة إصلاحات أقرها الاتحاد الأوروبي، ترى بإلغاء الدعم المالي للحم البقر والخنزير ومنتوجات الحليب والألبان، الشيئ الذي يهدد معيشة ومستقبل الكثير من الفلاحين.

هذا كل شيئ"

تصفيق

هاينز بيتر: "هذا رائع يا أورسل، لقد بذلت جهداً كبيراً في هذا العمل، هذا إذن هو وضع القطاع الزراعي اليوم."
أولي: "أنا فعلاً مندهش! لقد كتبت الموضوع بشكل رائع."
ترد أورسُل في خجل: "لقد ترجمته أيضاً إلى الانكليزية، إذا أحببتم أقرؤه لكم أيضاً"
هولغر: "ياه! رائع، اقرئيه لنا لنمرن لغتنا الانكليزية."
هاينز بيتر: "نعم، اقرئيه"

.The development of agriculture in Saxony

The agriculture in the GDR was directed by the planned economy, which intended the extensive self-supply of the population wirth food. High yields have been obtained by the industrial production in the state estates and agricultural production cooperatives, which had the .function to supply the demand and to avoid the import of food

The peaceful revolution and the following introduction of the economic- monetary- and social union required the far reaching .structureal change in agriculture

The agricultural production cooperatives and state estates had to .become distrought and changed
With the introduction of the D-Mark the farmers lost the present market outlets. The population didn´t buy the indigenous products. They prefered to chose from the extensive supply by the coloured

packed low-price food. The indigenous companies couldn´t stand the competition.

The swift introduction of the market economy is neccessary.

It can´t be done the point to produce much but to grow cost-effective high-quality food, whioch fulfills the high-quality precondition of the European Community.

The returned mass production leads to larger agrarian floorspace shutdowns and to the dismanthing of working places in Saxony.

Especially affected are the border areas in the Saxonia Swiss and the altitudes of the highlands. In countrysides with "Lößboden" it is easier to move the conditions of the market economy.

The floorspace shutdowns and the drastic reduction of the livestocks have a positive effect on the environment. The pollution of the ground-water and surface water with nitrate and liquid manure has decreased.

The agricultural shutdowned floorspaces are a problem. They have to be removed to the nature and can´t be left to one´s own devices.

Of considerable importance is the use of ecologically friendly economic ways in the cultivation of plants and the natural stockbreeding, because the people want to feed oneself more and more with bioproducts. This economic way is very expensive, that´s why the farmers need financial subsidy from the European Community.

An important element of the structural change in Saxony is the foundation of companies on a private economic basis and also the reunion of the seperated general branches plant- and animal production.

The past large-scale enterprises are going to change and are splitted in smaller enterprises considering the village, and also private farms are going to develop.

From 50.000 ground owners in Saxony about 12.000 have decided .themselves for the foundation of a private family business till now

The adaptation of the east German agriculture to the conditions of the .European union gets promotion from the Federal Governement

The agriculture has not only the function of the food production but .also additional functions gain importance
,These are: the preservation and care of the natural life foundation
,especially the nature variety
the ground-water, the climate and the soil

the care for once attractivelandscape as a life-, settlement-,economic- and recreation area

and

the supply of agricultural raw materials for the chemical-technological .sector as soon as for the energy industry

The Federal Governement helps through a new promotion plan for .this production alternative

At resent the farmers all of Germany demonstrate against the reform of „Agenda 2000“. This is a reform from the European Union, which is planning to cut the financial subsidy for beef, pork and dairy .products

.This is threatening the existence of many farmers in the future

هذا كل شيئ"

تصفيق

هاينز بيتر يكاد يطير من شدة السعادة. أورسل تقول سعيدة وسط التصفيق: " إذن نستنتج أن قطاع

الزراعة في ألمانيا الشرقية يخضع لاقتصاد الاتحاد الأوروبي الموجه وسياسته الزراعية!"

يعلق هولغر مغتاظاً: "إذن فقد استبدلنا اقتصادنا باقتصاد الاتحاد الأوروبي الموجه!"

ماتسه: "كان تعداد شعبنا في عام ١٩٨٨ يبلغ سبع عشرة مليون نسمة."

هولغر: "أنا أيضا كتبت شيئاً، لقد كتبت أغنية. تعرفون بالطبع أغنية لورينشا، لقد غنيناها مرات عديدة هنا."

هانل: "كف عن ذلك! تمارينك الحرة، قم بها لوحدك!"

هولغر ضاحكاً: "لا تقلقي، لقد عدلت بها على طريقتي"

أولي مستغربا ومتفاجئاً: "نعم يا هولغر! على كل حال غنيها إن كانت هذه رغبتك"

هولغر: "حسناً، سأغني"

هولغر: "لوريشا"

المقطع الأول:

يا وسيط، يا عزيزي الوسيط، وقرة عيني،
متى نلتقي ثانية، ووجهك الحبيب تريني،
الإثنين؟؟
آه لو أن الإثنين يأتي سريعاً
لفرح الوسيط وسُرّ كثيراً

المقطع الثاني:

يا وكالة، يا عزيزتي الوكالة، وحبيبتي
وظيفة أشتهي ولو صغيرة تكفيني
الثلاثاء
آه لو أن الاثنين مرّ والثلاثاء أطل
لذهبت إلى مكتب العمل وعقدت الأمل

المقطع الثالث:

مكتب العمل، يا عزيزي مكتب العمل، وحبيبي
ما خطبك اليوم تجعلني انتظر كثيراً وتلهب تشويقي
الأربعاء
آه لو أن الإثنين مرّ والثلاثاء عدّى والأربعاء أطل
أتمزحون معي، لا ليس مزاحاً بل هزلاً وأقّل

المقطع الرابع:

يا أيها المستشار، أقرئ مستشاري سلاما

ولكنه إلى مانهايم يرسلني، ولا يريد كلاما
الخميس
آه لو أن الإثنين مرّ والثلاثاء عدّى والأربعاء ولى والخميس أطل
لكنت ربما حصلت في وطني على عمل وأسّر

المقطع الخامس:

مكتب العمل يا مكتب العمل مهلا
هذا العرض أرفضه وأقول كلا
الجمعة
آه لو أن الإثنين مر والثلاثاء عدّى والأربعاء ولى والخميس فات والجمعة أطل
وأنا من مكتب العمل حرّ وبنفسي مستقل

المقطع السادس

يا وسيط، مع عزيزي الوسيط أتكلم
بسرعة قطع عني المساعدات وتركني أتألم
السبت
آه لو أن الإثنين مر والثلاثاء عدّى والأربعاء ولى والخميس فات والجمعة
مضى والسبت أطلّ
باللعنات عليه انهمرت وانهمرت ولم أملَّ

المقطع السابع

مكتب العمل يا مكتب العمل حيّاك
برؤيتك اليوم لن أكحل عيني ولن أرى محياك
الأحد
آه لو أن الإثنين مر والثلاثاء عدى والأربعاء ولى والخميس فات والجمعة
مضى والسبت أدبر والأحد طل
وأنا موظف لديك من الغد، بالله لا تخذلني وآمين قل

تصفيق

ويتقدم ماريون خجولاً كعادته ويقول: "أنا أيضاً حضرت شيئاً." ويمسك بغيتاره.
ماريو: "اسمعوا ما سأقوله في أول المسرحية"
يغني ماريو ويعزف على الغيتار

المقطع الأول:

خالي شْغَال على الباب واقف
كان حاسس نفسه وحيد وخايف
خايف على صحته وقدرته وقوتّه
شغل ما فيش و كيف يكسب قوتُه

المقطع الثاني
ملايين واقفين على الباب بالطابور
مساعدة مافيش بس كلمة غور
طيب ما تزعلوش احنا يساعدنا الريّس
نشكي له، يقول ليه؟ ما كل شيئ كويّس

المقطع الثالث

الأولاد راحوا المدرسة يتعلموا
أمهم وأبوهم في البيت ما فيش شغل يعملوا
يا دوب في الدنيا دي قادرين يكملوا

المقطع الرابع

يا ناس يا سامعين
كل واحد مننا عاوز معين
إيد بإيد نكون لبعضنا عون
نحل مشاكلنا وبإذن الله بتهون

تصفيق

يتوقف ماريو عن الغناء والعزف ويقول للجميع خجولاً كعادته: "حسناً وبنهاية المسرحية، أي الأغنية النهائية أقترح المقاطع الأول والثاني والثالث وإدخال تعديل على المقطع الرابع:

يا ناس يا سامعين وهنا قاعدين
حياتنا عذاب وكلنا عارفين
بس حضروا نفسكم وقولوا يا معين
ده مش نهاية المطاف وبالعذاب مستمرين

تصفيق

يتوقف ماريو عن الغناء والعزف ويقول للجميع فرحاً وأكثر خجلاً: "سأريكم الآن ماذا سأقدم في أول الفصل الثاني من المسرحية، أي أغنية الوسط"

يعاود ماريو الغناء والعزف

المقطع الأول:

رحت المدينة أتمشى لوحدي
الكل كان قاعد وعواطلي
لسه النهار يا دوب بيقول يا هادي
وأنا ماشي لوحدي وأفكاري بتنادي
أفكار خلتني نار وقايدة

اللازمة

بس أنا عارف حاجة واحدة
أنا عارف والله عارف
أنا مجرد عواطلي
وكلنا همومنا واحدة

المقطع الثاني

صحابي وحبايبي أتلاقى بيهم
قاعدين ما فيش شغل يلاهيهم
هي الأيام بتلطش بيهم
الكل ماشي وأنا ماشي بجاريهم
وأعيش أيامي تلطش بي وأنا أطش بيهم
يعني أعمل إيه وإيامي إزاي أمليهم

بس أنا عارف حاجة واحدة
أنا عارف والله عارف
أنا مجرد عواطلي
وكلنا همومنا بتاخد وبتودي
عواطلي عواطلي أنا عواطلي
واحد من كذا عواطلي

في اليوم نفسه، بعد الظهر، يقول أولي: "دعونا نقيّم ما فعلنا! أنا أبدأ: تركيز المجموعة كان اليوم لأول مرة رائعاً بحق.

هانل: "دائماً نفس السؤال: إنجاب أولاد نعم؟ أم لا؟"

راينر: "الاصلاح هو فقط محاولة خداع لفائدة الوظائف ذات الأجور المتدنية."

أورسل: "هدم العائلة"

هولغر: "وضع حدوداً مالية ذاتياً"

مارجريت: "الادمان على الكحول والعنف ضد النساء"

هاينريش: "فترة التجربة بالعمل وسيلة إقطاعية حديثة"

يته: "فقر مبرمج، هجرة إلى الغرب"

ماريو: "العمل دون مقابل يعني عبودية حديثة"

فريتز: "مجرمون بحق المجتمع"

طوماس: "خطة تنظيم الأسرة الجديدة"

هاينز بيتر: "حسناً لقد كان هذا اليوم رائعاً أيضاً! والتطبيق كان جيداً أيضاً، إنكم رائعون، أنتم قادرون على القيام بهذا العمل. لقد استوعبتم ما كان يريد أولي تعليمكم إياه"

أولغا مسرورة جداً وتقهقه: "أين نظارتي؟"

يضحك الجيمع

غورليتس:

تسكن أورسل في نزل صغير: الطابق الأول المطل على الحديقة. النافذة مفتوحة. يحتسي ثلاثة ألمان غربيون القهوة تحت النافذة على التراس: زوج في الرابعة والعشرين من عمره، مدير قسم، وزوجته البالغة من العمر ثلاث وعشرين عاماً، والدته في منتصف الخمسينات وجدته، والدة والدته، في الخامسة والسبعين من العمر.

يتجاذبون أطراف الحديث ويرددون عبارات مثل "نعم، هذا صحيح!" و"هذه حقيقة!" ونفس العبارات ترددها الزوجة والأم والجدة قائلين: "لا يعرفون ما معنى العمل"

تركز أورسل السمع وتنصت إليهم يقولون، "إنهم لا يرغبون ولا يستطيعون العمل!"

أورسل غاضبة لا تدري ماذا تفعل، تقول في نفسها: هذا غير معقول!

وتعاود التنصت، "طفيليون فعلاً هؤلاء الألمان الشرقيين. لا يريدون العمل بأي شكل من الأشكال،أصلاً هم لايقدرون عليه. فقط يرغبون في أن تهطل عليهم الأموال!"

أورسل ترمي بإقسيسين من الزهور على طاولة القهوة. يقعان في وسط الكعكة وتطايرت شظايا الزجاج، يرتعب الجالسون الأربعة.

تصرخ أورسل عالياً: "كنا دائماً نعمل إلى أن جئتم إلينا في ١٩٨٩ وأحضرتم معكم حريتكم المزعومة، لا، أقصد سلبتم منا حريتنا! أنتم يا رعاع الغرب!"

الوقت: خلال النهار
أورسل وواكيم في بيت أورسل في المطبخ جائعان من رحلة المشي:

أورسل: "يا الله، والآن نتناول بعض الطعام. أم هل تفضل الشراب؟"
واكيم: "بصراحة عندي قابلية للطعام."
تنظر إليه نظرة جريئة وتضحك.
أورسل: "سانغاريا، هذا يعني التخدير الموضعي البسيط."

يضحكان كالأبلهان
أورسل: "أنا صغيرة جميلة"

ويقهقهان
أورسل: "قطعة كعك صغيرة."
يقهقهان كالمجانين.

في المساء:

أورسل: "أتوق إلى أن يضمني أحد."
ينظر واكيم إلى عيني أورسل: "ها؟ ثمة حوَل في عينيك."

يضحكان
أورسل: "أنظر، يا ليت! والآن إلى النوم!"
واكيم: "دعينا نذهب إلى الفخ"
أورسل: "هيا إلى السرير"

في الصباح

أورسل: "إني مغتاظة قليلاً لأنك شخّرت."

"معكم تلفزيون لايف! الرجاء ترك رسالة عند سماع صوت الصفارة، بيب!" تقول مذيعة برنامج تلفزيوني شهير.

صوت من الجمهور:

"صحيح بيب"
صوت ضحك:
صوت آخر من الجمهور

"باستطاعتي قول شيئ فقط إذا شربت بعض الكحول."

صوت ضحك

"أرى شيئاً لا ترونه. أرى أربعة سراويل داخلية نسائية بيضاء مغرية وواحد أحمر وأنا سارح بها" ويضحك عالياً.

تظهر مذيعة التلفزيون متألقة مثل النجوم على المسرح، تضحك متأكدة من نجاحها وتقول: "إذن لنبدأ الآن."

وتسلم الكلمة لأولي فابوخر، النجم الكوميدي

يقول أولي فابوخر شيئاً ويضحك الجمهور.

تختار المذيعة واحداً من الجمهور وتصطحبه إلى المسرح.
تصفيق حار.
الرجل يشعر بالارتباك.
المذيعة تقول: "لنبدأ إذن!"
ثواني من الصمت والهدوء.
مقدمة البرنامج: "معكم تلفزيون لايف! الرجاء ترك رسالة عند سماع صوت الصفارة، بيب!"

صوت بيييييييب

مرحباً أولاً ..... (يتحدث الرجل الذي اختارته المذيعة من الجمهور) اسمي حسن علي. الحياة جميلة. أنا حسن علي من مالي. الحياة جميلة. على المرء فقط النظر جيداً."

تصطحبه المذيعة ليجلس على المسرح. وينضم إليه أشخاص آخرون. برنامج حواري

تتحدث مقدمة البرنامج مع شخص آخر من الجمهور وتسأله: "ماذا تعمل؟"

"هم كلمتين ح قولهم، كثير كثير"

امرأة شديدة السمنة: "اسمي سوزان استعجاب وأنا كلي استعجاب، كل من يراني يفرح وينظر إليّ بإعجاب."

"من يقول لنا ماذا تعمل هذه السيدة؟"

يصرخ أحد من الجمهور، يقف، يُسلّط عليه الضوء

"يعرف المرء ماذا تعمل من حذائها. تعرض جسدها بسلاح المرأة."

صمت مشوق في الجمهور، عيون متسائلة

يقول حسن علي: "أرأيتم؟ الحياة جميلة بس نفهمها!"

فندق مونوبول:

في أمسية شواء جماعية بساحة البوست بلاتس في الحديقة الخلفية للمبنى القديم:
أورسل: "إما أن الجو سيصبح سيئاً للغاية أو يكون عقلي ليس معي!"
تحسن الجو عند المساء وانفرج، صارت السماء فجأة صافية
أورسل: "ليست الحياة دائما كئيبة"
واكيم: "صحيح"
بيرنهارد: " شرائح اللحم جاهزة"
يحتفلون ويبدؤون بالغناء:

لاندسكرون هو جبل كبير
الإنسان أمامه قزم صغير

عندما نغني الأغاني
نرفع الكأس إلى الأعالي

وصاحب المطعم يطردنا من الدار
ولا يهمنا فنحن في غورليتس ولنا الدار

شارع برلين يا شارع برلين، في تورغا قلعة رهيبة
وأهل جبل طارق، مغول ممتلكات، كلنا نعلم وليست غريبة

على نهر النيسه على نهر النيسه، فرن حجري ولا أشهى
تتدفق البيرة الراقية، بيرة لانسكرون ولا أشهى
بنينا بنينا قاعة رومسهاله بنينا
ولكن للأسف للأسف جاء البولندي واخذها من يدينا

ويهجم الجميع على اللحم المشوي
أصبح وقت الغروب. دخل الليل: يرى الجميع شهابا في السماء ويتمنون لأنفسهم شيئاً.
جيبي: "المسبح المكشوف مارينبلاتس، نافورة كابفن، أُقفِلا عام ٢٠٠٢؟"
يتناولون الخمر ويتسامرون ويلتقطون الصور ويضحكون ويتمازحون.
روسي: "نعم...gawarju Russkji Jasuik"

ساب يحمل لعبة جنسية، يضعها بين فخذيه، الجميع يضحك. سهروا لغاية الساعة الثالثة صباحاً.

فندق مونوبول:

هولغر، بصدر عاري، كالعادة أول من يأتي إلى صالة التدريب في فندق مونوبول. يمشي في الحديقة الخلفية.

يأتي الآخرون الواحد تلو الآخر، حتى هاينز بيتر اليوم أتى على الوقت. واليوم هونزا متواجد مع المجموعة. هونزا تشيكي، مهذب، خجول، يتفحص كل شيء. أحبه الجميع لطفه، لا سيما النساء، فقد أعجبن بوسامته ودعونه لتناول القهوة معهن.

ينضم الجميع رويداً رويداً إلى طاولة القهوة:

جيبي: "كل ما حاول أساتذتي تعليمي إياه نسيته. إن لم أتعلم شيئاً قيماً في مجموعة مباريات كأس العالم لكرة القدم، فلن أكون راضياً عن نفسي."

أورسل: "ميتا كروغلر هي لاجئة من شرق بروسيا إلى غوتغيتروي على الحدود التشيكية. عملت في تقطيع الخشب وجني المحاصيل وكانت راضية."

هانل تلقي التحية على راينر: "هلا يا صغيري!"

راينر يرد التحية على هانل: "مرحباً!"

أولغا: "آي" تلقي التحية على الجميع في فندق مونوبول وتجلس وبيدها صنارة الصوف.

أولي لم يأت بعد. الجميع ينتظره كالعادة.

بيرنهارد: "قل لي ما اسمك؟"

هونزا: "اسمي هونزا"

بيرنهارد: "اسمع يا هونزا، لماذا رأسك أحمر، يبدو وكأنه سينفجر قريباً"

هونزا مدافعاً: "آخ، إني ساخط"

بيرنهارد: "ساخط، آهااااا"

هونزا: "توي أتيت من الكلية"

بيرنهارد: "وهل هذا سبب للسخط؟"

ينفرج سريرة هونزا: "نعم إنه سبب للسخط. إنهم غير قادرون على تنظيم أشياء بسيطة. كان الوضع في بولندا سيئاً. لقد قدمت طلباً للحصول على غرفة، وعندما عدت أعطوني غرفة في منزل جماعي يقطنه رجال، لا يمكن وصفهم إلا بالخنازير. المطبخ والحمام، وكأنهم حاوية نفايات. وبفضل أجنبية قدمت شكوى باسمي لدى إدارة مسكن الطلبة، حصلت على غرفة هناك بعد ثلاثة أسابيع. الوضع في التشيك أفضل بكثير. كانت ليبيريش جنة مقارنة بذلك. والآن في غورليتس"

تبدو علامات القرف على وجه هونزا ويتابع: "بيروقراطية ليس لها مثيل. يتراجعون عن موافقاتهم الخطية أيضاً. لذلك أنا ساخط، لهذا رأسي أحمر."

والآن يضحك هونزا للمرة الأولى ويقول: "أنا ساخط لدرجة أصبحت مثل rudy jako krocan، يعني أحمر مثل ديك الحبش، هذا ما يُقال في اللغة التشيكية"
بيرنهارد: "أحمر حُمرة ديك الحبش من شدة الغضب"
هونزا: " ستتعطل دراستي الجامعية، لا يستطيعون التخطيط. يعاملون الطلاب وكأنهم أطفال صغار، علماً أننا جميعاً بالغين. بغض النظر عن مساكن الطلبة. البيروقراطية، هذه العرقلات التي لا طعم لها ولا لون. أعطيتهم جميع الأوراق المطلوبة، كل شيء على ما يُرام. لقد بدأ الفصل الدراسي، وفجأة يتعارض الأساتذة مع الإدارة. لم أكن أظن قبل ذلك أن الوضع على هذا الحال في ألمانيا. غورليتس! هذه الكلية، كم أكرهها!"
بيرنهارد: "إذن وصل الوضع إلى هذا الحد من السوء في غورليتس. هل رأيت، لقد خفّت حُمرة وجههك، يجب أن تنفس عن غضبك."
ماتسه: "هذا هو الوضع، على المرء أن يضبط أعصابه في غورليتس، يا إلهي ماذا فعلوا بمدينتنا."
راينر: "مهلاً مهلاً! لا يمكنك القول "هم" ببساطة. من كان يصرخ في عام ١٩٨٩. صحيح أن ألمانيا الاتحادية خدعت شعبنا وخانته وباعته، ولكن هذا موضوع آخر."
هونزا: "الوضع كان كذلك في جمهورية التشيك. في براغ يمر الناس من قرب واجهات المحلات فقط دون أن يشتروا بسبب غلاء السلع. الناس تتفرج فقط على الواجهات."
واكيم: "يقول الفرنسيون: لعق واجهات المحلات"
هولغر: "أوه لعق! جميل!"
توبخ السيدات هولغر. هولغر يضحك.
هانل: "قل لي يا هونزا، لماذا تُجيد اللغة الألمانية؟ أنت تشيكي."
هونزا: "نعم نعم أنا تشيكي ولكن زرت في جامعة غورليتس فصلاً تحضيرياً"
بيرنهارد: "إحترامي وتقديري! أنا عن نفسي لا أستطيع أن أتعلم لغة أجنبية بهذه السرعة."
ماتسه بيده الصحيفة: "تخيلوا ان شليسيا هي مصدر غذاء ألمانيا وذلك منذ الحرب العالمية الأولى! أفضل اقتصاد زراعي في كل ألمانيا."
واكيم: "حقول على مد النظر، تظهر وكأنها بحر هائج عندما تهب الرياح."
ماتسه: "منذ ١٩٤٥ قللت بولندا استخدامها اقتصادياً، ماذا أقول؟ صحراء! مثل هنا؟ وذلك منذ فتح الألمانيتين؟ الآن تدخل الأموال إلى بولندا مع القطاع الزراعي. ولدينا كان مصدر غذاء كل ألمانيا."
يته: "مصدر غذاء ألمانيا، نعم معه حق"
مارجريت: "كانت شليسيا نصفها من الكاثوليك ونصفها من البروتستانت"
هاينز بيتر: "جميع البولنديين ينتمون إلى الطائفة الكاثوليكية."
بيرنهارد: "أي سيدات؟"
كريستينا تربت بيرنهارد
بيرنهارد: "أنا أقصد فقط ..."
أورسلنه: "يتفاخر البابا في روما بذلك. ولكن جورج بوش من الطائفة البروتستانية، يؤمن بسيدنا

المسيح. ليس فقط البابا.

جيبي: "اسمعوا، لقد قتل طالب في المدرسة المهنية أمه، صب عليها بنزين وحرقها."

صمت وذهول. هربت الكلمات ولم يستطع أحد أن يقل شيئاً. توقفت السيدات عن لعب الورق. الجميع على علم بذلك، إنها حديث المدينة.

هاينريش: "عتّم الإعلام عن ذلك الحدث كالعادة، فنحن نعيش في مرحلة انتعاش اقتصادي. علينا أن نخبر الهنود بأن تلميذ في ألمانيا أحرق أمه وهي على قيد الحياة، وقتها يرتاح الهنود ويتخلصون من عقدة النقص ولا يخجلون أنهم يحرقون نساءهم أحياء."

هاينز بيتر: "ذكروها كخبر عابر في الإعلام."

يضع ماتسه الصحيفة جانباً ويقول: "هذا فعلاً ما على البابا إيجاد حل له."

جيبي: "أيام حكم إريك لم يكن يحدث ذلك"

راينر: "قلة احتكاك"

جيبي: "واليوم يتحدثون مجدداً عن الانتعاش الاقتصادي."

واكيم: "كره ثم كره ثم كره! في مركز البرلماني الألماني، الرايشتاغ، الجميع على الحائط والسلاح الرشاش، ومن ثم يفجرون الرايشتاغ."

راينر: "دولة الستازي اللعينة تم استبدالها بألمانيا الاتحادية اللعينة: والآن الوضع أسوأ بكثير مما كان عليه."

مارجريت: "هيرتا هاينه، صحافية ألمانية في جمهورية فايمر. في جنوب فرنسا سألت رئيس الدير كيف كان يتحول الناس في العصور الوسطى لوحوش حتى يتمكنوا من إقامة المحارق. أجاب رئيس الدير إن عقول هؤلاء الذين فكروا بإقامة المحارق ما زالت موجودة إلى يومنا هذا."

روزفيتا: "آخ، مارجريت!"

مارجريت: "ومن ثم ماتت الصحفية في سجون هتلر الجماعية."

صمت

هاينريش: "ابن يقتل امه. هذه نهاية الحضارة."

هولغر: "أصبح السياسيون لا يلاحظون شيئاً"

روزفيتا: "فعلاً هذه قضية تحتاج للبابا"

يُفضلون الكاثوليك اليوم عن البروتستانت. أنظروا فقط الصحيفة. يكتبون هذه الأيام الكثير عن البابا. الكنيسة الكاثوليكية تهيمن على أوروبا."

هاينز بيتر: "الكنيسة الكاثوليكية قوية جداً في الاعلام. معك حق، ولكني أعتقد أن الكنيسة تسمح بجعل نفسها أداة بيد الاعلام مثلها مثل اللوطيين وأي مجموعة خارجة عن المجتمع."

راينر: "باثوري، هذه السحاقية الساديست وكل ما كُتب عن مصاصي الدماء كان فقط معركة إعلامية قام بها الأدباء الانكليز ضد الكنيسة الكاثوليكية. صرعة الهيبيين والوودستوك كانوا فقط للتضليل."

هاينز بيتر: "أيد الغرب الإبادة الجماعية التي قامت بها أميركا في الفيتنام. وقدموا للإلهاء الشعب البيتلز والرولينغ ستونز. احتفل الغرب بهوليوود لتعظيم القتل والضرب بما فيها عبادة الشيطان. جعلوا من الانحلال من التقاليد دينهم. الهدف من هوليوود هو عبادة المال. كنيسة السينتولوجيا. يريدون تربية الأطفال على الرأسمالية، يجعلوهم يلهثون وراء المال. ثقافة الراب الحالية ما هي إلا تعظيم للجرائم العصابية، الأطفال والشباب يلعبون لعبة الحرب. هذا له مغذى واحد: تمجيد الرأسمالية كمرجع مهم. لما تحتفل هوليوود بكل مجرم عنيف؟ عقوبة الاعدام موجودة فقط لأن

المرء سيشعر بالثروة العامة لمجتمع يسعى له الجميع. فقط للتظاهر بأن المجتمع الأميركي غني، علماً بأن جزء من الشعب الأميركي يعيش على حافة الفقر والنسبة في أميركا أعلى منها في غرب أوروبا. يختلف الأمر لدى بولندا. فجميع الشعب البولندي ينتمي إلى الطائفة الكاثوليكية مما أدى إلى ترابط الشعب."

ماتسه: "أفكر بالحرب العالمية الأولى، قمع، مليون ألماني ماتوا من الجوع، بفضل أوامر فرساي. والكاثوليك؟ قبل الحصاد بوقت قصير حرق البولنديون الحقول في شليسيا، في نهاية الحرب العالمية الأولى. قطع البولنديون أثداء النساء عندما فصلت الأمم المتحدة بروسيا الغربية عن ألمانيا. البولنديون؟"

راينر يضحك: "الأمم المتحدة؟ تعني اتحاد شعوب الثرثرة وطق الحنك"

ماتسه: "لا شكراً. الآن عرفتم لماذا لا أطيقهم."

هاينز بيتر: "ليس كل البولنديون فعلوا ذلك."

ترمي هانل شطائر الجبنة واللحم التي أحضرتهم معها في القمامة.

هولغر: "لا ترمي الطعام الجيد! هذا ليس تصرفاً أخلاقياً."

راينر: "الرمي بكعك الكريما، هذا مستوى أخلاقي أميركي. هل تعرفون متى حصلت لأول مرة؟ هل تعرفون متى رُمي بالكعك لأول مرة؟ بدأت بعد الحرب العالمية الأولى عندما كانت البطالة متفشية والفقر مقذع والمصانع ترنح تحت عبئ الفقر، في عشرينيات القرن الماضي في أميركا."

واكيم: "عشرينيات القرن الماضي. الموضة: السيدات دون صداري. البلوزات من الحرير، أوووووه مثير."

أولغا: "أمي لم تلبس في حياتها صدرية قط، أو مشد أو ما شابه."

واكيم تعتلي وجنتيه حمرة الخجل.

طوماس: "يقول المخرج الفنلندي الشهير، آكي كاورسميكي إن قدميه لن تطأ أميركا، الوحش البلاستيكي، طيلة حياته."

هونزا: "الوحش البلاستيكي؟ هههههههه! ماذا؟"

هانل: "إسمع، إنها ملئية بالصدور النسائية المحشوة بالبلاستيك."

هونزا: "فهمت، يعني سيليكون" وترتسم ضحكة عريضة على شفتيه.

ماتسه: "أما عن نفسي فأنا أجد الصدر الممتلئ مثير للغاية"

بيرنهارد: "ألم يكن في ألمانيا ذاك اللوطي فاسبيندر، ألم يكن مع كاورسميكي....؟"

طوماس: "فاسبيندر مخرج ألماني غربي اشتهر من خلال فيلمه Ignatz Bubis وفيلم صراع بين البيوت. كما قدم في عام ١٩٧٤ كتاب "الأرض قاحلة لا حياة فيها مثل القمر"، الذي كتبه غيرهارد تزفيرينز في عام ١٩٧٣ على شكل مسرحية وقدمها دانيل شميد على شكل فيلم في عام ١٩٧٥. مُنع عرض المسرحية في ألمانيا الغربية بسبب احتجاجات المجلس اليهودي الذي يُمثل ١% من سكان ألمانيا."

واكيم: "كشف حقيقة إرسال شتراوس لسلاح غير شرعي إلى إسرائيل خلال حرب الأيام الستة وفضيحة المخابرات الألمانية في هجوم ميونيخ عام ١٩٧٢.

واكيم: "١٩٧٥ فرقة سكس بيستول مع سِيْد فيشوس"

بيرنهارد: "لا أعرفهم"
فريتز: "هو الذي كان يلبس دائماً الصليب المعقوف النازي"
واكيم: "هذا كان أحسن ما حصل لأميركا. فكان بامكانهم اعطاء ألمانيا الغربية إلى اليهود ثانية. كم كانت بشعة سجون الإبادة. لأجلها تخوض ألمانيا الحرب إلى جانب أميركا."
طوماس: "هل رأيتم فرقة روك اند رول سويندل العظيمة؟"
هانل: كانت ألمانيا ضد أميركا في حرب الفيتنام، أو على الأقل ألمانيا الشرقية. كنا نسمع في الاعلام كل شيئ عن حرب أميركا على الفيتنام."
بيرنهارد: "أصلاً ألمانيا الغربية تقف دائماً إلى جانب اسرائيل"
طوماس: يمتلك اليهود معظم البيوت في فرانكفورت، لا يقدر أحد أن يقول شيئاً ضد اليهود. لقد استغل فاسبندر ذلك إعلامياً. فهو كان يعرف تمام المعرفة أن هجومه على اليهود سيشهره."
واكيم: "ألم يكن ذلك في نفس الوقت، أي من ١٩٧٥ إلى ١٩٨٠ حين وضعوا مصطلع هلوكوست مرادفاً لإبادة هتلر لليهود لغاية عام ١٩٤٥؟ لقد اختلقوا مصطلح هولوكوست، محرقة اليهود ليغطوا على جرائم دريسدين التي مورست على المدنيين. اختلقوا موسيقى البونك لاختلافهم مع الطبقة الراقية من المجتمع. يعبرون عن سخطهم على الطبقة الراقية. تحملوا هذه الموسيقى الثورية ليتمكنوا من نعتها بعدم اللباقة عن طريق تشويه سمعة اليهود وبالتالي خلق موسيقى بونك جديدة تتناسب مع الصالونات بعد اختلاق مشكلة بين البونك والأجانب وتدخل الشرطة وتحيزها لصف الأجانب. هذه الموسيقى التي اعتبروها موسيقى جيدة تتماشى مع المستمعين غير الناقدين الجالسين في صالوناتهم. اليوم حيث أن سِيْد فيشوس لا يستطيع الدفاع عن نفسه، جعلوه بريطانياً عادياً فخوراً، إنجليزي لم يكن أبداً ضد انكلترا والملكة. انكليزي كان لديه بعض الغرابة في الأطوار وكغيره من البريطانيين يعلن حرية الشباب. يعني بالأساس شاب مسكين. لنسامحه ونغني لحياة الملكة. سلب ونهب الجثث على أرقى مستوى."
نظرات متسائلة موجهة لواكيم.
واكيم: سيد فيشوس، من البونك، ألا تعرفونه!"
واكيم: "دمج الوحشية والنازية، وإذا بالصحافيين يلاحقونه وتلتهب أقلامهم من الكتابة وينشغلوا لدرجة أن ليس لديهم الوقت ليروا وحشية اليوم.
هولغر: "سيدات وفتيات دون أي نوع من العنف في الأفلام وعلى محطات التلفزة. هذه الأيام لا نرى إلا عكس ذلك في الإعلام.
روزفيتا: "الذلك لا توجد مثل هذه الأفلام"
مارجريت معتقدة أنها ستعلن بعض نقاط التحسن: "عنف ضد النساء؟ أنظر، الرجل يُمنع من دخول البيت عندما يضرب زوجته، هذا قانون. لقد تحسن الوضع كثيراً عما كان عليه من قبل."
طوماس: "قانون منع الرجل من دخول البيت موجود فقط منذ عام ٢٠٠٢."
واكيم: "كان على الزوجة في ألمانيا العربية اخذ موافقة زوجها إذا كانت تريد فتح حساب بنكي. هذا القانون لغاية ١٩٧٧"
أورسل: "هذا لم يكن موجوداً في ألمانيا الشرقية. لدي حسابي البنكي منذ بداية زواجي في عام ١٩٧٥."
طوماس: "ازداد العنف ضد النساء بشكل كبير في ألمانيا الاتحادية منذ

الوحدة في عام ١٩٩٠، لقد أساءت الوحدة إلى النساء."

واكيم: "في ألمانيا الغربية كان من الطبيعي جداً أن يضرب الأزواج زوجاتهم. كما كان الأهل يضربون أولادهم وخصوصاً الفتيات أكثر من الفتيان. لم يضر هذا بأحد في يوم من الأيام. لذلك أستغرب من الأفلام اليوم التي تعرض محاسن المعجزة الاقتصادية في ألمانيا الغربية."

هولغر: " تُركت التقاليد والماضي والواقع جانباً كلياً، بعيدة تماماً عن الواقع"
هاينريش: "لقد ذهبت كل جهود التوضيح أدراج الرياح"
راينر: "لما التوضيح طالما أنهم من فوق يفكرون عنا. حتى التوضيحات يجب الاتفاق عليها. هل تعتقدون بكل جدية أن الإعلام يبث تقاريراً عن أراضي السلطة الفلسطينية منذ توحيد الألمانيتين؟ هناك يُقتل كل صحافي يصور القوات الأمنية الاسرائيلية دون تصريح. هناك يُسمح لهم بقتل الآلاف من المدنيين والغرب يوافق على ذلك. يُسمح لهم بقصف الأراضي الفلسطينية وتدميرها كلياً، والكل يتفرج"
ماتسه: "اسمع، اسرائيل لا تقدر أن تفعل ذلك، حملات توعية، الصحافة الحرة، الرأي العام. لا يقدرون قتل الناس هكذا بكل بساطة"
راينر: "أهاً؟ برأيك لا يقدرون؟ ما يجري في الأراضي الفلسطينية دليل على عكس ذلك."
واكيم: "ماذا تريد اسرائيل أكثر من ذلك؟ لقد وضعوا الفلسطينين في أراضي السلطة في غيتو"
هاينز بيتر: "أعتقد أن الغيتو موجود فقط في فلوريدا"
راينر: "يا ماتسه، تقول الرأي العام، هل تعلم ماذا يقول نابليون عن فولتير وفريدريك الكبير وكل حملات التوعية؟ كل الثرثرة عن الفلسفة والديمقراطية، لا يخاف منها أي من قادة الحرب، حتى هو نفسه، القائد الحربي يتجاوز كل هذه الثرثرات بالقنابل والرصاص. أصلاً كل حملات التوعية هذه إعتقاد يُدخل في عقول العامة، إنها موضة في أوروبا تخدم الشعوب التي تقود الحروب والتي لا تراعي شيئاً في تضليل الرأي العام. أنظر الكونكورداتو مع البابا. صحيح أنه ضد التوعية في أي وقت، ولكنه اليوم في عصر التسامح بين الأديان والطوائف، تجعل من كونكورداتو نابليون عمل توعوي. لقد تعلمنا ذلك في ألمانيا الشرقية. يعتبر نابليون الصحافيين لا فائدة منهم. التوافقية، حسناً ان كان لا بد، فدع هؤلاء الناس تلملم أشلاء توافقية الدولة من خلال كتاباتهم، فقط لملمة أشلاء."
ماتسه: "لا تقولوا شيئاً ضد صحيفتي، إنها ليست أسوأ من غيرها."
في الحديقة الخلفية يُسمع صوت دراجة نارية صغيرة. يدخل ساب، حارس الفندق، مسرعاً تتطاير النار من عيونه ويعطيهم ورقة فيها معلومات مهمة: "اسمعوا! هذه جملة استشهادية رائعة تتلاءم مع جورج بوش تماماً. سأقرؤها لكم: جاءت في كتاب شارلاتور ، "الله مع الصامدين"، اولشتاين، فرانكفورت على الماين في عام ١٩٨٥، يقول بن بيلا، أحد أبطال الثورة الجزائرية:
"إن المحادثات بين الشمال والجنوب ما هي إلا خداع كبير.... كما أن الحديث عن توريد التكنولوجيا ما هو إلا شكل جديد من أشكال استغلال الدول الصناعية للدول النامية. علينا أولاً إيضاح بعض معاني الألفاظ ودلالاتها. ما المقصود أصلاً بالتطور؟ أصبحت الكلمة نفسها مشكوك بأمرها. وإجمالي الناتج القومي أصبح إلهاً. يسعى التطور الصناعي الذي لا يعرف أية ضوابط والذي كنت أنا بنفسي من أنصاره، إلى تلويث الشمال وإبقاء الجنوب محكوماً عليه بالتبعية غير المحتملة."

يذهب ساب لقضاء عمله.

هولغر: "HIV هو بمثابة قنبلة موقوتة"
واكيم: "مرض السيدا. اكتشفته فرنسا في عام ١٩٨٠ ولكن أميركا سرقت الأفكار و عملت منه شيئاً آخر."

تأتي الجدة أولغا.
بيرنهارد: "يا إلهي أولغا! ما الذي جاء بك إلى هنا!"
أولغا: "يا إلهي بيرنهارد، ماذا أنت فاعل هنا؟"
يخلون لها مكاناً للجلوس وفوراً تُخرج بطاقات التنبؤ بالمستقبل.
ماتسه: "أولغا، هل من جديد؟"
أولغا: "الجميع يتذمر من غلاء الأسعار، الحليب ارتفع سعره إلى حدود المارك وعشر بيضات تكلف اليوم مارك وعشرون قرشاً. يا إلهي، كل هذا الغلاء."
ينفجر هولغر من الضحك: "تقول أولغا واثقة من نفسها، مارك بدلاً من يورو. سأموت من الضحك. ألم تفهمي بعد يا أولغا؟ عملتنا هي اليورو اليوم، وداعاً للمارك"
راينر: "بقيت الأسعار على ما هي عليه، حولوا فقط العملة من المارك إلى يورو ، يعني كل شيء ارتفع سعره وخصوصاً المواد الغذائية الأساسية ومعظم الاحتياجات اليومية."
أولغا: "ما بتفرق شو اسمو"
هولغر مسموماً غاضباً: "نشروا بلاهة التطوع فقط ليكون لدى عمدة المدينة شيئاً يكتبه في كتاب المدينة"

غورليتس: مبنى البلدية، اليوم السابق ليوم العملية

الساعة: ١٠.٤٥ صباحاً

أولي ومجموعته أمام مبنى البلدية،تبدو شاشة العرض الكبيرة غاية في الروعة.
الناس تسلم على بعضها باليد:
مارجريت: "أها، صغيري راينر! يا هلا "
راينر: "مرحباً مارجريت!"
مارجريت: "اسمع، لقد أحضرت لك معي قمصاناً وسراويل" و تناوله كومة كبيرة من الثياب، "كلهم من مقاسك. خذ منها ما يعجبك."
راينر: "هذا لطف منك مارجريت! شكراً جزيلاً!"
هانل: "سلامات هولغر!"
هولغر: "مجموعة كأس العالم مثل قنبلة موقوتة"
مارجريت: "الحل هو زيادة الاستهلاك والإدمان على الكحول: العنف ضد النساء. المرأة تفر من

زوجها، فيلجأ الزوج والزوجة على حد سواء إلى إرهاب الاستهلاك. الإشباع الجنسي يضر بالاقتصاد لأن الناس السعداء لا يحتاجون أكثر من الحب والهواء. فكلما سلبوا الناس سعادتهم، تمكنوا من تسويق سلع تعوضهم عن تلك السعادة، وبهذا يزدهر الاقتصاد فجأة. يبتعد رجال الأعمال الناجحين عن ممارسة الجنس ويعيشون مثل الرهبان لأن الإرهاق والضغط النفسي يقتلون الرغبة الجنسية لديهم. الاقتصاد يعني: أن يشتري هذا الرجل سيارة أخرى ومرآب وبيت وسيارة رياضية ومن يدري ماذا يأتي بعد، إلى أن يدخل قبره."

طوماس: "المرأة العادية لها مركز عالي: أحذية وثياب. الرجل العادي له مركز متدني: البيرة. كليهما يخدمان الاقتصاد. كلما ازدادت همومهما، انتعش الاقتصاد أكثر."
أورسل: "الانغماس في اللاشرطية الاجتماعية، صداقات وعلاقات وزيجات وعائلات في تفكك مستمر"
راينر: "HIV– منظومة مريحة. في الإعلام يعتبر استغلال العاطلين عن العمل هو العلاج الوحيد لتخطي أي أزمة اقتصادية"
واكيم: "لماذا يخجل المرء من كونه عاطل عن العمل. حينما نحصل على مساعدات اجتماعية، فنحن لا نتقاضى في الأصل إلا مالنا . يجب النظر إلى البطالة من كونها ظاهرة عالمية. هناك شبكة من احتجاجات المنظمة من كويبك في كندا إلى بولندا/التشيك، لم تستطع السياسات الكبرى التحكم بخيوطها بعد ."
يهمس جيبي للآخرين: "بدأت أشعر بنشوة الكحول"
أولي: "سينتهي العمل التطوعي قبل بداية ألعاب كأس العالم لكرة القدم. وأخيراً نتفرغ لمسرح الشارع قبل أربع وعشرين ساعة من بدء الألعاب. من الأفضل أن نقضي الليلة التي تسبق ذلك سوياً."
هولغر: "نعم، هذا ما كنت أقوله دائماً"
روزفيتا: "حتى ميلبروت سيلقى كلمة من الشرفة"
راينر: "نعم وكأننا نحضر لدفن ميت"
هاينريش: "سوف يعلن الدولة من الشرفة مثل كارل ليبكنشت"
أولي: "هذا الحدث هو بمثابة بطاقة تعريف بغورليتس."

تذهب المجموعة إلى فندق مونوبول:
الساعة: ١١.٠٠ صباحاً

أولي يحمس مجموعة عمل كأس العالم

"أنتم الأفضل!" ويصفق، "مهمتكم اليوم أن يوزع كل واحد منكم على أكبر عدد من المارة في المدينة بسكويت الحظ الصيني المكتوب بداخله: لا تعطي المخدرات فرصة!" ويخرج أولي مسرعاً مثل درويش منفوش الشعر.
هاينريش: "أولي متحمس وكأن الأمر متعلق بنيل كأس العالم. والآن سيذهب إلى مجموعة العزف الإيقاعي في تسيتاو!"
عندما عاد الجميع من حملة التوزيع عند حوالي الساعة الثانية بعد الظهر، أمام متجر طومي ميشال، لم يعد أولي معهم. تجمع الجميع في فندق مونوبول:

هانل: "والآن، أين مشرفنا؟"
أورسل: "زرنا المدارس الثانوية التكميلية، كان هناك أفضل الأساتذة، منهاج صعب. مثل هذا الاهمال ما كان ليحصل."

تأتي آنا

هولغر: "آه، هذه آنا إذن! حضروا الآنا ناس! كيف جرت الأمور في الحملة الدعائية؟"

تنزعج جميع السيدات من طريقة هولغر القاسية في التحدث مع آنا.
آنا: "سلامات هولغر! ثرثرت فقط مع الشباب "
هانل: "أنت مهرجة! لقد هرب الجميع مني لأنهم كما يقولون إنهم لا يهتمون بكرة القدم."
أورسل: "غريبة، عادة تتراكض الناس على كل شيء مجاني، لقد أخذوها مني بسرعة البرق"
بيرنهارد: "دعونا نذهب إلى بوابة سيليزيا! هل علينا فعلاً الانتظار حتى يأتي المشرف؟"
هاينريش: "تباً"
ماتسه: "مهلا! نعلم جميعاً أننا سنبدأ العمل غداً صباحاً في الساعة التاسعة. لن نحضّر أي شيئ. تدربنا على المسرحية أكثر من خمسمائة مرة. هل يحمل أحدكم قلماً؟"
هانل: "نعم، تفضل"
ماتسه: "سنترك للمعلم ورقة نخبره بأننا ذهبنا"
راينر: "توقف! لا نستطيع أن نفعل ذلك! أغراضي كلها مع أولي، وليست فقط أغراضي، بل لوازم الجميع والمفاتيح أخذها هاينز بيتر معه. وساب لا نجده عندما نحتاجه، لا يمكننا المجازفة!"
هانل: "هدؤوا من روعكم! ما على فريتز إلا أن يحضر الصندوق بواسطة سيارة الشحن. أولي خبأ لباس هاينريش في مكان ما ولم يجده"
هاينريش: "يالها من وقاحة"
هولغر مغتاظاً: "إني أغلي"
جيبي: "لو كانت بطولة كأس العالم أيام هتلر لكنا حملنا الصليب المعقوف!"
راينر: "أشعر بالغثيان عندما أرى قمصاننا. علينا رميها في سلة القمامة أو في حاوية الثياب القديمة. مساعدات مالية، مدينة أوروبا، عندما أسمع ذلك فقط، أستشيط غضباً! لا أحد يمكنه أن يغصبنا على المساهمة في هذا الهراء."
جيبي: "هل تريد أن تفسد كل ما تعبنا في إعداده على مدى سنوات طويلة؟"
ميلاني: "هل تشعر دائما بأنك ملزم بجلب النزاع والتفرقة إلى هذا المكان! دعِ الأمور على نصابها إنها جيدة"
أورسل: "سأقص منها علم الجمهورية الاتحادية الألمانية، يصلح لأن يكون خرقة تمسيح."
هاينريش: "هناك حانة جديدة تم افتتاحها في شارع يعقوب، بيرنهارد، هل تريد الذهاب معي إلى هناك؟"
بيرنهارد: "لا لا، علي ترتيب الغرفة ومن ثم الذهاب إلى بوابة سيليزيا. سأتغيب غداً بحجة المرض، فتضطرون للتنظيف لوحدكم"
هاينريش: "اسمع، سآتي معك. أكثر من ثلاثة أشهر وأنا أتعب مع مسرح الشارع، لا يهم إن تغيبت أول أيام العرض لأرتاح، الراحة هي فعلاً هوايتي المفضلة."
جيبي رافعاً أصبعه مهدداً: "حقاً لو سمعك أدي"

ماتسه: "أيام الأحد في التلفاز، الساعة العاشرة صباحاً: أستاذ الرياضة أدي! ها ها ها!"
ماريو: "فرقة يلينا غورا لمسرح الشارع ستأتي أيضاً. لا نستطيع خذلان أولي. يمكننا الذهاب الآن ولا داعي لجولة التقييم. الساعة الآن اقتربت من الثالثة عصراً."
يستعد الجميع للذهاب. كلمة ماريو لها وزنها.
واكيم: "أميركا جعلتنا نعلم أن كل ما كُتب في التاريخ عن مركز التجارة العالمي وفيتنام ورامبو والجمهورية الاتحادية الألمانية كذب. وهذه الأخيرة هي بالضبط الاضافة الأخيرة لجعله متناهي الدقة، آخر خصلة متبقية من أي إنسان جدي. هذا الأمر أفضل بكثير من السجن. مبدأ الكتمان الشيعي لدى ترستان/ شتراسبورغ، هذا الأمور لا تدرك إلا بنظرة فاحصة. نظرات متسائلة،"إنها ملحمة."
هاينريش: "برنهارد فون كليرفو، أنا أعرف أيضاً شيئاً عنه، كانت له أيضاً علاقة بالأديار هنا في سليزيا، صح؟"
راينر: "تقصد دير تسيسترزين، يوجد واحد في القرب من هنا
دير تسيسترزين في مارينتال / سيليزيا العليا"، لكن هذا في ساكسونيا مثل بوغاتينيا/رايشيناو."
هانل: "هولغر، أنت دائماً معك بعض السندويشات، أعطني قطعة من فضلك؟"
هولغر: "أكيد، دعيني أرى"، يبحث في حقيبة ظهره، يُخرج بعض الطعام ويعطيه لهانل قائلاً، "لا تلتهمي كثيراً! كم وددت لو أني سائق جرار زراعي، أنا وحدي في الحقل. ولكني قلق بشأن الغد"

ماتسه: "كان جيش الدفاع الوطني يعطي المناوبين شاياً يخفف الخصوبة الذكورية"
هولغر: "أنا عندي هنا أيضاً مناوبة. ولكن دون خصوبة! يا إلهي! أبداً"
هانل: "هولغر! هذا حال النساء أيضاً."
ماريو: "إنه أمر مزعج أن أولي لم يأت إلى هذه الساعة بعد، كان بإمكانه الاتصال على الأقل وإخبارنا أنه لن يحضر."
هاينريش: "أولي بصفته أستاذ حر، عليه التواجد في أكثر من مكان في وقت واحد، هذه هي المرونة كما يسميها سوق العمل"
جيبي: "لا بد أن الأمر متعب لزوجته وأولاده"
ماتسه مفكراً: "عليه التخلص من زوجته واتخاذ عشيقة له."
جيبي مقهقهاً: "حبيبتي، تأخر الوقت اليوم أيضاً."
هانل: "لكنت أقمت الدنيا وأقعدتها وخصوصاً وأني طيلة اليوم وحدي مع الأولاد."
ماتسه: "إسمعي، أعتقد أن عملها أيضاً حر، على المرء أن يكون متعدد الجوانب، علينا الاعتراف أن أولي هو كذلك! وهذا كله مع أولاد! وظيفة وأولاد، ليس من السهل اليوم التوفيق بينهما. دعونا نبدأ بجولة التقييم."
هانل: "دائماً يُطرح السؤال: هل لديك أطفال أم لا؟ صدقوني مقابلات العمل ترهقني. عمري عشرون عاماً، حياتي العملية تبدأ للتو."
ماتسه: "تزوجتْ أختي، احتفلنا ثلاثة أيام، أنا مُتعَب كثيراً، ثلاثة أيام كلها خمر،كانت أيام رائعة. لا أحد يستطيع الاتصال بي" ويداعبهم قائلاً، "سبحت في البحيرة وكان السمك من حولي!"
هانل: "ماذا!"
ماتسه: "هذا حقاً شيئ جميل"
ميلاني: "أنا خائفة، لا أحمل شهادة وأنا الآن عاطلة عن العمل."

هانريته متضامنة معها، تربتها على كتفها وتقول: "أنا أيضاً خائفة. هل سأتمكن من الاحتفاظ بمسكني؟ المال لم يعد يكفي. لن أحصل على عمل مثل الذي كنت أعمله، كثرة التفكير بهذا الأمر تسبب الآلام. ولكننا لسنا وحدنا، سأتغلب على هذا الأمر."

ماتسه: "إما العائلة أو الوظيفة. مكتب العمل يضعكم أمام هذا الخيار"

هاينريش: "فترة التجربة بالعمل وسيلة إقطاعية حديثة"

هولغر: "تلك المواضيع مثل القنابل الموقوتة"

مارجريت: "عنف ضد النساء. المرأة تفر من زوجها، فيلجأ الزوج والزوجة على حد سواء إلى إرهاب الاستهلاك"

فريتز: "المرأة لها مركز عالي: أحذية وثياب. الرجل له مركز متدني: البيرة. كليهما يخدمان الاقتصاد. كلما ازدادت همومهما، انتعش الاقتصاد أكثر."

أورسل: "الانغماس في اللاشرطية الاجتماعية، صداقات وعلاقات وزيجات وعائلات في تفكك مستمر"

راينر: " HIV – منظومة مريحة. في الإعلام يعتبر الاستغلال العاطلين عن العمل هو العلاج الوحيد لتخطي أي أزمة اقتصادية"

يته: "فقر مبرمج، الهجرة إلى الغرب"

ماريو: "العمل دون مقابل يساوي العبودية الحديثة"

فريتز: "مجرمون اجتماعيون"

طوماس: "سياسة تنظيم الأسرة الجديدة"

واكيم: " أصلاً نحن نتقاضى مالنا."

هانل: "قبل HIV كنت أتقاضى ٦٥٤ يورو كبدل بطالة، وبعد HIV أصبحت أتقاضى ٢٥٠ يورو فقط، بينما إبني ما يزال يدرس."

طوماس: "كذبة العمر: الخروج من البيت صباحاً. كل ما بنى المرء في حياته، البيت، يخسره بعد عشرين عاماً بسبب هذا المرض."

مايو: "شركة وساطة"

ماتسه: "وظيفة في قطف الكرز، وظيفة أمر بها المرض، ٤.٢٥ يورو في الساعة، بعد خصم الضرائب الاجتماعية لا يتبقى أي شيئ. عليهم إرسالي إلى معمل سماد، حينها أصنع متفجرة، وأصير إرهابياً!"

قاعة احتفالات المدينة، نهر النايسه، معبر حدودي: مساءاً في وقت الذهاب إلى النوم، تقريبا في التاسعة والنصف: يحيي البولنديون ذكرى يوهانيس باول الثاني.

بيروت، عين المريسة

يتمشى السواح في حدائق السرايا الكبير بقرب آثار جوليا أوغوسطا السعيدة.

السواح: "أين أبو الهول؟"

في الوقت نفسه يرتفع آذان المغرب من المآذن في محيط منطقة الفنادق الفاخرة، عين المريسة، منطقة رائعة. ينسدل الليل رويداً رويداً، يطل علينا الهلال من الغرب. البحر أسود داكن. قبرص

على بعد مائتي كيلومتراً وأقل. صبيان، ثمانية أو تسعة أعوام من العمر. يسبحان في البحر الأبيض المتوسط، يمرحان، يخرجان من الماء ومن ثم يعودان إليه.
تشتعل الأضواء، الرؤية واضحة لغاية خمسين كيلومتراً، نصف المسافة إلى الحدود السورية.

الجداوي، دائرة مسيحية، شارع سان لويس:

الظهيرة، يلتقي رجال صدفة في فرصة الغذاء. وأرادت الصدف أن ينتمي هؤلاء إلى مختلف الجنسيات: نبيل، فلسطيني وعلي، شيعي ومحمد، سني وبيير، مسيحي. كلهم يتكلمون لغة عربية واحدة. يتمشون في فرصة الغذاء.

أحدهم يحمل جريدة: "ستبدأ مباريات كأس العالم عما قريب!"
الثاني: "كرة القدم"
الثالث: "مباريات كرة القدم"
ويصرخ الثالث فرحاً: "هدف! غول!" يضحك الجميع. يمشي الجميع في نفس الاتجاه، صدفة دون اتفاق مسبق. يعرجون إلى شارع جانبي لينفضوا عنهم عناء العمل، يتحدثون....

يبدأ محمد بالكلام: "كيف حال العائلة؟"
نبيل: "بخير إن شاء الله."
علي: "آذان الشيعة! يريحني صوت المؤذن"
محمد: "لا يعيش شيعة فحسب في لبنان. هلال ونجمة"
بيار: "الكنيسة، الصليب، علينا جميعاً لبس صليبنا"
علي ساخراً: "هل أنت مجنون؟"
نبيل بلهجة فيها بعض الغضب: "٤٥٠.٠٠٠ فلسطيني يعيشيون في لبنان، جئنا إلى هنا وهنا سنبقى."
علي: "لا تقل لي فلسطيني"
نبيل غاضباً: "فلسطيني!"
علي غير متأثر: "تبلغ نسبة الشيعة ٥٥%، ما تعداده مليوني نسمة من أصل أكثر من أربعة ملايين نسمة من الشعب اللبناني."
محمد: "معظم الفنادق الفخمة في بيروت أو في عين المريسة يملكها فلسطينيون، إما مدراء أو ملاّك."
بيير: "نبيل ميقاتي ثاني أغنى انسان في العالم بعد بيل غيتس."
محمد: "أوضح لي الآن كيف سيضع ميشال عون يده بيد حزب الله؟"
بيير: "لا أدري، وقع عون ميثاق التعاون السياسي مع حزب الله، ولكن يبدو لي أن عون يعمل ضد حزب الله أيضاً، إنه ليس صريحاً. ولكن من يقدر هنا أن

يكون صريحاً؟ يوم يكونوا بحال والثاني بحال آخر. ميشال عون لا يقدر أن يغير مواقفه دائماً، ولكنه يملك نفوذاً. أعتقد أنه سيفعل في لبنان ما يرغب."

محمد: "تلقى ميشال عون كمية كبيرة من الدولارات هدية"

بيير: "كل حزب في لبنان يحصل على أموال طائلة لا تُعد." ويقطب وجهه غاضباً، يحول وجهه وكأن الحديث لا يعنيه.

محمد ضاحكاً: "يحب اللبنانيون الكلام في السياسة، ولكن أين؟ طبعاً هناك حيث لا يسمع أحد، على الرصيف أو في الحدائق..."

علي: "في الحدائق؟"

محمد: "أي نعم، خصوصاً في الحدائق، وبالظبط مثلما نفعل الآن"

يريد بيير التعليق ولكنه يغير رأيه ويفضل ألا يقول شيئاً.

محمد: "جامع السنة، أوه هذا جامع السنة! رائع جداً!"

علي: "جامع الشيعة، لدينا أيضاً جامع، أروع بكثير!"

لا يتحمل بيير الصمت وينفجر قائلاً: "والكنيسة المسيحية؟ نحن المسيحيون العرب متواجدون هنا منذ أزل الآزلين."

نبيل: "الدوار الكبير بين الجامعين اسمه دوار شاتيلا، لماذا يا تُرى؟"

بيير مدافعاً: "سياسي، أبعدوني عن السياسيين!"

يمرون بمحل لبيع المواد الغذائية حيث هناك إعلان دعائي للعبة حظ موضوع فوق بسطة الخضار.

يمر فتيات وفتيان فرحين بالقرب منهم، ربما انتهى دوام المدرسة. يودعون بعضهم باللغة العربية. سائح يحاول ان يسال الطلاب بلغة الاشارة عن المعالم الحضارية والاثرية المهمة. السائح لا يتكلم العربية والطلبة لا يتكلمون الالمانية, بالرغم من هذاكان من الممكن التفاهم بين السئح ومجموعة الطلبة. السائح يتشكر للطلبة ويودعهم , حتى ان احد الطلبة يودعه بكلمة شالوم. السائح يستغرب ينزعج جميع الرجال، تتحجر نظراتهم. تدخل بعض الشباب إلى بيوتهم وبعضهم يتابع طريقه.

علي: "إغراءات اللودو في كل مكان هنا في بيروت. للأسف ألعاب الحظ في الغرب صارت مقدسة. المفترض أن سقوط صواريخ حزب الله الكاتيوشا على مدنيين اسرائيليين هي سبب مجزرة قانا التي قامت بها اسرائيل في مخيمات القوات الأممية. إسرائيل تقول إن قصفها لمخيمات القوات الأممية كان عن "غير قصد". على اليهود أن يصمتوا. لم يخافوا من مقاتلينا قبل قتلهم لعائلاتنا. أليست عائلاتنا من المدنيين؟"

محمد: "في قانا تلقت إسرائيل تهمتي الإبادة الجماعية والإرهاب."

علي: "حارب حزب الله العسكرين فقط وليس المدنيين مثلما فعلت حماس!"

نبيل مغتاظاً: "حماس تقتل المدنيين! على حزب الله التزام الصمت. لقد قتلوا أيضاً مدنيين. الاسرائيليون يقتلون المدنيين في وطني على الدوام. هل أصبح الانتقام للضربات محرماً فجأة؟"

محمد: "يُعتبر المسلمون إحصائياً أقل قيمة من الاسرائيليين. جنوب لبنان من ١٩٨٢ لغاية عام

٢٠٠٠: أكثر من ٥٠٠ مدني = أكثر من ٩٠% من الفلسطينين أو اللبنانيين أقل من ١٠% من الاسرائليين."
بيير: "هذا يوضح ربما أن اسرائيل وحلفاءها هم الذين أطلقوا النار أولاً في الحزام الأمني ومن ثم تسألوا. منذ الانسحاب الاسرائيلي عام ٢٠٠٠"
علي: "الانسحاب حصل بفضل حزب الله"
بيير: "منذ عام ٢٠٠٠، عام الانسحاب الاسرائيلي حتى اليوم تُعتبر فترة هادئة نسبياً مقارنة مع ما كان من قبل، قلّ ارهاب حزب الله وسقط عدد أقل من القتلى."
محمد لعلي مفتخراً: "في عام ٢٠٠١ هو الوقت الذي حاز فيه تلفزيون المنار التابع للحزب على نسبة عالية من المشاهدين سابقةً بذلك محطات التلفزة العربية والجزيرة والـCNN "
علي: "عندما أفكر بذلك، كل شيئ بدأ في عام ١٩٧٨ مع مشكلة نهر الليطاني، الاسرائليون هجَّروا الآلاف من بيوتهم في الجنوب. وبعدها سُمح لنا بالعودة إلى أراضينا! ولكن قبل ذلك كانت قد صارت داخل الحزام الأمني. آخ، فقط عندما أفكر بذلك. الغريب أنه حصل ما لم يريدون. هذه المنطقة الأمنية أصبحت غير آمنة. الحزام الأمني لم يخفف من حدة العنف، بل زاده. أعلن حزب الله أن العالم منقسم إلى مُضطهِدين ومضطَهَدين. المُضطهِدين هي القوى العالمية المغرورة وخصوصاً أميركا وروسيا، وهل من شك في هذا؟!"
بيير: "المنزوعة حقوقهم، هذا لحصص الأطفال مثل روبين هود، مثل هذا الأمر يضحك عليه الغرب اليوم ، الغرب غير قادر على الشعور بالشفقة طالما أنه يعيش في الرأسمالية."
محمد: "قتل حزب الله بين عام ١٩٨٤ و١٩٨٥ العديد، بل المئات من أتباع الحزب الشيوعي في لبنان، والآن يقول أحدهم إن هذا لم يُرضِ أميركا."
علي: "نعم هذا صحيح، وهنا يظهر وجه أميركا الحقيقي، منذ قدوم السنيورة و القطاع التجاري محطم، ومقتل الحريري فتك بالاقتصاد كله، كل هذا بفضل جورج بوش والسنيورة."
محمد: "كنت في ألمانيا في السابق"
يرد الجميع: "آها، ألمانيا!"
محمد: " كنت سائق شحن بين كولونيا، شتوتغارت و الجزائر ونيجيريا، لكن فجأة توقفت كل هذه الأعمال الممتازة وعدت إلى الوطن. لكن الاقتصاد في الوطن أيضاً مضعضع. يبدو أن العالم يترقب شيئاً ما. أنا الآن سائق تاكسي، هذا بالكاد يغطي مصاريف الحياة اليومية."
بيير: "نحن اللبنانيون نعمل كلنا في الخارج، في الإمارات وأوروبا الغربية ومن ثم نعود إلى بلدنا لنعمره."
نبيل: "ميشال عون ليس سيئاً، لكن حزب الله وحركة أمل والكتائب، كلهم سيئون. برج البراجنة أصبحت للفلسطيين. مع السنيورة لايوجد اقتصاد. منذ قُتل الحريري تحطم هذا الاقتصاد."
بيير يضحك:"هبطت أسعار الأسهم. لن يجرؤ أحد على الظن بأن الاقتصاد هو المسبب بذلك."
محمد بلهجة جادة: "إذا صارت الأمور على ما يرام، فأعتقد أننا نحتاج لسنة

تقريباً ليعود الاقتصاد على ما كان عليه أيام الحريري"
علي: "نحتاج إلى رئيس وزراء جديد، لا يُعقل أن يمثل السنيورة ٥٥% من اللبنانيين فقط لدى جورج بوش، أود أن أعرف على ماذا حاكوا لنا في أبريل."
بيير: "يريد السنيورة نزع سلاح حزب الله، سوف تقرر محكمة دولية بهذا الشأن، لا يحق للسنيورة اتخاذ قرار بهذا الشأن"
محمد: "السنيورة حليف فرنسا وأميركا، محكمة دولية في لاهاي، ههه، عليهم البدء أولاً بجورج بوش، هههه، وحضرتك يا بيير؟ هل تعتقد أن لدى المسيحيين مستقبل في لبنان؟"
بيير: "المسيحيون لهم نفوذ، وهم يريدون الحفاظ عليه"
محمد: "ميشال عون يحلم برئاسة الجمهورية."
بيار: "نعم الكل يعلم بذلك"
نبيل: "العلم الفلسطيني يرفرف في جميع أنحاء برج البراجنة، الغريب أنهم لا يلبسون الحطة الفلسطينية إلا قليلاً هذه الأيام."
محمد: "يكفي أن تلبس نساءكم المنديل الفلسطيني. أنتم يا فلسطينين لم تشعروا هنا أبداً أنكم في وطنكم."
نبيل: "الوضع تغير بحمد الله! أبو عمار صنع السلام. يسمونه في ألمانيا عرفات الارهابي. لا يوجد إرهابيون اسرائليون في قاموس الألمان. يقولون: الهجوم على رابين قام به أحد الناشطين في حركة السلام الاسرائيلية، إضافة إلى ذلك يردد الألمان دائماً أنهم لا يتدخلون في سياسة اسرائيل الداخلية."
محمد متحمساً: "مقتل رابين. شأن اسرائيلي داخلي. هل القدس هي إسرائيل؟ كلا. هم موجودون في القدس، فيما يُسمى في الخارج "مناطق الحكم الذاتي الفلسطيني". منذ ١٩٦٧ و الفلسطيني في حرب دائمة."
بيير: "أبو عمار صنع السلام"
محمد: "سلام مع الاسرائيليين، وهل ستجري الأمور كما نريد؟"
بيير: "سلام مع إسرائيل؟" يضحك، "أنا لا أحب الحديث بالسياسة"
محمد: "ومن يحب هذا أصلاً؟"
نبيل: "برج البراجنة يبدو وكأنه غيتو، مثل شبكة عنكبوت. الأسلاك المعدنية منتشرة في شوارع وحارات مدينتنا."
بيير: "لا تذكروا الفلسطينين أمامي"
نبيل: "لحسن الحظ لدينا حماس وفتح"
علي: "تُعتبر فتح وحماس، إن شاء اللبنانيون أم أبوا، من دعائم السلام في لبنان."
بيير: "نعم طبعاً! وحزب الله ما هو إلا مبادرة سلام! أين تعيش أنت؟"
محمد: "في بيروت! شاتيلا منطقة تستحق الزيارة، أنصح بذلك!"
نبيل: "شكراً"
بيير: "العدو الرئيسي لحزب الله كان أميركا التي تستخدم اسرائيل كرأس

حربةٍ ضد المسلمين في لبنان."
نبيل: "آخ، المساكين الاسرائليين!"
علي: "كانت فرنسا أيضاً عدوة حزب الله في الثمانينات بسبب دعمها للمارونيين في لبنان لمدة طويلة وإرسالها السلاح إلى العراق. ما الهدف من التسوية؟ الوساطة مع الأعداء؟ اتضح أن القوى العظمى أميركا وروسيا تبيع نفسها مقابل صمتها على الهجمة الاسرائيلية الوحشية على المسلمين في لبنان في عام ١٩٨٢."
بيير: " كان لبنان في الثمانينات ساحة حرب للسعودية وروسيا وأميركا واسرائيل وايران والعراق وسوريا وليبيا وفرنسا."
نبيل ينظر إلى بيير ويقول: "نحن الفلسطينيون نعاني إلى اليوم من العنصرية. الاسرائيليون يتصرفون بفلسطين وكأنها ملك لهم. ينتزعون أراضي كانوا يملكونها قبل آلاف السنين، من هم أصلاً اليهود منذ الملك داوود؟ لقد اختفوا بعدما كانت لديهم مملكة قصيرة العمر تاريخياً. أين كانوا قبل ألفي سنة، أيام المسيح؟ كانوا أقلية مثل غيرهم من الأقليات في المقاطعة الرومانية، فلسطين. كانت الأرامية اللغة الدارجة لدى جميع الشعب الفلسطيني في ذاك الزمن. لم تكن آنذاك العبرية لغة دارجة، بل كانت لغة النصوص المقدسة، هذا ما قاله أحمد جبريل."
بيير: "إرهابي، لحسن الحظ أنه ليس لديه لوبي"
نبيل: "ولأن معه حق يكرهه اليهود ويحقدون عليه. واليوم يريدون فلسطين، هذا أشبه بأن يطالب العرب بالأندلس."
بيير: "أعرف هذا، وكأن اليوم الكلتيون في إيرلندا يطالبون باسترجاج سيليزيا التي كانوا يملكونها قبل ألفي عام."
نبيل: "وياله من فرق كبير... الأندلس حيث كانت لديهم حضارة عريقة امتدت على مدى سبعمائة عام."
بيير: "مثل الألمان في سيليزيا. يجب أن نسلّم بالتاريخ."
نبيل: "المؤرخون. على المرء أن يكون مؤرخ القوى العظمي، ما هذا العِلم!!! نحن في وطننا أقل من بشر وفي لبنان لاجئين لا حقوق لهم. أين الديمقراطية يا تُرى؟ أعتقد أننا نشكل ١٠% من الشعب اللبناني، هل سيغيّر العدل شيئاً بترتيب مقاعد البرلمان؟ هل هناك ما يدعو للخوف؟ ليقوموا بإحصاء شعبي!"
يرد الجميع بصوت واحد: "لا لا الأفضل ألا يفعلوا!"
محمد: "لقد عانينا جميعاً من ويلات الحرب"
بيير: "أميركا شاركت أيضاً بهذه الحرب وخسرت الكثير من جنودها."
نبيل: "أها! عن جد؟ كم يا ترى؟ وعد جورج بوش الأب إيران بتحسين علاقات البلدين في حال ساهمت في حل مشكلة الرهائن. ولكن عندما توصلت إيران بعد عشر سنوات إلى حل مسألة الرهائن لدى حزب الله في لبنان تنصلت أميركا من وعودها. كان وقتها غيان دومينيكو بيكو الوسيط الذي أرسله بيريز دي سولار، ولا تتصور الضغط الذي مارسه الغرب ولا يزال!"
بيير: "أصبح اليوم كل شيئ واضحاً: ابتعد حزب الله عسكرياً عن خانة الارهاب، تحديداً عندما كان جزء مهم من لبنان يخضع تحت نير الاحتلال

الاسرائيلي، فكان من حق حزب الله وأحزاب لبنانية أخرى الدفاع المستميت عن أرض الوطن ضد القوات الاسرائيلة الأجنبية في لبنان."

علي: "تسبب الغزو الإسرائيلي عام ١٩٧٨ في هجرة مئات الآلاف من الشيعة من أراضيهم هرباً من القصف"

بيير: "سيليزيا، شباط/فبراير ١٩٤٥"

علي: "الليطاني والثورة الإيرانية التي أتت بعد ذلك. وبعد ثماني عشر سنة من التهجير والاحتلال عدنا إلى قرانا وأرضنا، الحمد لله. كيف يمكننا أن نبقى طبيعيين؟ لم أعرف وطني إلا في الحرب، هل يا ترى يحلم ميشال عون بأن يصبح رئيساً للجمهورية؟"

بيير: "كل سياسي يحلم بذلك، سيكسب الكثير من المال ويترك الشعب يئن تحت وطأة الغلاء والظروف المعيشية القاسية"

علي: "نجيب ميقاتي هو ثاني أغنى شخص في العالم بعد بيل غيتس"

محمد: شيئ مخيف أن يلعب الأطفال بألعاب حربية ويحصلون على رسومات دبابات ليلونوها. الأولاد في سن السابعة يحلمون بذلك. أنا لم يتعين علي أن أحلم بذلك عندما كنت في مثل سنهم، لأنها كانت ماثلة أمامي."

يهز البقية رؤوسهم مُفكرين

علي ضاحكاً: "وشعر أوبره فينفري النيغر المكوي في التلفزيون، عفواً: النيغر يُسمى هذه الأيام السود. سأشعر فعلاً بالإهانة إذا قال لي أحدهم، أنت يا هذا، يا أسوَد" ويضحك، ثم يتابع: "تغريب ووسائل اضطهاد: اذا أردت التلاعب بالناس يجب عليك تغريبهم تماماً، هذا يعني إفراغ أدمغتهم وتعبئتها بالمعلومات التي تريد. وهنا تخاطر بنهاية الحضارة"

بيير ضاحكاً: "أفلام الرسوم المتحركة في حصص الأطفال والجامعات الفرنسية كلها من صنع المسيحين من أجل مسار السياسة. دعونا نصنع رجل ثلج!"

الرجال يمرون عن محل المواد الغذائية والكشك على رصيف الطرف المقابل بحذر وينظرون الى واجهة المحل.

محمد: "باذنجان مكبوس، حامض، أوه، هذا طبقي المفضل"

علي: " هذا المخلل, ومن ثم شراب الربيع هذا! بعضهم ينظر عطشانا الى السماء الصيفي.

علي: " عندي فكرة, انا اعرف اين نجد برتقال طازج من النوع الراقي. علينا ان نذهب الى حي المسلمين, ما رأيكم؟ المسلمين يوافقون, لكن المسيحي يفكر في الامر."

محمد مخاطبا بيير: " تعال معنا." بيير ينظر بعطش الى السماء: "حسنا."

نبيل: " على اية حال علينا باية حال من الاحوال ان نغادر الحي المسيحي بسبب رسوم ايقاف السيارة" الجميع موافق, كل سيارات المرسيدس تتحرك الى حي المسلمين حيث يكون ذاك المحل السابق ذكر, والجميع يطلبون عصير البرتقال الطازج ويشربون وكأنه رحيق الحياة."

نبيل: "غريب، نسمع الألمانية كثيراً في بيروت"

بيير: "هذا شيئ مقذع، إذا لم يعجب الناس هذا الأمر، فليعودوا إلى ألمانيا!"

يسأل محمد بيير: "بالتأكيد أنت درست في بيروت، صح؟"
بيير: "لا، درستُ في باريس."
محمد متفاجئ ومسرور: "أنا ايضاً! ولكن لا يوجد لي عمل هناك، ربما لك أنت، لأنك مسيحي."
علي: "نحن المسلمون نحصل على تأشيرة دخول إلى ألمانيا فقط إن كان لدينا الكثير من المال."
بيير: "إن هذا ليس عدلاً، كلنا لبنانيون"
علي: "يا ليتني أذهب إلى ألمانيا، ولكن يصعب الحصول على تأشيرة دخول، ثمنها باهظ جداً، لا يستطيع الناس العاديون دفعه. الآن يبدأ ازدحام السيارات بسبب انتهاء العمل. هل نرجع كلنا بالسيارات؟ افضل ان نذهب هذه المسافة القصيرة الى هناك بالتاكسي." وما يقا يفعل. الجميع يتوجهون الى الحي المسيحي الى الشارع الرئيسي. الجميع يتوقف وينزلون من السيارات."
محمد: "إننا في فصل الصيف ولبنان سيعج بالسواح! وهذا يعني أرباحاً للاقتصاد"
نبيل مستمتعاً: "لقد كنت في ألمانيا"
الآخرون: "ماذا؟ كيف تجرؤ! ووطننا!؟"
نبيل: "وماذا يعني؟ في التلفاز والأفلام الألمانية لا تعرف النساء كيف تشرب من القنينة، تصوروا، يمصّون القنينة وكأنها قنينة حليب أطفال."
الأخرون: "هل كان في ألمانيا! ولماذ عاد إذن؟!؟"
نبيل: "في الأفلام العربية: تعرف المرأة كيف تشرب من الزجاجة بشكل صحيح، لذا تعلمت شيئاً: يُسمح للمرأة في لبنان ما لا يُسمح لها في ألمانيا"
محمد: "أنا سأشجع ألمانيا في مباريات كأس العالم لكرة القدم"
علي: "أصدر فارس كرم ألبوماً جديداً. يُخرج جهاز تسجيل صغير ويتحلق الجميع حول السماعات. الجميع معجب بفارس كرم. صوت الموسيقى يرتفع بينما يدخلون ثانية في شارع سان لويس."
محمد: "أوه نبيذ يوناني! حبذا لو لدينا الآن زجاجة ريزينا! رائع!" الآخرون يلوون شفاههم تلذذاً
نبيل: "دعنا وشأننا من باذنجانك!"
علي: "آه على فنجان قهوة الآن. القهوة هنا مركزة جداً، يسمونها في إيطاليا إسبرسو. آه كم أحب بيروت!"
في طلعة شارع سان لويس: شابة في أوائل العشرينات وخلفها أيضاً شابة في نفس العمر، لباس مكشوف بعض الشيء، إحداهن تلبس قميص وتنورة قصيرة والثانية قميص وبنطال قصير، نصف فخديها عاري، كلاهما دون خوذة، تقودان دراجة نارية أندورو ٥٠٠ بثبات.

الفاتيكان:

البابا بنيديكت: "ما الجديد يا غيرسون؟"
الزميل غيرسون: "ينتظرك الأب هونيش في الخارج،." يجلس البابا على كرسيه وكأن صاعقة أصابته: "هذا ما ينقصني الآن!" يمسح عرقه عن وجنتيه ويقول متمالكاً نفسه: "قل له إنني لست موجوداً ، دبر أمره يا غيرسون، أوجد أحسن الحجج." يتنحنح غيرسون ويقول: "الأب هونيش لديه موعد مع قداستكم، وأوراقه كلها سليمة"
البابا: "له رعيته، ماذا يريد بعد؟ لقد هددوه بمعاقبته بإرساله إلى أدغال إفريقيا عليه أن يصبح أولاً بابا قبل أن تحق له المشاركة بالرأي."
غيرسون: "الصين، هناك أكثر من مليار نسمة ينتظرون الهداية."
البابا: "فكرة لا تخلو من الذكاء" ويفكر قليلاً قبل أن يتابع قائلاً: "الصين، ونرتاح منه."
في الغرفة المجاورة ضوضاء وضجيج، وكأنه صوت أطفال يلعبون كرة القدم.
نظرة خوف من البابا
غيرسون: "أحضر الأب أطفالاً معه."
الأب هونش: "هذا فريق كرة القدم الروماني من المصابين بـ HIV. وكرة قدم واحدة:
يقدف أحد أطفال الكرة إلى البابا.
يرتعب البابا ولكنه يمسك به.
فجأة تنفرج أسارير البابا.
يصرخ طفل مريض آخر قائلاً: "عظيم ورائع حارس المرمى هذا!"
ويصيح الجميع

غورليتس:
اليوم المنتظر
بداية مباريات كأس العالم لكرة القدم
بولندا ضد ألمانيا
في ساحة البلدية، شاشة عرض كبيرة
تحضيرات على ساق وقدم في ساحة البلدية

الساعة ٢.٣٠
ساحة بوست بلاتس: طابور من شاحنات نقل النقود برفقة الشرطة والجيش، يدخلون الساحة الخلفية لبنك الشباركسه. نقل سري لأموال فضيحة ميلبروت من اللاندسبنك في ساكسونيا، على ما يبدو لم تُرسل ملايين كثيرة إلى أميركا، بل إلى مكان آخر، تم إنقاذه في الوقت المناسب من البنك الألماني في فرنكفورت

الساعة ٢:٣٠
نفس الطابور يغادر البنك مع المرافقة العسكرية دون نقود

الساعة ٥:٠٠

شارع بيسمارك
يرفرف العلم الالماني الاتحادي متثاقلاً فوق محل شاورما. صوت أنثوي هادئ، عاملة النظافة تتحدث مع شخص. الضوء ينبعث و الباب مفتوح، كما لو أن المحل مفتوح

فرن، أجمل واجهة، ولكنهم وفروا في الأثاث الداخلي، داخل المحل فارغ.

بضائع استعمارية، منظر السوبر ماركت ألدي في شارع كوسول/امريش: يوحي كما لو أن المكان تعرض لهجوم بالقنابل. حديقة فريدنسهوهن العامة. نظرة إلى الجنوب: وكأنه الأمازون، ضباب فوق الغابات وعلى طول نهر النايسه.
وطاويط في القبو، غورليتس هي مدينة صديقة للوطاويط.

غورليتس،قاعة الاحتفالات:

الثامنة صباحا:
يحافظ أولي لأول مرة على موعده. لهجة أولي الآمرة مثل تلك التي تُسمع في ساحات الثكنات العسكرية. بينما ليس لمجموعة كأس العالم التطوعية أي عمل، إلا مشاهدة أنشطة كل مجموعات عمل الأخرى،تم وضع اللمسات الأخيرة. تزدان القاعة أكثر فأكثر بأكاليل وأوراق الزينة. منصة السيد ميلبروت، حيث سيتحدث الزعيم إلى الجماهير ويتواصل معهم عن قرب. والمدرجات الخاصة بمحطات التلفزة، وكذلك خيمة البيرة، موائد أكل، وخبر مثير: مرحاض عمومي حقيقي في مدينة غورليتس، الذي لن يدشن إلا بعد الثالثة ظهراً. شاشة العرض الهائلة تثير الإعجاب. كل شيئ ملون. تصل شاحنات عدة. تَفِد فرق مسرح الشارع. تجمع بشري. جو عام جيد. عيد شعبي.
ترى هانل هانل: "أهاً، ها هي مولر! ماذا يا حلوتي؟ هل وجدتم منزلاً في النمسا؟"
هانل: "سلامات فورستر! طبعاً كل شيئ تمام، وأنا أيضاً أتعلم قيادة السيارة لأحصل على رخصة سياقة."
هانل: "عظيم، فعلاً! لا بد أنك تقضين وقتاً شاقاً، الانتقال ليس سهلاً."
وترى روزفيتا: "أنظروا من هنا أيضاً، شميتل! لا تبحلقي هكذا"
روزفيتا: "كفي عن ذلك! يا إلهي كيف تتصرف فورستر هنا! مقذع!"
هانل: "شقراء مثلك عليها أن تلتزم الصمت! أترين مولر، إنها تفعل على الأقل شيئاً!"
روزفيتا: "اسمعي هانل، أنك تُحسدين فعلاً. لقد رأيت زوجك بالأمس، ونعم الرجل!"
هانل تشعر بالغبطة وتقول: "كما ترين!"
وتضحك السيدات الثلاث
أولي: "يجب علينا أن نقلل من أنشطتنا بالتدريج، لكي نستطيع تحمل الاكتئاب اليومي الذي سيلُم بنا بعد هذا الحدث الباهر"

روزفيتا:"مهلا يا أولي! لاتعكر صفونا "

راينر : "شخصيا لن أقلل من أنشطتي، اليوم ابتداء من الثالثة بعد الظهر ، ستأخذ حياتي مجراها الطبيعي بعد هذا الإجراء المقرف... وأخيراً!"

التاسعة صباحاً:

مارجريت في استعجال:"أنتِ يا ماريا، يجب عليك الآن البدء في خطوات الماكياج، لم تتبقَ إلا أربع ساعات على بدء العرض، وإلا فلن ننتهي"

ماريا: "لا أبداً! لقد وضعت لكم الماكياج أكثر من مائة مرة، صارت الآن الثامنة،سيكفينا الوقت حتى لو إبتدأت مع العاشرة، لاداعي للقلق إذن بخصوص الماكياج"

الثانية عشر ونصف:

تبدو المدينة وكأنها خاوية على عروشها.

شارع يوحنا سباستيان باخ، طريق كستانين، غورليتس/بيزنيتس:

"هنا يرتفع خوار البقر عالياً

حتماً يثور في مكان ما هنا قطيع كبير من البقر!"

في هذه الأثناء، هناك سباق سيارات في روزنهوف.

حدائق عائلية صغيرة، عرائش في بيزنيتس

طقس لطيف، خشخشة أوراق الأشجار، علم بولندا يرفرف عاليا في إحدى هذه الحدائق، لكن لا أثر لأي شواء،أو نقانق محمرة أو شرائح لحم، أو غير ذلك، لا يوجد أثر للشواء في هذا المكان، و لا لأي إنسان

"لكنك تعني كل شيئ في حياتي" صوت من راديو لوسيش أو من إذاعة "بي إس إر"، مرآب سيارات

بطالة سرية، احساس عام بالاكتئاب:

يطأطأ رأسه، لا رغبة له في النظر إلى وجهه عبر المرآة ،متذمر، متبرم، ينبش أنفه، مهمل الهيئة، مُتكاسل في مشيته وحركته،يشعر بقنوط، ينظف فمه، يغادر مسكنه في السابع والنصف حاملاً حقيبته اليدوية متجها إلى مقر عمله.

كرة القدم: المشاهدة الجماعية للمباراة بين الفريقين الألماني والبولندي صارت مستحيلة، بسبب الشغب الذي أحدثه البولنديون أمام الملأ.

ساحة كارل ماركس

إمرأة في العشرين، ورجل في العشرين، يجلسان على مقعد واحد، لا تصدر عن المرأة أية حركة، توجه نظراتها إلى الأمام في جمود، بينما نظرات الرجل حائرة مترددة،لا يتكلمان! بعدها بقليل، يميل الرجل نحوها، يختلس قبلة على صفحة عنقها، لكنها تظل متحجرة في مكانها بلا حراك:

إحتمالات:

هل هي حامل يا ترى؟
وضعية غامضة.

دمياني بلاتس/مارين بلاتس

إمرأة في الرابع والعشرين من عمرها، أم غضوب، لها ثلاث أبناء ما بين سن الخامسة والسابعة، الطفل يصب الماء خلسة من حافة المسبح العمومي على رقبة أمه، تسبه الأم الشابة بكلمات قصيرة. تعابير وجهها ساكنة. لها مظهر جميل، ووجه حسن، شديدة التبرج، وذات ثغر جميل.

رجل في الستين من عمره، يرتدي شورتاً، ذو وجه شديد الاكتناز، هندامه بسيط و مهمل لا ينسجم مع شخص مُصطاف. يعبر ببطء رصيف الترام، ذو نظرات قلقة،ويبدو حزيناً، يحمل في يده حقيبة، يجلس على مقعد عمومي، يضع كلتا يديه على حِجره "مثل بنت خجولة، وجه شديد الحمرة، ومُستاء
إنه الوحيد الجالس هناك على المقعد المقابل للترام، لايحرك إلا رأسه،
يحدق في حافة المسبح المكشوف، ربما يتأمل هؤلاء الأطفال:
"المستقبل كله أمامهم"

ربة بيت في الخامسة والثلاثين من عمرها، مثقلة بثلاثة أكياس تسوق مليئة بالمشتريات، تظهر في وجهها علامات الغم.
من لا يريد المخاطرة، لايسافر إلى فالدهايم: سجن لغير المنضبطين

إمرأة في الخامسة والأربعين، ذات شعر قصير ترتدي سروال جينز، وقميص قصير، نظراتها متضجرة، مُتعَبة.
تبدو حازمة، تشبك ذراعيها، هل هي أم؟ هل هي عاطلة عن العمل؟
تنظر نحو الأسفل، نحو الأرض بنظرات خاوية.

رجل في الخامسة والأربعين من عمره، ذو شفتين غليظتين، يبدو وحيداً، يلتفت خفية حواليه، كما لو أنه ينتظر شخصاً ما، فجأة يميل عن طريقه مثل السكران متجهاً إلى حانة عبر رصيف الترام.

السكارى، ٢٠، ٣٠، ٤٠، ٥٠ جالسون على معقد محطة الترام في سعادة، لأن بحوزتهم زجاجات الكحول. مزاجهم رائق.

الثانية عشر ظهراً

جموع غفيرة من الناس: مسرح الشارع باركور التابعللبلدية، مابين شارع بوشكين و بوست بلاتس تقام ألعاب الباركور الفرنسية ، يصطف الناس، كباراً وصغاراً، على جنبات الطريق،

ويهتفون فرحيين بهذا العرض. تتألق اللاعبات في زيهن المثير، واللاعبون يقومون بنفس الشيئ، من الحكايات الخيالية إلى الهجاء الساخر حول الأخطار اليومية لسياسة الحرب التي ينتهجها الناتو ضد كل من روسيا، والجرارات الزراعية السيليزية . يجر الألمان والبولنديون عربات التماثيل والأشكال الضخمة، تجسد كلها نساء السياسة الحربيات من ألمانيا وبولونيا؛ فيلزباخ رئيسة حزب PDVC البولندي، ونيركل، المستشارة الألمانية المحاربة، كلتيهما كتمثالين كبيرين لسحاقيتين في ألبسة داخلية، يجر الشكلين الضخمين البالغ طولهما خمسة أمتار، مساعدون ذوي بنية قوية، الشكلان يهينان كلتا هاتين السياسيتين، مثلما هو عليه الحال أيضاً في كرنفال برلين. كلا التمثالين مُغرمان ببعضيهما في لباسهما الداخلي، ويبدو أنه لا أحد انزعج من أنه يوجد خلف تمثال نيركل وأمامه قضيبان، أمريكي و ألماني غربي. على جبين التمثالين النسائيين كتب بخط واضح: "مرحاض ألماني"، وفي خصر كل منها وُضِع حزام كُتبت عليه عبارة تظهر واضحة للجميع : "نحن متسامحون!"، هذا الأمر جعل كرنفال برلين يبدو عيدا وطنيا مُملاً.
هاينريش متأبطاً آلة القهوة تحت ذراعه: "ما هذه السفالة! هل يجب عرض مثل هذا الشيئ؟".
يغادر العرض المُقام في شارع بوشكين باتجاه بوست بلاتس، ساحة التحرر. في بوست بلاتس يوجد متجر تومي ميشل وبالقرب منه شجرة الأول من أيار (مايو) الضخمة، هنا لا يجد المرء أي أثر لقلة ذوق، في قمة الشجرة، يرفرف العلمان الألماني والبولندي، وقد وضعت في كل منهما صورة الفأر المشهور ميكي ماوس، و أضيفت إلى أطراف العلمين رايات أمريكية صغيرة، تماما كما في دريسدن، حينما يتم إحياء ذكرى ضحايا الابادة في الثالث عشر، والرابع عشر من سنة 1945، حيث توضع الأعلام الأمريكية دائما في كل مترين من أفعوانية مدينة الملاهي.
في هذا اليوم الاحتفالي استُبعد كالعادة العلم السيليزي، حيث وُضع من باب الحيطة في خزنة المحكمة الابتدائية، ورُفع بدلا منه علم أوروبا فوق سجن المحكمة الإبتدائية. ويا لها من دلالة عميقة! تمتد على الحائط لافتة ذهبية كُتب عليها: المدينة الأوربية غورليتس/زغورزليك، مربعة الشكل، يمكن قراءتها من جميع الجهات.
أمام تمثال ميشال هناك حراك غير عادي، لقد انطلق عرض مسرح الشارع.

الحادية عشر صباحا

ماتسه ينادي زملاءه بالاشارة، ويجتمع كلهم حوله.
ماتسه: "لقد تعلمنا من أولي العفوية. والآن جاء الوقت لكي نستعملها. حسنا لنراجع معاً كل شيئ مرة أخرى:
أولاً:
نحتاج إلى من يقطع أي اتصال بين البنك والشرطة، لكن بعد أن يصير المال خارج البنك. أورسل تشتغل في البريد؟
أورسل:" سأتكلف أنا بهذا، وإلا فمن غيري. أعرف برجيت، تدين لي بخدمة، هي تعرف بأنني أريد أن أنجز شيئا في حاسوبها"
ماتسه:"نحتاج أيضاً إلى شخص يقوم بإبعاد الشرطة عن مدخل البنك، بحيث لا يقدرون الرجوع إليه مرة أخرى"
هاينريش: "تباً، سأفعل أنا ذلك"
هانل: "أنا أقوم بهذا. عندي فكرة. سيكون أيضاً زوجي معي. نتعمد فرملة اضطرارية في الترام، فتنتهي القضية."

ماتسه: "أنا سأفتح الخزنة باللّحام، لكن يجب أن يتوقف الترام بالضبط قبالة البنك، مارأيك يا هانل؟ هاينريش؟"
هانل: "وهو كذلك ."
ماتسه: "حسناً قوموا بهذا. يجب إيقاف جهاز الانذار. حسناً، سأتكلف بهذا الأمر بنفسي. يتعين أن يكون مدير البنك في الطابق الرابع منشغلاً بأمر ما، لكي لا يرسل إشارة النجدة إلى الشرطة."
تشعر روزفيتا برغبة جامحة، تداعب منتشية شعرها الأشقر في دلال وتقول: "الأفضل أن أقوم أنا بهذه المهمة"
ماتسه: "في حالة قدوم الشرطة، يمكننا الفرار عبر مرحاض الكافتيريا إلى الخارج، في الفناء الخلفي بمحاذة السجن، باتجاه شركة ماكس كونيغ. ولهذا فمن الضروري جداً أن يكون المطبختحت مراقبتك يا جيبي. إذا ما سأل أحد ما عما نفعله، فلنقل، نحن نلعب فقط التمثيلية التاريخية للسيد روده."
ماريو:"يمكنني أن أمكث في البنك للمزيد من الحماية، وأتصنع أنني وسيط."
بيرنهارد:"وأنا كشخص مثلي يمكنني أن أقول:" لكن أرجوكم ليس بهذا الفضاضة. نحن نريد كلنا أن نبقى مسالمين". يرمق الجميع بيرنهارد بنظرات عاتبة. بيرنهارد معتذراً:" كانت فقط مجرد فكرة."

مسرح الشارع

الثانية عشر ونصف ظهراً
ساحة التحرير، بوست بلاتس:
أولي: "أعتقد أنه يمكنني الاعتماد عليكم الآن". يرن هاتفه الجوال. يسأل أولي فريتز: "هل عند الصندوق؟"
في هذه اللحظة يخبر فريتز أولي بأن مجموعة كأس العالم ستمثل بدون اللوازم المسرحية، حيث لم يُعثر على الصندوق في مستودع غروسهينرسدورف، ويبدو أنه أصلاً لم يكن موجوداً هناك، وقد اتصل مسرح غورليتس يخبرنا بأنك يا أولى قد تركت الصندوق في حاوية في غورليتس ونسيته، وبأن هذه الحاوية ومعها الصندوق هي في حوزة فرقة الرقص المسرحي، التي تقوم الآن بجولة فنية في النمسا وبالتالي فكل اللوازم المسرحية غير متوفرة. يصفّر وجه أولي.
يتكلم أولي إلى مجموعته المناضلة: "نحن فريق متعاون، عليكم الآن أن تبقوا متماسكين. هل علمت للتو أننا سنمثل بدون اللوازم المسرحية." تعترى وجه راينر ملامح شخص سفاح من شدة الغضب.
أورسل:" يا جماعة، أظن أنه يمكننا استعمال ملابس يعقوب بومه"
الاشخاص الآخرون يتابعون اللعب.
يعبس راينر.
أورسل: "انا اعني , هل يقوم البعض من .. يعقوب بومه كلونكر.... بعمل مثل هذا؟
شخص: " ماذا تعنين ؟ ! ملابس تاريخية من احتفال المدينة القديم"؟!
روزفيتا. " اصحيح ؟! هناك فيلم عن حكايان خرافية من البلد القديم غورليتس, وهو موجود على شكل DVD يباع للسواح. في المقدمة وفي التعليق يذكر اسم سييدجة واحدة تقوم بخاطة الملابس التاريخية. هذا غير صحيح."

اوسل: " نحن النساء كنا ننتج مثل هذا في المركز الجمعية النسائية."

هانل: " اهذا صحيح؟! هذا امر عظيم. اليس كذلك؟!"
بيرنهارد: " ماذا؟ انا لا اعرف."
يتيه: " هذه وقاحة ! الجميع يعلرف هذا! وهذا ايضا حديث البلد!"
هانل: " هذا امر رجالي مائة في المائة!! كل الناس هنا في غورليتس تعرف هذا!"
هولجر: " السواح الذين يشاهدون الحكاية الخرافية عن غورليتس والذين يشترون أل DVD لا يعرفون هذا!"
ماريو: " وهوكذلك؟! مركز الجمعية النسائية يعمل كل شيئا ممكنا! الواحد يعطيهم القماش وهن يخيطون كل ما تريدو وهذا باحسن سعر في غورليتس. شيء غريب ان مركز اللجمعية النسائية يعتم عليه ويتكتم الجميع عنه."
شخص: " الملابس التاريخية لمسرح الشارع؟ لا يوجد خير من هذا الامر."
اورسل: " اذن نحن متفقين!"

إنه الحل المنقذ !" تذهب المجموعة إلى مركز الجمعية النسائية في شارع هوسبتال، حيث تعمل النساء المعوزات مجانا لفائدة إحدى الشركات. يكون الجميع هناك مشغول بتناول الطعام وبالمهرجان الشعبي. أورسل تنجح بجعل المجموعة تنطلق إلى البوست بلاتس بملابس يعقوب، بعدها يبدأ فوراً العرض المسرحي في الشارع.
أولي: "تمرين المقاومة! ادفعوا بجسدكموكأنهكتلة خيالية،مثل الماء، لقد تمرنا على هذا أكثر من مئة مرة، يجب أن تجتهدوا !" تفر المارة كما لو أن ثلة من المجانين قد فرت من المستشفى.
طوماس: "هذا الرجل غير طبيعي أبداً ."
أولي يرفع سبابته، يقول:"الخاتمة ستكون قبيل انطلاق احتفالات كأس العالم في قاعة احتفالات المدينة، أتمنى أن يمر كل شيئ في أفضل حال!"
راينر: "بالتأكيد." رغم القلق، إلا أن الجميع يشعر بالفرحة لأنفي هذا اليوم ستنتهي مهمتهم التطوعية.
راينر: "كأس العالم سيبدأ اليوم، يا إلهي! أنا لا أكاد أصدق هذا. الفريق الأصفر ـ الأبيض سيشارك اليوم أيضاً. تمنيت لو أنني كنت الآن في ملعب يونغنفلت"
جيبي يطيب خاطر المجموعة :"كونوا لطفاء بينكم!"
حشود متزايدة من الناس في شارع بوشكين و ساحة بوست بلاتس وشارع برلين. المدينة الأوروبية غورليتس لم تدخر أي جهد أو أي مال، إفتتح المرحاض العمومي، لكن في البداية فقط للفنانين، هو عبارة عن عربة متنقلة تنبعثمنها رائحة طيبة، وُضعت قبالة بناية متجر تومي ميشال.

يصل فريتز بالشاحنة إلى ساحة بوست بلاتس، ويتوقف قبالة المطعم. عند نزوله من الشاحنة يحييأورسل ويسألها: "كيف الحال؟"
أورسل: "هل أحضرت معك الأغراض؟"
فريتز: "هنا، هذا لكِ"، ويناولها حاسوب محمول، تضعهكرستا في حقيبتها اليدوية.
تبدو أورسل جذابة، ترتدي ملابس راقية، وقد وضعت مكياج هادئ. بكامل أناقتها تتجه في ثقة إلى البنك. ببديهية تدلف إلى مكتب القاعة الرئسية للبنك قاصدة بريجيت، التي تركت أورسل تشتغل

على حاسوبها كأي زميلة مقربة جداً. برجيت: "كما تعلمين على الذهاب إلى مكتب البريد لإجراء مقابلة التعيين. على كل حال حان وقت فرصة غذائي. سأعود في أحسن الأحوال خلال ربع ساعة. لن يزعجك أحد، لكن لا تقومي بأي عبث".
أورسل تقوم بحركة بيدها وتقول بكل لطف: "لا تقلقي"
بريجيت: "إذن سأذهب الآن، إنه فعلاً نوع من الارهاق دوماً"
تذهب بريجيت وتبقى أورسل وحدها.
تضع أورسل شيئاً ما بالحاسوب، ثم تنتزعه مرة أخرى: وبهذا أنهت مهمتها.
تعود بريجيت بعد دقائق معدودات: "صحيح أنه وغد، قال إنه يفضل الشقراوات!"
تضم أورسل بريجيت بين ذراعيها ويقولات معاً: "الرجال خنازير!"

تقف أورسل أمام طابعة الحاسوب وفي يدها ورقة، تقول لبريجيت: "لقد طبعتُ لي فقط طلب توظيف. شكرا لك! إلى اللقاء يا برجيت !"
بريجيت: "لابأس، إلى اللقاء!" مس كهربائي! تتوقف كل الحواسب. لم يعد يوجد الآن أي تواصل للبنك مع العالم الخارجي. صارت أورسل خارج البنك.
استلم هولغر الشاحنة من فريتز، وذهب بها إلى قرب السجن والبنك، حيث توجد هناك ورشة بناء، روزفيتا وهولغر وجيبي، مجموعة من عمال وعاملات الورشة، استطاع ماريو جلبها من مكتب العمل في الصباح الباكر، ماريو رجل أعمال مزيف، صاحب كلام معسول، يرتدي ربطة عنق وياقة وقميص شتوي، متناسقة فيما بينها، يقف قبالة ورشة عمل البنك أمام مستخدميه، متعباً نوعا ما: "حسنا أندي (يقصد ماتسه) سأعطيك عشرين يورو للساعة الواحدة. لا تقلقوا! لدي مشروعات كثيرة في غورليتس مثل هذا. يا جماعة أنا أوفر لكم عملاً ثابتاً!.يجب أن يبنى الجدار اليوم، من الغد سيتم البدء في استعمال الجدار. أبذلوا قصارى جهدكم! يا أندي أنت تراقب بالتأكيد عُمالك"!
يجيب أندي (ماتسه): " هو كذلك يا معلم".
يسرع ماريو إلى داخل سيارته، المرسيدس ويرحل. يظهر أندي كشخص يشتغل ببطء ولكن بثقة وكفاءة. يقول في ملل وهدوء:"إذن يا جماعة سمعتم ما قاله الرئيس." يومئ الشرطيون برؤوسهم في ارتياح، من كون أن عيد مدينتهم الأوروبية قد جلب لها عمل منتظم وثابت.

غرفة مدير البنك:
تجلس شقراء، ربما المُتدربة الجديدة ، على حِجر رئيس البنك، وهو يتحدث عبر الهاتف بملل: "بالكاد الآن! هلموت كول وديتر بولندوآخر من حزب الـ: إس بي دي، الحزب الاجتماعي الديمقراطي،حتما سيرسلون رودولف شاربينغ". بينما تداعب الشقراء ياقته وربطة عنقه، يقول: "نيركل، المستشارة؟ أعلم هذا!"، يتابع، وهو يوقع احدى الاستمارات دون أن يطلع عليها: " لا لا، ميلبرات سيحضر أيضاً، لا يمكن تجنب هذا الأمر". يتجه المدير صوب النافدة، تجلس الشقراء على المكتب، يتحدث عبر الهاتف وينظر عبر النافدة إلى عُمَّال البناء، الذين يضعون أسفلت على الأرض بماكيناتهم.
في هذه الأثناء يتسلق هولغر من داخل خيمة العمال إلى مجاري البنك، ويحاول جاهداً فتح قبو البنك بواسطة ألة حديدية. في جميع الأحوال لايمكن اليوم فتح القبو. يتأمل المدير ورشة البناء أمام البنك ومسرح الشارع المقام في ساحة بوست بلاتس، ويقول: "العمل، لايوجد هناك مثيل للعمل

طيلة اليوم!"
يُقاد ماتسه، كميكانيكي حاملا معه حقيبة العمل، إلى قلب البنك. المثير في الأمر أنه ما إن صار بمفرده، حتى قام بإتلاف كاميرا المراقبة، بطريقة توحي بعدم تعمده ذلك، لم يأبه المراقب لهذا، الذي كان يتواجد على بعد طابقين فوق ماتسه،رغم أن الشاشة أمامه قد صارت فارغة، قائلاً: "إنه فقط الميكانيكي"، يمدد جسده على الكرسي خلف شاشة المراقبة، يفتح قنينة بيرة، ويحتسي منها.
يهمس ماتسه منتشياً : لقد ركبتها بنفسي، وأستطيع الآن إزالتها أيضاً، أرأيت العمل الأسود له أيضا إيجابيات"
يدخل جيبي إلى البنك، ينظر حوله باحثاً عن كاميرات المراقبة. يجد الكاميرا المطلوبة ويرسم على شفتيه ابتسامة عريضة. ويسأله الآن موظف في البنك بلطف: "تحت أمرك؟" يجيب جيبي بعفوية: "أرغب في فتح حساب بنكي. أنا مصاب بداء فقدان المناعة. هل هذا الأمر يلعب أي دور؟"
يجيب الموظف بابتسامة جذابة: " مصاب بالعدوى أم مصاب بالعدوى؟"
جيبي: " كلاهما."
الموظف: "إذن يمكن أن أعرض عليك باقة الهناء، وهي تضم: تقاعد راستا الخاص، ضمان صحي بمبلغ الاقتطاع الذي ترغب فيه، إلى جانب تأمين لحالة الوفاة، وهذا شيئ جيد! لحسن حظكم قمنا بإعادة إضافة تأمين الوفاة إلى العرض مجدداً، يتعين على حضرتك فقط التوقيع هنا."
يوقع جيبي بدون تردد، في هذه الأثناء ينظر إلى كاميرات المراقبة إلى أن وجد ضالته، بعدها تطلع إلى القاعة، قائلا: "أين هو المرحاض، أشعر بالتقيؤ".
يجيب موظف البنك بكل لطف: "طبعاً، تفضل، هنا. لا.. الجهة الأخرى بالنسبة للزبائن الخاصة."

جيبي من جديد خارج البنك، يعطي إشارة إلى عمال البناء، يذهب إلى الشاحنة يُخرج منها خضروات وصناديق بيرة، وينقلها في عربة يدوية صغيرة بمهارة إلى البنك. كما لو أنه لم يفعل أي شيئ في حياته من قبل. يدخل إلى كافيتريا البنك، يقول للمستخدمين الموجودين هناك:" أنا من طرف المزرعة ، جَلبتُ هذه الخضروات، ومشروبات، لتسهيل الهضم".
يقول أحدهم: " أدخلها إلى هذه الحجرة ويُريه الطريق قائلا: " أدخل هذه الأشياء اللذيذة إلى حجرة التخزين!"،
يقول شخص آخر: "مهلاً! يمكنك ترك البعض منها هنا. هذه منتجات منطقتنا؟ أليس كذلك؟"
جيبي: "نعم، إنها بيرة غورليتس المحلية! ومن غيرها!"
يقول شخص آخر: "يمكنك وضع الخضروات هنا!"، و يضحك كما لو أن به نشوة الشراب. يأخد لنفسه كمية كبيرة من الخس، ثم يرجع إلى زملائه المتحلقين حول طاولة القهوة.
تنادي إمرأة بفرح: "وهل هذه الأشياء الخضراء الطيبة هي للأكل الآن! ويضحك الجميع.
حجرة التخزين: نافذة مشرّعة. النافذة تطل على الحديقة الخلفية. بدأ المستخدمون في الكافيتريا احتساء البيرة وتناول سلطة الخس. يرفع جيبي أصبعه، ينذرهم مخاطبا: "لكن لا تكثروا من التهام اللحم!"، بينما قد ظهر أثر البيرة في وجوهم المنتشية.
في الأسفل، يحاول ماتسه و هولغر داخل مجاري البنك فتح منفذ إلى داخل البنك بالآلة الحفَّارة. المشكلة أن وزن هولغر الزائد لا يمكنه من الولوج إلى قناة المجاري. يذهب هولغر إلى خارج خيمة البناء، ويتولى مكانه راينر.

روزفيتا وقد استشاطت غضباً: "عند مدير البنك تجد سلفاً إحداهن. بل وشقراء! مثلي تماما!"
كيرسين: "من سيتكفلإذن بالمدير؟"
يخرج ماتسه من خيمة العمال مسرعاً: "نحتاج إليك يا صغيري"
يجيب راينر الذي ما فتئ يجر عربة ذهاباً وإياباً دون فائدة: "أخيراً وجدتم لي عملاً!"
ماتسه متوجهاً بسرعة إلى عربة المرحاض التي تخرج منها رائحة مقرفة: "روزفيتا، تجمعوا جميعاً! سوف نغير الخطة!"...
هاينريش وبيده زجاجة بيرة بصحبة هانل، يبدوان وكأنهما زوجان. يجران عربة أطفال. يتوقف هاينريش قليلاً، يشتف من زجاجة الخمر.
في هذه الأثناء يأتي باولو و مساعده الخاص، يقف أمامهما رئيس المخابرات بسيارته المقفلة.
يحملق باولي أمامه مشدوهاً. يقول رئيس المخابرات: "لا داعي للجزع. كل شيئ على ما يرام. إذا أعطت نيركل صفارة انطلاق كأس العالم في الثالثة عصراً بقاعة الاحتفالات، فستكون حضرتك أفضل رئيس بلدية عرفته ألمانيا على الإطلاق."
يقف هولغر أمام شُبَّاك البنك متأبطاً قفص به يربوع: "أرغب في فتح حساب لي ولصغيري هذا."
تنظر إليه موظفة البنك متوجسة، تمرر يدها فورا أسفل حافة مكتبها،
وبفاه مفتوح تقول:"أحتاج منكم وثائق إثبات الهوية، من حضرتكما معاً"،
ترتجف شفتيها من شدة الفزع.
يجيب هولغ: "ماذا؟ ألا تكفي وثائقي الثبوتية؟ لديك فعلاً بطاقتي الشخصية،أنتِ قلتِ في السابق، إنه يمكن فتح حساب بنكي لديكم. لماذا صار هذا في هذا اليوم غير ممكن". ينظر إليها بنظرة الألماني الشرقي، فيها الكل حقد: "بالنسبة لصغيري، فأنا حاليا لا أملك بطبيعة الحال أورقه الثبوتية. هل يجب علي احضار قلادته المعدنية معي أم ماذا؟"، يعرض عنها غاضباً. يفكر ويكلم نفسه، ثم ينصرف عنها، لكنه قبل أن يصعد إلى درج الخروج،يقول لنفسه: "والآن ستذهب في حال سبيلك خاوي الوفاض"،يتطلع إلى المكان مرة أخرى بتلذذ، يعاوده المقت، ويقول: "لا، سأذهب إلى مدير البنك نفسه!"
هانريته وماريو وهاينريش وهانل: يدخل كل زوج منهما إلى البنك في أوقات مختلفة
في البداية يدخل هاينريش وهانل:
يشعلان مسجلاً داخل عربة الأطفال يدوي منه بكاء ويدخلان البنك.
يلج الآن إلى البنك كل من هيرنيته التي تبدو كزوجة غنية سيطرت عليها الهموم المادية و ماريو كرجل أعمال. يصطدمان بهاينريش وهانل: "هوبلا"
هانريته: "نريد حل الحساب لديكم والانتقال إلى ليشتنشتاين. إضافة إلى ذلك نريد إبرام عقد توفير بناء بأموال HIV."
ماريو: "هذا ممكن، أليس كذلك؟"
موظف البنك: "ليشتنشتاين، جبال الألب، طبيعة ساحرة!"
بينما يحاول ماتسه فتح خزنة البنك باللحام. يقول موظف بنكي: " أشم رائحة غير عادية"، في تلك اللحظة تشعل يته سيجارة وتدخن مثل المهووسة، قائلة: "رائحة غربية؟ لا أشم شيئاً". يقول الموظف وقد عادت إليه الطمأنينة: "إنها رائحة أشمها أيضاً في منزلي، تنبعث من حاسوبي المتقادم."
هاينريش يشم حوله: "أحدهم يدخن هنا، هذا فعلاً لا يصلح!" ويوجه كلامه غاضباً ليته وماريو.

يرطم هاينريش يته على كتفها: "تعتقدين أنه بامكانك التدخين هنا لأنك غنية وتعتقدين أنك أفضل من الناس."
يته: "نعم نحن أحسن من الناس"
ماريو: "ألا تستطيعين تربية طفلك بشكل أحسن؟ مزعج بكاء الأطفال هذا"
هانل: "ماريو، ماذا تفعل هنا؟"
ماريو: "أنا لا أعرفك هانل، اخرسي!"
يته متفاجئة: "ماذا؟ أتعرفون بعضكما؟! أجبني يا ماريو!"
ماريو سيد الموقف: "المال يحكم العالم. حسالة المجتمع متواجدون في كل مكان. حبيبتي، سأوضح لك الأمر لاحقاً."
هانل: "من هذه المرأة؟ ماريو، لقد وعدتني أن تخلص لي على الدوام!" وتصفعه.
هانريته: "ماريو حبيبي! من هذه الشرشوحة؟" وتصفعه أيضاً.
هاينريش غاضباً: "يته! ماذا تفعلين مع هذا الوغد؟ إلى هذه الدرجة انحدرت!" ويصرخ بوجه ماريو: "من تعتقد نفسك يا هذا؟"
كل من الأربعة يصفع الآخر على خده. شجار جماعي. بعدما تلقت هانل من زوجها هاينريش صفعة، تلطم عربة الأطفال ويتعالى صوت البكاء. الجميع يصرخ والجميع يضرب بعضه البعض. تأتي أورسل مجدداً، أنيقة وجميلة. الوحيدة الهادئة: "ما الخطب هنا يا تُرى؟" وتقترب من عربة الأطفال وتتحدث مع الطفل مراضية له: "بيبي، لا تقلق، كل شيء سيصبح على ما يُرام." وتغير محطة الراديو، موسيقى راقصة. تمسك بواكيم وترقص داخل قاعة البنك.
إنقاذ غير مخطط له. أورسل تُجبر واكيم على الرقص وتحاول جعل الجميع داخل البنك يرقص، أغنياء وفقراء، الجميع يرقص مع بعضه، يتواصل الجميع مع بعضهم البعض، وهذا كان مستحيلاً من قبل.
والآن موسيقى كلاسيكية والزر
هاينريش غاضباً للمسجل في عربة الأطفال: "تباً! هذا ما نجنيه من ذلك! يكلف حفنة من المال ولا يعمل جيداً. قالوا انه مضمون ومستعدون لاستبداله."
يبدأ بعض الرجال والنساء من أصحاب الجدايل الغليظة برقص والزر، ايضاً الأشخاص الذين لا يعرفون بعضهم يبدؤون بالرقص.
في تلك الأثناء لم يكن لدى أفراد الشرطة ما يصنعونه سوى مراقبة سير أشغال البناء، النظر إلى الساعة اليدوية، النظر إلى عمال البناء، الذين يحمل بعضهم كيساً من المال خارج خيمة البناء، ويرغبون الآن في الذهاب إلى بيوتهم.
ماتسه: "أين هذا الترام الملعون!"
شرطي: "لا يمكنكم الآن الاستمرار في العمل هنا. بسبب نيركل يجب أن يظل شارع برلين في الثانية عشرا ظهراًخالياً، وإلاهذا يعني غرامة مالية."
بيرنهارد: "حسنا"، يمده يده إلى داخل الكيس من أجل أن يدفع لهم الغرامة، لكن يتردد: "هل سيسعد المعلمبهذا. في جميع الأحوال هذا ليس مالنا." يرجع كيس المال، بينما يهدم العمال كل شيئ في الفوق، أصبح المَخرج غير ممكن. يجب أن يُعاد كيس المال إلى قناة مجاري البنك مجددا. يقول ماتسه: " ما الأمر، ماذا وقع الآن!؟"
راينر: "هناك أمر بالرجوع لا نستطيع الخروج."يبدو أن شخصان قد علقا في قناة المجاري، راينر ضئيل البنية وماتسه.

يندفع هولغر ومعه سنجاب في قفصه إلى مكتب المدير غاضبا، بينما شقراء فاتنة تداعب ربطة عنق المدير..
هولغر:"عندي شكوى، البنت الموظفة في الشباك تقول إنه لا يحق لي فتح حساب بنكي، وأريد أن أعرف من حضرتكم ما السبب؟"
ينفر المدير من الشقراء كما لو كانت ذبابة منزلية قذرة، وتختفي هي في الغرفة المجاورة.
يجيب المدير بلطف: "هل تشرب قهوة؟"، ويناول هولغر سيجار كوبية.
هولغر في فرح: "ماذا؟ أنا؟ هذه لأجلي؟"، ويأخذ علبة السجائر الكوبية كلها ويضعها داخل حقيبته الكبيرة.
هولغر يخاطب المدير مرة أخرى في جدية : "ما العمل الآن؟ هل سأحصل على حساب بنكي من حضرتك؟"
يضع المدير رجله تحت مكتبه، يحاول بهذا أن يضغط بها على زر انذار الشرطة، لكنه لا يجده، يتحسس المدير بقدمه موضع الزر بطريقة ملتوية، إلا أن داس على قدمي هولغر نفسه.
هولغر فرحاً: "ماتفعل؟ هل أنت مثلي"؟
يتمطى المدير ويسعل، ويعدل ربطة عنقه، ثم يصير مجددا شخصية محترمة: "نحن نسعد بأي متعامل جديد مع بنكنا".
هولغر:" هل تقصد، هل يمكن فعل شيئ في هذا الصدد؟ من أجلي ومن أجل صغيري؟"
المدير: "بطبيعة الحال. لقد أخطأت البنت الموظفة في الشباك! أنت صديق للحيوانات، أليس كذلك؟"
هولغر: "هل تقصد صغيري هذا؟ لالا"
المدير: "هذا الأمر صار شيئا نادرا في هذه الأيام؟ ما اسمه؟"
هولغر بابتسامة ماكرة: "يوهانيس."
المدير: "يوهانيس. ما أجمله من اسم لهذا الصغير. هل تسمح لي؟ هل هو حيوان لطيف."
يفتح هولغر القفص في حماس حقيقي عندما وجد أمامه محب آخر للحيوانات، يضع المدير يده داخله، لكن السنجاب يعض مقدمة أصبعه، تنبجس الدماء، يطلق المدير صرخة وصلت إلى شارع برلين.
يكلم جد حفيده الصغير بواسطة المسماع: "ياه.. إنها حديقة الحيونات، يبدو أن جملاً يصرخ هناك!" يظهر الاثنان وكأنهما شخصيتين من المسلسل التلفزي الألماني 'قلب وروح'.

في هذه اللحظة تتمكن روزفيتا، التي تبدو مثل ممرضة فاتنة، من ايقاف أفراد الشرطة عند مدخل البنك، بحجة أن الترام الذي يقل كرسين قد تأخر. تقول روزفيتا لرجال لشرطة: "هل نظمتم مهرجان المدينة القديمة لدفع الضرائب؟" يتفاجأ رجال الشرطة، لكنهم يستسلمون لجاذبية روزفيتا، ثم ينسون مأموريتهم. تقول روزفيتا: "الضريبة تبلغ خمسة يورو". يقول الشرطيون: "ماذا؟ خمسة يورو فقط. إذن هيَّا بنا".
تفر منهم روزفيتا إلى البنك، ويتبعها أفراد الشرطة من الخلف . يمضي رئيس البلدية برفقة مدير المخابرات بالسيارة.

مقر الشرطة، شارع غوبين:

باولي: "عندي موعد مع الكنيسة".

رئيس البلدية ويسوعي ونائب رئيس البلدية ورئيس شرطة غورليتس، إلى جانب رئيس المحكمة الابتدائية في غرفة المكتب الرئيسي، ويدور حواران في نفس اللحظة:

يُخبر نائب رئيس البلدية باولي:

"حملة تفتيش في مساكن جميع أعضاء حزب الاتحاد الديمقراطي المسيحي في غورليتس"

يمتقع وجه باولي. "في هذه الأثناء"، ينظر النائب إلى ساعته اليدوية، "يتم تفتيش مكاتب الحزب."

"هذه هي المرة الثالثة في غورليتس منذ بناء المسبحالمكشوف في مارينبلاتس."

"التفريق بين السليزين العائدين من ألمانيا الغربية و السكانالمحليينفي غورليتس هو أمر جيد وجميل، لكن هذه التفرقة العنصرية المصطنعة... هذه التفرقة المقصودة...! هي في الحقيقة..."

"هي فن، كما يدعون!"

"استقالة ميلبروت من حزب الاتحاد الديمقراطي المسيحي بسبب اندحار سياسته المالية."

"استقالة ميلبروت تعني أيضاً استقالة هذا الحزب..."

"قدسية المجرمين ... يتعين على المدارس أن تدرس الشباب الأخلاق.. فترة حكم غاربوام هي تماما مثل فترة حكم ميلبروت.."

"النساء كلهن سواء."

"اقتصاد السوق الاجتماعي لألمانيا الشرقية منذ 1990.."

"لقد تم بيع شباب ألمانيا الشرقية، كما لو كنا في القرون الوسطى. واختُزلت كل طاقات الشباب في العجل الذهبي."

"هل لدى الكنيسة الكاثولكية موقف من هذا الأمر؟"

"الآن...حملة التفتيش هذه، هي احدى تبعات هذا الأمر. تهدئة الجماهير صارت الآن فناً عظيماً. لقد احتل العجل الذهبي مكان المسيح. الدين يهدئ الجماهير. وبخاصة لدى سكانألمانيا الشرقية التي تُعتبر رسميا ملحدة بالمقارنة مع سكانيوغوسلفيا إلى حدود سنة 1990، حيث لم يكن الدين يلعب دورا هاما في كلا البلدين. تجد سكانألمانيا الشرقية الملحدة صعوبة في الرجوع مجددا لاعتناق المسحية، لكن السلع النفيسة أحتلت منذ مدة مكان الدين، وبهذا عاد إلى الدين حتى الملحدون أنفسهم. صار الدين الآن هو الجنون بالسلع الغالية وعبادتها وتقديس الثروة."

يقول رئيس المخابرات لباولي: "ماذا نريد أكثر من هذا؟ سوف يتأقلمون مع هذه الحملة."

اليسوعي: "القيادات لايمكن استبدالها."يعدل باولي ربطة عنقه مرتاعاً. يُكمل اليسوعي كلامه قائلا: "سيُنقل ميلبروت إلى بلدة في منطقة أيفل. البيرة و السياحة كانت دوما من أفضل وسائل الإلهاء لدى القواعد الأمريكية. لايمكن الاستغناء عن النازيين. إنهم يجعلون الشباب يشعر بتأنيب الضمير. لايبقى إذن إلا العجل الذهبي"

باولي: " كنت أظن إلى حد الساعة أن الحملة هي من صنع مكتب حماية الدستور"

رئيس المحكمة الابتدائية: "الأمر الوحيد المقلق هو أن الحزب لم يكن على دراية مسبقة بهذ الحملة، فهذا الحزب ينظم عادة كل شيئ بنفسه. فنحن كلنا طبعاً أعضاء فيه. وحضرتك أيضاً؟"

قناة مجاري البنك:

ماتسه بهدوء: "يا راينر، نستحق الآن البيرة."
راينر: "هل جننت، أم ماذا؟ قناة مجاري البنك هي مباشرة بجوار السجن. يا لي من غبي!"
ماتسه: " هدئ نفسك، أصبر." تنط الجرذان فوق الاثنان وعلى كيس المال.
ماتسه مجدداً: " أنظر إلى الأمور ببساطة وهدوء!"
راينر: "يا ربي! من سينقذنا من هذه الورطة؟"

مقر الشرطة في شارع غوبين:
باولي: "انتهت الحملة التفتيشية."
نائب رئيس البلدية: "التبعات ستكون على مستوى الموظفين."
اليسوعي: "الكنيسة الكاثوليكية."
باولي: " المافيا. الآن فهمت. الحملة كانت من تدبير المافيا"، في غضب: "الكل تآمر ضدي."
نائب رئيس البلدية: "هجوم مباشر كالعادة. نحتاج تبريراً للإعلام."
باولي: "هل تقصد قناة غورليتس التلفزية؟"
نائب رئيس البلدية في هدوء: "كلا، أقصد المحطات التلفزية الكبرى، مثل ' إي آر دي' و 'تست دي إف'، محطتا التلفزة الرسميتان، إلى جانب الصحافة الدولية. دعوني أتكلف بهذا. وأنت يا حضرة رئيس البلدية، ستكون بطلاً!"
رئيس البلدية: "لا أريد أن أشارك في هذا الاحتيال."
رئيس المحكمة الابتدائية: "إنه حل، بل الحل الوحيد."

ساحة السابع عشر من يوليو، صارت محطة الحافلات في هذه الأثناء مكتظة بحافلات المخابرات الألمانية. بعد ربع ساعة تمتلأ ساحة التحرير بوست بلاتس بالنازين المستقلين، يعلقون في ملابسهم صلائب معقوفة الغريب في الأمر أنهم مُقنعين، لكن جموع الناس، التي كانت حاضرة في يوم افتتاح كأس العالم، لم تكن خائفة، الكثير منهم تشجع ونزع الأقنعة عن وجوه النازيين الجدد. لكن بنفس السرعة التي ظهر بها هؤلاء المقنعين، ظهرت أيضاً فرق الأمن الخاصة في ساحة التحرير. وبالسرعة ذاتها ظهرت كذلك فجأة الصحافة الدولية وفرق التصوير التلفزية التي بدأت بالتصوير، كما لو أنها خرجت من تحت الأرض.
ملأت رسومات الصلبان المعقوفة وسط غورليتس، بل وأبواب كل المنازل.
في أثناء هذه الضجة الاعلامية يفتش عدد كبير من مبعوثي النيابة العامة كل منازل و مكاتب حزب الاتحاد الديمقراطي المسيحي دون أدنى حضور لأي مراسل صحفي.
ماتسه: "تباً، لانستطيع فعلا الخروج من هنا."
راينر: " ماهذا الصخب؟!" يتسلق إلى الفوق، كلاهما ينظر من خلال غطاء قناة المجاري.
يريانمشهدا عجيباً:
هتاف، أناشيد نازية، هتافات مضادة للنازين! والشرطة في كل مكان. في نفس اللحظة تجري التلفزة الفرنسية و مراسلوا الصحيفتين الفرنسيتين 'لوموند' و 'لوفيغارو' حوارات مصورة أمام المحكمة الابتدائية/السجن، ويتم تصوير ساحة بوست بلاتس ونافورة ميشال، ويرى المرئ كيف أن الصحفين يلحون في تقديم صناديق البيرة للمارة من الشباب، ويطلبون منهم القيام

بالتحية النازية، ثم يصورونهم.
راينر: "يبدو أن الأمر عبارة عن مظاهرة للعاطلين عن العمل. على كلٍ، هيا لنحاول الخروج من هنا!"
ماتسه: "لنهرب إلى الأمام!" راينر وماتسه يصعدان من خلال غطاء المرحاض.
راينر: "هل هي تمثيلية تاريخية؟ طاعون غورليتس؟ كنت أظن أنها ستكون بعد اسبوع من الآن".
يهجم على ساحة التحرر، بوست بلاتس، الآن أيضاً المعادون للفاشية. أعمال شغب.
في هذه الأثناء: باولي، الذي يلقي كلمة مضادة للنازين الجدد، يصنع من نفسه نجماًلقناة التلفزة الألمانيةالرسمية،'تست دي إف'، وباقي محطات التلفزة الأخرى والصحافة.
يأتي شرطي نحو راينر وماتسه: "ممنوع الآن التواجد هنا." لكن: يقع حادث: تصل حافلة تابعة لشرطة الحدود مكتظة بالبولنديين إلى ساحة التحرير، بوست بلاتس. مجموعة مختلطة ومنوعة من الناس: أطفال المدراس الابتدائية ومتقاعدون ينزلون من الحافلة، وقد صُدِموا مما يشاهدونه في الساحة. الآن يثير البولنديون، القادمون عبر حافلات أخرى، الشغب حتى في المنصة التي يلقي فيها باولي كلمته الجميلة.
ماتسه: "الأفضل أن يغيروا المُخرج، على كلٌّ سنتابع في المساء نشرة الأخبار."
راينر: " بالنسبة للوسائل الاعلام الدولية هذه صورة كاملة للنازية في ألمانيا "
يأتي شرطي نحو راينر وماتسه:
ماتسه: "يا للقرف!"
الشرطي: ""ممنوع الآن التواجد هنا." يرمق كيس المال، ينكشف الأمر له، يصرخ نحو زملائه: "لصوص بنك!"، يصل الآن الترام، تُحدث هانل فوضى. تصدر نداءاً في الترام: "مراقَبة التذاكر!". احتجاز ركاب مُزَوِّغين.
تحتجز بعض الأشخاص، من بينهم الدكتور فايدله، وتنادي رجال الشرطة، الذين أغرتهم روزفيتا من قبل قبالة مدخل البنك بضربيتها، والذين لم تتخلص منها إلا بصعوبة، إذن رجال الشرطة الذين اعتقلوا على الفور الدكتور فايدله، بينما هو يصرخ: "لكن أنا في طريقي إلى مبارة كرة القدم، يجب أن أذهب إلى هناك! لايمكنكم اعتقالي! أنا عضو في مجلس المدينة!"
احتشاد الناس في قاعة الحافلات وأمام الحدود: تجر دانوتا كيس البطاطا مباشرة تحت أنظار موظف الجمرك الألماني وكيس المال عبر الجسر.

المرشدة السياحية برفقة الوفد العربي على المعبر الحدودي تحدثهم عن إلغاء الحدود.

ترمي الجماهير تميمات كأس العالم، ويصرخون حانقين ويثيرون الشغب، عندما ألغي نقل المبارة على الشاشة الكبرى بسبب النازين الجدد.

الساعة 14.45: قاعة البلدية:
يصل ميلبروت بالطائرة الحوامة. الأجواء ساخنة. لكن المخابرات الألمانية لم تشأ أن تخبره بالترصد العنصري للمشاغبين البولنديين ضد التشكيين ما بين المدرسة العليا و نصب يعقوب بومه، وأيضاً بالتغيير الطارئ في البرنامج الذي قامت به لجنة الطوارئ والمتمثل في أن نيركل لن تعطي صفارة الانطلاق كأس العالم من شُرفتها في قاعة البلدية،بل سيتم نقل مستشارة الحرب على

وجه السرعة إلى الملعب التي يشهد مباراة الافتتاح، وكذلك إلغاء نقل المباراة على الشاشة الكبرى بغورليتس في أسرع وقت ممكن.
الساعة الثالثة عصراً: مغامرات تان تان. العراق: قنابل الحرية. في اللحظة التي حصلت فيها المجموعة على كيس المال، أعطى فريتز داخل سيارته بنقرة من حاسوبه المحمول إشارة إرسال النقل المباشر على الشاشة الكبرى: "مغامرات تان تان، وقنابل الحرية على العراق." تنبعث موسيقى من إحدى مكبرات الصوت في مسرح الشارع، بينما تظهر القصة المصورة الشهيرة، التي يقال أنها مسروقة، على الشاشة للجموع الغفيرة. جماعة أولي كانت تتصرف كما لو أنهم لايعرفون بعضهم البعض. مكبر الصوت في القاعة: "فيلةدرسدن تركض في الحديقة صارخة. أناس تحترق تلقي بنفسها في نهر الإلبه. في الشوارع يلتهب أسفلت." راينر يدير المسرح في قاعة الاحتفالات. نقل مباشر إلى بوست بلاتس. وفجأة يبدأ النقل المباشر للمباراة افتتاح كأس العالم : نيركل في الملعب، تقترب عدسة الكاميرا من المشاهير في المقصورة الشرفية، هنا تجلس ميركل، تلتقطها الكاميرا عن قرب، وهي تشاهد المباراة في حماس. هانل: "عاهرة بلهاء!" في نفس الوقت تنطلق همهمات و تذمر غاضب و صراخ ضد نيركل في قاعة الاحتفالات و في ساحة بوست بلاتس. بعد نجاح عملية سرقة البنك، تقول هانل: "إذن فلنحضر وجبة عصرونية دسمة"

عرض مسرح الشارع في قاعة احتفالات المدينة: كان أفراد مجموعة كأس العالم يمثلون بملابس يعقوب بومه.
وغير ذلك:
ماريو يمثل دور إمريش التاجر: " لقد حملت مني عاهرة. كم يبلغ ثمن صك الغفران لديكم؟". تصفيق
خلاصة حول المجتمع: هذا الأخير لم يعد يتفطن لأي شيئ
جيبي يمثل حياته في المرحاض العمومي الوحيد في المدينة الأوروبية غورليتس هو عبارة عن عربة متنقلة. أورسل وواكيم يرقصان. هانل وصديقها سعيدان.
ماريو جالس أمام البيانو، وراينر يعلق على القصة المصورة التي تظهر بدون صوت على شاشة العرض الضخمة. تلتهب الجماهير حماساً، وقد نسيت مباراة كرة القدم.